VIRTUDE

SÉRIE QUANTUM — LIVRO 01

MARIE FORCE

Virtude

Série Quantum — Livro 01

Marie Force

Tradução: Andréia Barboza

Publicado por HTJB, Inc.

ISBN: 978-1946136862

Copyright © 2015 por HTJB, Inc.

Copyright da tradução © 2019 por Andreia Barboza — Bookmarks Serviços Editoriais.

Copidesque da tradução: Luizyana Poletto.

Capa criada por: Moonstruck Cover Design & Photography

A melhor maneira de manter contato é assinar minha newsletter. Acesse marieforce.com e se inscreva na caixa na parte superior da tela que pede seu nome e e-mail. Se não receber mensagens regulares, verifique seu filtro de spam e configure seu e-mail para permitir o recebimento dos mesmos, assim você não irá perder lançamentos, a chance de participar de sorteios ou, quem sabe, uma possível visita minha em sua região.

Assine o meu blog para receber novidade, incluindo sorteio de brindes e outros prêmios ótimos. Vá até o blog e insira seu endereço de e-mail do lado superior direito.

Série Quantum

Livro 1: Virtude (Flynn & Natalie, parte 1)
Livro 2: Valentia (Flynn & Natalie, parte 2)
Livro 3: Vitória (Flynn & Natalie, parte 3)
Livro 4: Arrebatador (Hayden & Addie)
Livro 5: Voraz (Jasper & Ellie)
Livro 6: Delirante (Kristian & Aileen)
Livro 7: Escandaloso (Emmett & Leah)
Livro 8: Fama (Marlowe)

SINOPSE

Ele é todo errado para ela, mas nunca, nada pareceu tão certo...

Ele é um dominante sexual. Ela desistiu do sexo. Não há como fazerem um relacionamento dar certo... ou há?

Depois de sobreviver a um evento traumático aos 15 anos e ao consequente distanciamento da família, Natalie Bryant batalhou durante anos para se reinventar e se transformar na mulher que é hoje: uma professora recém-formada, feliz e aproveitando seu primeiro inverno em Nova York com Fluff, sua cadela fiel. Natalie não espera que sua vida mude completamente durante um passeio rotineiro pelo Greenwich Village em um dia agitado de janeiro. Mas quando Fluff se solta e corre pelo parque, Natalie a persegue e se choca com seu destino. Só depois que a cachorra morde o homem que derrubou sua dona acidentalmente, ela percebe que a cadela mordeu o maior astro de cinema do mundo.

Ele não consegue evitar de se sentir fascinado pela jovem e inocente professora...

Natalie cativa Flynn Godfrey desde o primeiro momento em que seus olhos se encontram enquanto ela está deitada no chão e ele está lutando contra sua cadela feroz. A única coisa que Flynn sabe ao certo é que se deixar Natalie fugir, vai se arrepender pelo resto da vida. Depois de pouco tempo em sua presença, Flynn está preparado para mudar quem é para ser o que ela precisa. Ele sabe que está em apuros quando ela diz que não vai dormir com ele e não se importa, desde que isso signifique que conseguirá mantê-la em sua vida. Mas será que ele pode virar as costas para o estilo de vida que o definiu? Será que pode negar os desejos que o conduzem para apresentar a Natalie o amor e o romance que ela merece? E, acima de tudo, será que ele pode manter sua verdade escondida dela por tempo suficiente para serem felizes para sempre juntos?

Acompanhe a história de Flynn e Natalie, que é dividida em três partes: VIRTUDE, VALENTIA e VITORIA. De Nova York a Los Angeles, de Hollywood a Las Vegas, o caso de amor de Flynn e Natalie tem tudo: romance, paixão, sexo gostoso, um paparazzi implacável e um assassinato que pode ser sua ruína.

ATENÇÃO: A história de VIRTUDE e VALENTIA só termina em VITORIA.

Se você não gosta de mocinho sensual, que coloca tudo em risco pela mulher que ama, que não deixa de satisfazer seus desejos e que fará qualquer coisa para proteger o que é seu... se romance erótico não é a sua praia, se finais súbitos que continuam em outro livro te aborrecem, se você não gosta de narrativas em primeira pessoa através de POVs alternados entre o mocinho e a mocinha... esta série não é para você. Você está sendo avisado...

Série Quantum

Livro 1: Virtude (Flynn & Natalie, parte 1)
Livro 2: Valentia (Flynn & Natalie, parte 2)
Livro 3: Vitoria (Flynn & Natalie, parte 3)
Livro 4: Arrebatador (Hayden & Addie)
Livro 5: Voraz (Jasper & Ellie)
Livro 6: Delirante (Kristian & Aileen)
Livro 7: Escandaloso (Emmett & Leah)

1

Natalie

O inverno em Nova York é uma grande caos. Um desagradável tom acinzentado paira sobre a cidade de novembro até o final de março. Durante meu primeiro inverno aqui, experimentei de tudo: desde poças lamacentas que ensopam até mesmo as botas mais resistentes até calçadas geladas e deliciosos pratos de cebolas fritas vendidos em carrinhos combinados a um vapor misterioso do subsolo, criando um cheiro que desafia a descrição.

Eu amo cada centímetro fedorento, gelado e congelante. Enquanto outras pessoas se escondem em casa, vou para as ruas com minha cachorra, Fluff, na coleira. Seu nome completo é Fluff-O-Nutter, mas não me julgue. Eu tinha 9 anos quando dei a ela o nome do meu doce favorito na época — uma espécie de sanduíche de marshmallow com manteiga de amendoim — e, 14 anos depois, ela ainda é a minha companheira mais fiel e a única ligação com a minha vida antiga que trouxe para a nova. Ela vai a todos os lugares comigo, exceto a escola.

Tentei levá-la para lá — uma vez —, mas fui parada na porta pela inexpressiva sra. Heffernan, que me disse que a escola não é lugar para animais. Mesmo depois que eu jurei que a manteria em baixo da minha mesa e fora de vista o dia todo, a resposta ainda foi não. Ela citou códigos de saúde e livros de regras com sua saliva chegando a atingir meu olho esquerdo. Levar Fluff de volta para casa me fez perder o dia e juro que a sra. Heffernan ainda verifica debaixo da minha mesa todos os dias quando estou no intervalo ou na hora da saída, só para se certificar de que ela não está lá.

Como não posso levar meu bebê de nove quilos para a escola comigo, contratei um passeador de cachorros para cuidar dela durante o dia. Está dando certo, exceto por uma vez em que Fluff mordeu um dos poodles. O passeador de cachorro ficou irritado, mas tenho certeza de que a pobre cachorra só estava se defendendo. Ela ficou bastante indignada e criou problema o passeio todo. Avisei que ela tem que se comportar ou vai ficar presa se o passeador de cachorros desistir de nós.

Desde então, Fluff se comportou de forma admirável.

Hoje, estou recompensando seu bom comportamento com uma longa caminhada pelo Village. O vento está um pouco frio e os flocos de neve enchem o ar neste dia de janeiro. É o tipo de dia extremamente frio em Nova York, daqueles que mantém até mesmo as pessoas mais resistentes dentro de casa, então Fluff e eu temos a Bleecker Street basicamente só para nós.

Como ainda sou nova na cidade, tudo fascina a garota de Nebraska. Adoro a arquitetura e o caos, assim como os táxis e as bicicletas que andam em ziguezague pelas ruas nos dias mais frios. Adoro ver as mulheres elegantes que usam roupas incríveis que eu nunca escolheria sozinha, os homens bonitos, a diversidade, os cabelos com *dreadlocks*, as tatuagens, a música, o teatro, os piercings e a comida. Detesto a pobreza, os sem-teto dormindo nas calçadas, a sujeira, o grafite. No geral, adoro muito mais do que odeio.

Minha colega de apartamento tirou sarro de mim durante várias semanas quando cheguei, porque eu dava dinheiro para todas as pessoas pobres que encontrava. Ela me disse que eu estaria dura antes do Natal se continuasse assim. Então parei, mas meu coração ainda se parte toda vez que passo por alguém necessitado, porque eu queria poder ajudar todos eles. Acima de tudo, adoro o fato de que me sinto segura aqui. Se você é o tipo de pessoa que tem medo que a cidade seja perigosa, pode achar que isso parece loucura. Mas quando se sobrevive ao que eu passei, o sentimento de segurança é relativo. Pelo meu modo de ver, para cada pessoa que pode te incomodar na rua, há centenas de outras boas que podem te ajudar. Eu me conforto nisso.

Vou olhando as vitrines de um lado a outro da Bleecker Street, demorando na frente da Marc Jacobs antes que o frio me obrigue a sair dali. Uma professora do primeiro ano só pode sonhar em fazer compras nesse lugar, então não faz sentido entrar, para não mencionar que os vendedores ficariam loucos por Fluff estar comigo.

Ficar parada não é uma opção hoje. Meu rosto está tão frio a ponto de estar dormente e estou sentindo uma dor de cabeça como a provocada por sorvete, mas sem o prazer da sobremesa. Estou pensando em voltar para o apartamento aconchegante que compartilho com uma das minhas colegas quando a atividade no parquinho infantil no final da rua me chama a atenção.

— Vamos ver o que está acontecendo, Fluff. — Seguimos em direção ao parque com Fluff puxando a coleira com força, embora eu não possa dizer se ela está seguindo a trilha de um cheiro ou de uma visão. Aprendi a deixá-la investigar essas coisas ou suportá-la mal- -humorada o dia todo. Ela é assustadoramente forte para um cachorro pequeno e idoso, e me vejo quase correndo para acompanhá-la.

Não sei bem como descrever o que acontece a seguir. Tudo o que sei é que num minuto estamos andando rápido até que eu escorrego em um pedaço de gelo, oscilando por um momento entre o desastre e a recuperação. Quando consigo me equilibrar, Fluff aproveita para se soltar. Sua coleira sai voando da minha mão e ela corre como uma flecha, alcançando o portão para o parque com suas perninhas que se movem com a velocidade de um filhote.

O medo de que seu corpo frágil seja esmagado por um táxi me faz correr o mais rápido que posso, chamando seu nome. Ela vira em uma esquina e desaparece por um segundo horrível antes de eu entrar no parque e voltar a vê-la. Mantenho o foco e fico apavorada com a possibilidade dela chegar ao outro lado e entrar no trânsito.

— Fluff! Pare! *Pare!* — Corro tanto que meus pulmões estão queimando pelo frio e o esforço. Meus olhos estão lacrimejando também, tanto pelo frio quanto pelo puro terror de que minha cachorrinha indefesa acabe atropelada se eu não alcançá-la – e rápido. — Fluff!

Bato com força em algo duro e sou derrubada, caindo de costas. Sabe quando se perde o fôlego por um minuto inteiro — ou até mais — e você não consegue respirar? Sou eu, deitada no chão do Parque Bleecker, olhando para o céu nublado, incapaz de respirar.

Começo a me perguntar se morri. Fui atropelada por um ônibus, táxi, bicicleta ou algum outro veículo? Estou entre a vida e a morte? Uma multidão se forma ao meu redor e várias pessoas estão olhando para mim. Todo mundo fica muito curioso quando coisas ruins acontecem aos outros. Ouço vozes furiosas. Vejo um empurra-empurra ao meu redor.

Um rosto aparece acima do meu. Um lindo rosto masculino. Ele parece preocupado — e familiar. Eu o conheço do bairro? Alguém grita ao fundo e acho que pode ser eu.

Então Fluff aparece, lambendo meu rosto e agindo de forma muito obediente. É quando sei que não estou morta. Nem ela. Sinto uma onda de alívio relaxar meu peito ao perceber que ela está bem, permitindo a entrada do oxigênio que preciso desesperadamente. O ar frio batendo em meus pulmões me tira do estupor em que entrei. Vejo olhos castanhos suaves, um rosto gentil e sobrancelhas franzidas de preocupação.

— *Cale* a boca, Hayden! — o homem de rosto gentil fala. Ele tem olhos realmente bondosos e cabelos escuros com toques grisalhos. Quero estender a mão, afastá-lo da sua testa e ver se ele é tão suave quanto parece. Seus lábios tem uma forma perfeita, o tipo de lábios que se deseja beijar, e seu rosto é arrebatador, cativante, cheio de vida, se você sabe o que quero dizer. — Não vê que ela está machucada?

Aquela voz. Algo nela é familiar. Quero perguntar se nos conhecemos antes, mas parece que não consigo falar.

— Ela ferrou com o meu *take*!

— Eu disse para *calar* a boca!

— Cale a boca você! Não foi o seu *take* que ela ferrou!

Olhando para mim, o homem gentil apoia a mão no meu ombro.

— Você acha que pode se sentar?

Tento, porque ele me pediu com tanta gentileza e porque Fluff e eu, obviamente, causamos problemas consideráveis para essas pessoas.

Seus braços fortes me rodeiam, me ajudando a sentar. Ele está tão perto que sinto seu perfume. Seu cheiro é sofisticado, um pensamento que quase me faz rir. Exceto por meu peito que dói e Fluff está fazendo uma cena, latindo e tentando tirar as mãos do meu salvador de mim.

Mencionei que ela é um pouco territorial quando se trata de mim?

Os olhos do homem se arregalam enquanto ele ofega.

— Puta merda, essa droga de cachorro me mordeu! — Ele balança o braço, tentando soltar Fluff, cujo pequeno corpo se agita. O balanço só a deixa mais determinada a segurar. Ele solta um gemido terrível.

O outro cara, aquele que estava gritando comigo, vem correndo para ajudá-lo.

— Não a machuque! — Minha voz retorna quando vejo que eles estão prestes a arremessar a pobre Fluff pelo parque na pressa de tirá-la do braço do homem.

— Tire-a de cima de mim!

Eu me levanto e a alcanço, sentindo minhas pernas tremendo e a cabeça girando na pressa de me mover rápido demais.

Felizmente, Fluff me vê de pé e vem de bom grado na minha dire-ção, soltando sua vítima.

— Você está sangrando — o homem chamado Hayden diz. — Ele *está sangrando, merda!*

Não tenho certeza com quem ele está falando até que um grupo de pessoas fica ao redor do cara legal, cuidando de seu ferimento.

— Ele precisa ir ao pronto-socorro? — Hayden pergunta. Ele é muito bonito: é alto, de ombros largos, cabelos escuros e olhos azuis. Ele também está bem chateado. — Por favor, me diga que ele não vai precisar da porcaria do pronto-socorro. Se perdermos essa droga de dia inteiro...

— Hayden! — O homem ferido afasta os outros e seca o machucado com uma gaze. — Cale a boca! Dê uma volta e respire fundo.

— É fácil para você dizer, Flynn. Não é o seu que está na reta para entregar isso a tempo e dentro do orçamento.

— Saia. Daqui.

Hayden sai cambaleando, gritando ordens para as pessoas enquanto se afasta.

Finalmente dou uma olhada ao redor e vejo câmeras, escadas, postes de luz, fios elétricos pelo chão, uma área com uma tenda de um lado e um monte de gente parecendo incerta.

— Sinto muito. Não notei que vocês estavam aqui. Fluff... ela se afastou de mim e corri atrás dela. — Arrisco um olhar para ele e é nesse momento que me dou conta: minha cachorra mordeu *Flynn Godfrey*. O Flynn Godfrey. Flynn *Gato* Godfrey.

— Você é... ah, meu Deus. Sinto muito. Não sei o que deu nela. Em um minuto estávamos caminhando pela rua e no seguinte... ela morde Flynn Godfrey.

Seus olhos atraentes brilham com diversão.

— Não é engraçado! — Não posso acreditar que ele está *rindo*.

— É meio engraçado.

— Não é, não — Hayden grita pelo parque.

— *Cale* a boca, Hayden — Flynn fala sem tirar os olhos de mim.

— Você está bem? Sinto muito. A mordida é novidade. Ela está com 14 anos e parece mais terrível agora do que quando era um filhote. E eu estou balbuciando. E você é Flynn Godfrey. — Dou um passo para trás, desejando uma maneira de simplesmente desaparecer antes que eu morra de vergonha na frente do maior astro de cinema do universo.

— Espere.

Eu paro, porque o que mais se faz quando Flynn Godfrey dá uma ordem?

— Você está bem *mesmo*? — ele pergunta, aparentemente se esquecendo do próprio machucado.

Sua beleza magnética me deixa sem fala, então eu aceno.

— Tem certeza?

— Sim. — Forço as palavras a passarem pela estranha sensação no peito e garganta. — E você?

— É só um arranhão. Não precisa se preocupar.

— Bem, hum... foi um prazer te conhecer. Sou uma grande fã do seu trabalho. Talvez a sua maior fã. Mas não sou uma perseguidora, nem nada assim. — Estou fazendo aquilo de novo. Balbuciando na frente do maior astro de cinema do planeta. — Vou parar de falar agora. Me desculpe novamente por interromper seu trabalho. Diga a *ele* que sinto muito também. — Aceno na direção de Hayden. Ele ainda está reclamando sem parar e, de repente, quero sair de lá, porque o cara é um pouco assustador.

Aperto o braço em torno de Fluff e saio apressada, quase tropeçando em um cabo de energia no caminho para fora do parque. É quando vejo as placas gigantescas informando nos portões: *Fechado hoje para filmagem*. Ótimo.

Plenamente consciente de que todos no parque estão me observando ir embora, incluindo Flynn Godfrey, o maior ator do universo, eu ando o mais rápido que posso, mesmo com as pernas bambas.

Atrás de mim, ouço vozes masculinas discutindo em voz alta. Então ouço sua voz.

— Ei, espere. Não vá.

Ele está falando comigo? Tenho medo de parar para descobrir, então eu ando mais rápido. Fluff está se contorcendo em meus braços, querendo descer para que possa andar também.

— De jeito nenhum, senhorita. Suas asas estão oficialmente cortadas.

Ela solta um rosnado e continua a lutar contra mim.

— Nem pense em me morder, ouviu?

— Espere!

É *ele* e está chamando por *mim*. Enquanto tudo me diz para fugir, algo me faz parar e me virar. Mais tarde, vou olhar para essa decisão como um daqueles momentos de mudança de vida em que não se percebe que é o que está acontecendo, mas, em retrospecto, você pode ver como isso foi importante.

De qualquer forma...

Ele está correndo atrás de mim. Flynn Godfrey está me perseguindo.

As poucas pessoas no Bleecker param o que estão fazendo para observá-lo. Mesmo no frio, a visão do maior astro de cinema do universo impede as pessoas de seguirem seus caminhos. Sua respiração ofegante forma fumacinha enquanto ele me alcança. O olhar intenso no rosto me desarma.

— Não me diga que você decidiu processar a pobre Fluff. — Tento agir de forma espirituosa para não demonstrar o pânico. — Seu patrimônio líquido é uma cama de penas de ganso, alguns brinquedos e uma coleira muito cara e, aparentemente, inútil.

Seus lábios vacilam ligeiramente, mas seus olhos... seus olhos são profundos, sombrios e determinados.

— Você não me disse seu nome.

— Por que quer saber o meu nome? Você *vai* me processar, não é? Antes de gastar um dinheirão com advogados, você precisa saber que o patrimônio líquido da Fluff é um pouco maior do que o meu.

— Não vou te processar — ele fala, rindo. — Mas não me importaria com um café. Se você tiver tempo e... se me disser seu nome.

— Você... quer tomar café. Comigo?

— Se você tiver tempo e se me disser seu nome.

Estou atordoada e as pessoas que me conhecem diriam que isso acontece, bem... nunca. Me chamam de tagarela na escola, porque gosto de conversar com meus colegas na hora do almoço enquanto a maioria prefere alguns minutos de silêncio.

— Você tem um nome, não é?

— É, hum, Natalie.

— Natalie. É um bom nome. Vem com um sobrenome?

— Bryant. — Às vezes, o meu novo nome ainda parece engraçado ao sair dos meus lábios, mas o nome antigo... o nome antigo pertence à vida antiga, e nenhum dos dois tem lugar aqui na minha nova vida perfeita, que ficou muito mais perfeita.

— Natalie Bryant. E Fluff. — Ele levanta a mão como se quisesse acariciá-la, mas seu rosnado o faz pensar melhor.

— Fluff-o-Nutter.

— O quê?

— É o nome completo dela. Fluff é o apelido. — Não sei por que digo isso, mas quando ele ri – alto – meu estômago fica agitado e estranho. Fiz Flynn Godfrey rir. Enquanto ele enxuga uma lágrima de riso do canto do olho, descubro que gosto de fazê-lo rir.

Este dia não está se tornando muito interessante?

2

Flynn

Ela é linda sem precisar se esforçar, tem a inocência das pessoas que são realmente bonitas, mas que não sabem disso. Seu cabelo é uma massa de cachos escuros saindo por baixo de um gorro de tricô que parece ter sido feito à mão. O frio e a vergonha causada pelo nosso encontro intensificaram a cor das suas bochechas e deixaram sua boca, cheia e exuberante, tão vermelha quanto um morango maduro.

Eu não podia deixá-la ir embora sem, pelo menos, saber seu nome.

Hayden ficou furioso quando disse a ele que precisava de meia hora.

— Estamos congelando aqui fora, Flynn. Você vai nos fazer esperar meia hora enquanto corre atrás de um rabo de saia?

Só porque somos melhores amigos — na maior parte do tempo — é que resisti à vontade de dar um soco na cara do meu diretor e parceiro de negócios. Temos irritado um ao outro nas últimas semanas enquanto essa filmagem, que parece ser interminável, chega ao fim com esses *takes* finais no Greenwich Village.

Meia hora não vai fazer diferença no nosso orçamento e o trailer aconchegante de Hayden fica nas proximidades para manter todo mundo aquecido. Isto é, se o cretino egoísta decidir dividi-lo com a equipe. Caso contrário, entreguei a chave do meu trailer a um dos operadores de cabo com ordens de convidar a equipe para um intervalo.

A cadela, chamada Fluff-o-Nutter, rosna para mim enquanto eu contemplo sua dona deslumbrante, Natalie Bryant.

— Então, café? Sim?

Seus profundos olhos castanhos observam os arredores.

— Podemos ir ao Gorman's. Eles me deixarão entrar com a Fluff.

Nunca ouvi falar desse lugar, mas se isso significa que posso passar mais alguns minutos com ela, por mim está tudo bem.

— Vá na frente.

Seguimos a curta distância em um silêncio constrangedor e entramos em uma cafeteria onde Natalie e Fluff, claramente, são clientes regulares. A dona, uma mulher grande chamada Cleo, faz festa para Fluff, que se contorce de alegria com o carinho no queixo.

— Como vai a escola? — Cleo pergunta a Natalie enquanto serve o que parece ser um café com leite desnatado sem açúcar.

Estou supondo, porque, na verdade, Natalie não pediu coisa alguma.

Posso sentir o olhar de Natalie indo de mim para Cleo e sua apreensão enquanto continua a conversa com a mulher que, ou não me notou ou não me reconheceu. Ainda.

— Bem — Natalie responde. — Tenho a melhor classe possível para o meu primeiro ano. Adoro todos eles e até os pais são ótimos.

— Você tem sorte. A minha filha é professora na cidade e tem exatamente o oposto neste ano. Um grupo de pirralhos, e os pais são piores.

— Argh. Isso deve ser difícil.

— Fluff quer um biscoito?

— Não, ela foi malcriada esta manhã. Nada de biscoitos hoje.

Fluff reclama em protesto.

— São três e vinte e cinco, querida.

— Deixa comigo. — Me aproximo do balcão antes que Natalie possa puxar sua carteira. Eu a convidei. Vou pagar.

Cleo arregala os olhos e abre a boca.

— Você. Você é. Você é...

— Flynn Godfrey. Prazer em conhecê-la.

Ela grita. Alto. Tão alto que Fluff começa a latir freneticamente enquanto se contorce nos braços de Natalie.

O grito de Cleo traz toda a equipe ao balcão, junto com alguns clientes. Depois de dar autógrafos, beijar a bochecha trêmula de Cleo enquanto um dos funcionários tira fotos e me esquivar para pedir um café, que ela não me deixa pagar, usei uma grande parte dos meus preciosos trinta minutos.

Olhando para Natalie, aponto para uma mesa no canto.

— Senta comigo por um minuto?

Ela olha em volta, para os olhos curiosos que não saem de nós, e eu odeio perceber o quanto ela parece estar desconfortável.

— Hum, claro, por um segundo. — Ela se acomoda na cadeira que seguro para ela, conduzindo com habilidade o cachorro rabugento e seu café.

Esta é a parte da fama que eu realmente odeio. Conheço uma mulher que acho interessante, mas não posso levá-la para um café sem causar um espetáculo. Na verdade, raramente saio em público sem segurança, mas decidi arriscar para ter uma chance de conversar com Natalie. Até agora, é provável que esteja convencida de que estou muito mais interessado em mim mesmo do que nela.

Caminho por uma linha tênue — como eu nego a Cleo e sua equipe alguns autógrafos e fotos sem parecer um idiota? Por outro lado, como faço para satisfazê-los sem parecer egocêntrico para Natalie?

— Me desculpe por isso. — Inclino a cabeça em direção ao balcão, onde Cleo se inclina, fixando sua atenção extasiada em nós.

— Deve acontecer o tempo todo, né?

Dou de ombros, sem querer falar de mim mesmo. Estou cansado de mim e muito mais interessado nela.

— Então você é professora?

Ela parece surpresa com a pergunta.

— Isso mesmo. Terceira série da Emerson School, uma das melhores escolas da cidade.

— Impressionante.

— Claro que é — ela diz com uma risada que faz meu estômago se apertar de desejo. Ela é deslumbrante. Jovial, cheia de vida, exuberância e paixão.

— É muito impressionante. Te dou muito crédito por isso. Ficaria louco passando sete horas por dia com crianças de 7 anos.

— Minhas crianças têm 8 anos e são seis horas por dia.

— Então me corrijo — e estou encantado, coisa que não compartilho com ela. Enquanto tomo um gole de café, penso que ela é jovem. Muito jovem e delicada para mim e, ainda assim... estou fascinado. — Você é daqui?

Ela balança a cabeça.

— Nebraska. Eu me candidatei a um programa especial que traz professores do primeiro ano para a cidade. Eles nos ajudam a encontrar moradias, colegas de apartamento e a nos estabelecer em troca de um compromisso de 2 anos com o programa. Também ajudam com nossos empréstimos estudantis.

— Você está muito longe de casa.

— E amando cada minuto.

Jovem, baunilha, vinda de tão longe e tão distante do tipo de mulher que eu normalmente busco... preciso sair daqui e voltar ao trabalho antes que Hayden me mate, mas não consigo me mexer. Não enquanto a jovem e estonteante Natalie Bryant está sentada à minha frente, parecendo levemente chocada por estar tomando café comigo. Odeio essa parte da fama também. Agora quero ser apenas um homem tomando café com uma mulher linda, mas sou sempre Flynn Godfrey, o astro de cinema. É como se as palavras "astro de cinema" fizessem parte do meu nome como um adendo ao sobrenome, tipo júnior ou algo assim.

Ela me observa com um brilho de diversão nos olhos que acho muito atraente.

— Eu perguntaria o que você faz, mas já sei. Astro de cinema. Perguntaria de onde você é, mas também sei disso. Beverly Hills. Podia perguntar a sua idade, mas sei que você tem trinta e dois...

— Trinta e três — falo, me divertindo com seu discurso. — Estou surpreso que você não saiba sobre o aniversário no Natal.

— Sei que o super-ator Max Godfrey se casou com a cantora Estelle Flynn e quando o filho deles nasceu, *no dia de Natal*, Flynn Godfrey foi consagrado pela realeza de Hollywood. Eu poderia perguntar se você tem irmãos, mas sei que tem três irmãs mais velhas. Então, o que mais deveríamos falar? — Enquanto faz a pergunta, ela apoia o queixo na mão e me dá um sorrisinho insolente que me mata.

Estou morto. Estou encantado. E atrasado.

— Poderíamos conversar sobre o jantar — falo antes de me dar dois segundos para pensar sobre o que estou fazendo. Não posso deixá-la ir embora sem saber que vou vê-la de novo. *Preciso* vê-la mais uma vez.

— Jantar.

— Você está familiarizada com a terceira e, muitas vezes, a última refeição do dia?

— Já ouvi falar, mas nunca tive isso com o maior ator de cinema do mundo.

Faço uma careta, porque, neste momento, odeio ser o maior ator de cinema do mundo, especialmente se isso vai me custar a chance de passar mais tempo com essa mulher incrível.

— Isso é um grande banho de água fria?

— Um banho de água fria, em si, não, mas você tem que admitir que para uma professora de Nebraska em seu primeiro ano em Nova York, esta manhã foi bastante surreal.

— Entendo como está sendo do seu ponto de vista, mas do meu, está sendo uma manhã bastante revigorante. Estava esperando que a noite também pudesse ser.

— Não vou dormir com você.

Me sinto atordoado e sem palavras, o que quase nunca acontece. Não me lembro da última vez que alguém me surpreendeu tanto.

Seu rosto fica vermelho, e isso só aumenta sua beleza. Quero sentir o calor das suas bochechas sob meus lábios, e meu pau se agita enquanto esse pensamento chega ao meu cérebro confuso.

— Sinto muito. Isso foi grosseiro. Você não me pediu para eu ir para a cama com você.

— Não, não pedi. — Sorrio ao ver sua confusão. — Ainda não, de qualquer maneira. Pensei que poderíamos começar com um jantar e seguir daí.

— Desde que "seguir daí" não envolva um quarto, eu consideraria jantar com você.

Estou muito mais aliviado do que deveria em saber que vou vê-la novamente.

— Prometo que não haverá menção a quartos.

— Nem a sofás, bancos de trás ou quaisquer outras superfícies horizontais.

— Você esqueceu paredes, escadas e chuveiros. Alguns dos meus melhores trabalhos são feitos na vertical.

Ela arregala os olhos e forma um adorável "O" com a boca, e isso me faz desejá-la com ferocidade.

— Você é bastante experiente nessas coisas.

— Tem mais a ver com imaginação do que experiência.

— Eu, hum, deveria ir e deixar você voltar ao trabalho.

Quero me chutar por levar o nosso flerte longe demais e perturbá-la a ponto de ela querer se afastar.

— Me desculpe. Eu só estava brincando. Você tem a minha palavra: vou me comportar como um perfeito cavalheiro enquanto estiver na sua presença e ficaria extremamente honrado se você jantasse comigo esta noite.

— Você... ficaria honrado.

— Foi o que eu disse.

— Por quê? — Ela parece genuinamente curiosa. — Você poderia sair com qualquer mulher no mundo. Por que eu? Minha cachorra te mordeu, te fez sangrar. Achei que você ficaria furioso comigo, não que me convidaria para sair.

Será que ela não faz ideia do quanto é adorável?

— Por que não você? Eu te falei. Foi só um arranhão. Já perdoei a Fluff.

Ao ouvir seu nome, a cachorra mostra os dentes para mim.

— É muito legal da sua parte. Eu ainda não a perdoei.

— Pode me dar seu endereço? — Retiro o celular do bolso do casaco para que possa digitá-lo enquanto ela me passa as informações de maneira hesitante. — Que tal me passar o seu número de telefone para que eu possa te ligar se precisar me atrasar?

Não reconheço o código de área, então presumo que seja um número de Nebraska.

— Certo. — Fico de pé com relutância. — Vou te enviar uma mensagem, assim você terá o meu número se precisar entrar em contato comigo. — Gostaria de não ter nenhum compromisso neste dia frio. Gostaria de passar mais tempo com ela. — Me desculpe por tomar o café e correr.

— Obrigada pelo café.

Não mencionei que ela deveria agradecer a Cleo, que não aceitou pagamento pelas nossas bebidas.

— Posso te buscar às sete?

Ela mordisca o lábio inferior. Fico duro no mesmo instante e grato pelo casaco que cobre a evidência da minha excitação. Assentindo, ela pergunta:

— O que devo vestir?

Penso sobre isso por um segundo.

— Um vestido. Talvez preto é nova-iorquina agora. Imagino que você tenha um, certo?

— Tenho, sim — ela fala com um sorrisinho tímido.

— Excelente. Te vejo mais tarde. Fluff, foi um prazer. Cuide bem da sua mãe e se comporte no caminho para casa.

Fluff mostra novamente seus dentinhos — muito afiados — e rosna.

— Sinto muito. Não sei por que ela está se comportando dessa maneira. Ela não costuma agir assim.

Pisco para Natalie.

— Não se preocupe. Pelo menos, ela não me pediu um autógrafo.

Eu a deixo rindo, satisfeito comigo mesmo, com ela e muito ansioso por esta noite enquanto corro de volta para o parque e para enfrentar a ira de Hayden, enviando o SMS que havia prometido no caminho.

Ele está andando de um lado para o outro no playground quando volto.

— Que *porra* foi essa, Flynn? Terminou de resolver seus assuntos pessoais? Podemos voltar ao trabalho?

Ignoro as duas primeiras perguntas.

— Sim.

— Qual é o problema com a garota?

— Nada. — Não é da sua conta, mas, infelizmente, ele me conhece desde sempre e pode dizer que estou mentindo na sua cara.

— Cara... sério? Ela é uma *criança*. Você não deveria arrastar uma menina doce para o seu mundo.

A parte triste é que ele está totalmente certo. Não há lugar para uma garota legal como Natalie no meu mundo. Nenhum lugar mesmo. Mas estou fascinado e contando as horas até que possa vê-la novamente.

3

Natalie

lynn Godfrey me convidou para jantar. A frase passa pela minha cabeça várias vezes no caminho para casa. Coloquei Fluff para andar, porque meus braços estão doendo por segurá-la durante muito tempo. Seu passo ganha uma nova vitalidade, provavelmente, porque ela acha que conseguiu se livrar de Flynn.

Durante a caminhada para casa, também me ocorre que a preparação para esta noite vai ocupar todo o meu dia. Quando chego à casa de arenito de três andares, onde moro com minha colega, Leah, estou desejando não ter aceitado o convite.

Fluff e eu corremos pelas escadas até a porta da frente e subimos rapidamente para o nosso apartamento no segundo andar. Lá dentro, levo cinco minutos para tirar todas as camadas de roupa que usei para a caminhada. Até então, Fluff está pulando em mim, querendo seu almoço.

Eu a alimento e fico na cozinha por um minuto, me sentindo atordoada e entorpecida enquanto revivo os eventos da última hora. Pego o celular e leio várias vezes sua mensagem: *Foi um prazer te conhecer, Natalie. Estou ansioso para te ver mais tarde. Flynn.*

Leah entra, carregando uma enorme cesta de roupa suja e reclamando do cheiro na lavanderia, que parece piorar a cada dia que passa. Ela é alta e magra, com longos cabelos castanhos e olhos azuis. Invejo sua habilidade de comer o que quer. Ela inveja minhas curvas. Exceto por algumas diferenças fundamentais na filosofia de vida, nos damos bem.

— Me diga a verdade — ela fala, largando a cesta e vindo até mim. — Estou com o cheiro da lavanderia?

Eu me inclino e dou uma cheirada em seu cabelo, mas tudo o que sinto é o shampoo de salão no qual ela me deixou viciada, mesmo que nenhuma de nós possa pagar por isso.

— Você está cheirosa.

— Se lembra daquele episódio de *Seinfeld*? Quando ele pega o carro no lava-rápido e está com cheiro de suor? Então ele e Elaine também ficam com o cheiro por causa do carro?

Quando era mais nova, não tinha permissão para ver TV e estava muito ocupada tentando sobreviver na faculdade, então me viciei em televisão desde que me mudei para cá. A obsessão de Leah com as reprises de *Seinfeld* passou para mim.

— Eu amo esse episódio.

— É o que vai acontecer com a gente se não descobrirem o que é que fede naquela lavanderia. Ninguém vai querer ficar perto de nós.

Quando está em casa, ela xinga excessivamente. Diz que precisa desabafar depois de uma semana se comportando muito bem em sala de aula com alunos da quarta série. Ela me encoraja a xingar também, mas as poucas vezes que tentei resultaram em gargalhadas das duas. Leah diz que se eu morar com ela por tempo suficiente, vai acabar me influenciando.

— Como foi a caminhada? — ela pergunta do sofá onde se acomodou para dobrar a montanha de roupas limpas.

— Foi... você não vai acreditar no que aconteceu. — A história salta da minha boca em uma confusão de palavras e gestos com a mão. Quando termino, Leah olha para mim como se eu tivesse dito que vi alienígenas no parque.

— Você está inventando isso. Está me sacaneando.

— Não, não estou. Juro por Deus que é verdade.

— Você trombou com o Flynn Godfrey no parque, Fluff *mordeu* o braço dele, vocês tomaram um café *e* ele te convidou para jantar?

— Sim.

— Você está *mentindo*.

— Leah — falo, começando a me sentir exasperada —, por que eu inventaria isso?

— Você conheceu mesmo o Flynn Godfrey.

— Sim.

— *Puta merda!* — Ela está fora do sofá e me agarrando. — Me conte tudo. Não deixe de fora um único detalhe.

Repasso todos os acontecimentos, mas dessa vez, devagar e com o máximo de detalhes que consigo me lembrar — que são todos, é claro — e ela presta atenção em cada palavra que digo.

— E ele vem aqui? Esta noite?

Mostro a ela o SMS que ele mandou.

— Às sete horas.

— Vou ligar para o trabalho e dizer que estou doente. — Ela tem um segundo emprego à noite, em um bar na rua e trabalha tanto em um sábado à noite quanto durante uma semana inteira na escola.

— Não, não vai. Você não pode se dar ao luxo de ficar doente. — Dou aulas particulares quase todos os dias depois da escola para complementar minha renda. Como Leah não aguenta mais um minuto com suas crianças, ela trabalha no bar aos finais de semana.

— Não vou perder a chance de conhecer Flynn Godfrey.

— Eu o levo ao bar para te conhecer antes de irmos para onde quer que seja.

— Aonde vocês vão?

— Não sei. Ele não disse.

Ela acena de forma frenética com uma mão na frente do rosto.

— Sinto que estou hiperventilando. Estou hiperventilando?

Como ela ainda é capaz de formar frases, respondo:

— Acho que não.

— Você vai sair para jantar com Flynn Godfrey.

— Vou mesmo.

— Você tem que pegar *muuuuito* ele.

— Não vou *pegar* ele. Até já o deixei avisado disso.

Ela geme alto.

— Natalie, honestamente. Você está saindo com o cara mais gostoso *da porra do planeta*. Se você não transar com ele, eu transo.

— Você conhece meus sentimentos quanto a isso. — Fiz o que agora sei ter sido um erro de proporções épicas quando contei a minha nova amiga e colega de apartamento que eu não transaria com qualquer homem a menos que fosse casada com ele. Não disse a ela — nem a ninguém — o motivo da minha resolução. Tenho um bom motivo, mas é algo que só diz respeito a mim. O que ela não precisa saber é que ao dizer aos homens que estou me guardando para o casamento, eu me poupo do incômodo do sexo, que é exatamente o que eu quero. Ela zombou de mim sem parar até que eu, finalmente, a mandei calar a boca ou nunca mais contaria nada a ela.

Ela parou de falar a respeito, mas não se esqueceu.

— Este não é o momento para uma virtude rigorosa, Nat. É hora de se soltar e se divertir com algo que você vai lembrar para o resto da vida.

— Isso não vai acontecer. Sei que você acha meus valores ridículos, mas eles são importantes para mim.

— Não são ridículos — Leah fala com um suspiro. — São admiráveis.

Reviro os olhos para ela, porque não acredito, nem por um segundo, que ela está falando sério.

— *São* mesmo e não estou tirando sarro de você. Juro que não estou. É só... eles podem ser um pouco... irreais. Só isso.

— Talvez sim, mas não vou mudar de ideia nem abrir mão deles só porque um ator famoso me convidou para sair. Se eu mudar quem sou por uma noite, quem eu serei amanhã?

Leah coloca as mãos nos meus ombros e me olha nos olhos.

— Você ainda será a mesma. Mas será quem *você* é tendo *transado* com *Flynn Godfrey*.

Ela é tão sincera e tão suplicante que eu acabo rindo, coisa que ela não gosta.

— Guarde as minhas palavras. Daqui 10 anos, quando você olhar para trás, quando você tiver perdido a virgindade e estiver presa *ao cara* com quem vai transar *pelo resto da vida*, vai dizer a si mesma: eu deveria ter escutado a Leah e ter trepado com Flynn Godfrey quando tive a chance.

Coloco minhas mãos sobre as orelhas, fingindo que não posso ouvi-la.

— Estou marcando a data para que eu possa te lembrar dessa conversa em 10 anos.

— Vou esperar por isso ansiosamente, mas, por enquanto, preciso descobrir o que vestir. Você vai me ajudar ou o quê?

— Por favor, pelo amor de Deus e tudo o que é sagrado, você vai usar lingerie sensual só por garantia?

— Mas é claro que não.

— Argh — ela suspira —, você é ridícula, mas vou te ajudar mesmo assim.

ÀS QUATRO DA TARDE, o interfone toca avisando que chegou uma entrega e Leah desce para pegar. Ela volta carregando a orquídea roxa mais linda que já vi em um vaso de cerâmica igualmente bonito.

Ela me entrega o cartão.

— Como se houvesse alguma dúvida, é para você.

Me sinto uma tola quando pego o cartão, porque minhas mãos tremem quando abro o envelope.

Adorei conhecer você e Fluff esta manhã. Estou ansioso para o jantar. FG

— O que está escrito? — Leah está pulando tentando ver por cima do meu ombro, então entrego o cartão para ela.

— Ah, meu Deus! Isso é tão romântico!

Reconheço, é legal da parte dele me mandar uma flor tão linda — que eu não tenho a menor ideia de como cuidar —, mas romântico? Não sei se eu iria tão longe.

— Não é romântico? — A empolgação de Leah está começando a me dar nos nervos. É só um jantar. Não consigo entender por que ela está fazendo tanto barulho por isso.

— Claro — respondo, porque é mais fácil do que entrar em outra discussão sobre porque não sou animada como as outras mulheres da nossa idade são. Parei de ser assim quando tinha 15 anos. Foi quando alguém em quem eu confiava roubou minha juventude e inocência. Mas não quero pensar nisso hoje. Se me permitir pensar nisso, não vou conseguir ficar pronta a tempo do Flynn chegar. Não pensar a esse respeito se tornou uma forma de arte e aprendi, da maneira mais difícil, o que acontece quando permito que a escuridão se intrometa na minha nova vida.

Às seis e meia, estou um desastre total. Passei a tarde toda com Leah me preparando e me enfeitando, e odeio a aparência do meu cabelo, a maquiagem está horrível e estou quase sem tempo.

Ela está pulverizando outra porcaria no meu cabelo, que agora não se parece nada com o meu próprio cabelo. Na verdade, lembra o penteado de uma foto que ela encontrou na *Vogue* e que, segundo ela, seria semelhante ao que ele esperava ver. Como se ela soubesse, de alguma forma, o que ele espera.

Não sei quem estou tentando ser, mas essa não sou eu e não posso fazer isso.

— Leah. Pare.

— O que você quer dizer com pare? Não terminamos.

— Terminamos, sim. — Puxo a toalha dos ombros e me viro para ela no nosso banheiro apertado. — Pareço uma aberração. Está tudo errado.

— O que você está fazendo? Natalie! Ele estará aqui em meia hora!

Tenho tempo suficiente para fazer isso do meu jeito.

— Preciso do banheiro, Leah.

Erguendo as mãos, ela sai e eu me movo mais rápido do que nunca no chuveiro para lavar toda a porcaria do meu cabelo e do rosto. Seco o cabelo em tempo recorde, mas não me preocupo em arrumá-lo da maneira que eu normalmente faria antes de um grande evento. Um pouco de máscara de cílios, um toque de brilho labial e estou pronta.

Saio do banheiro quando Leah está prestes a sair para o trabalho. Ela dá uma olhada para mim e balança a cabeça com desânimo aparente.

— Não se esqueça de levá-lo ao bar.

— Pode deixar.

— Divirta-se, Nat, e não seja uma puritana total. Aja de forma livre – de verdade.

— Posso me divertir sem ficar nua.

— Não descarte essa possibilidade até tentar, amiga. Estou saindo.

Quero dizer a ela que virtuosa e puritana não são sinônimos, mas ela vai embora antes que eu possa abrir a boca. Não sou puritana. Não julgo os outros por suas escolhas. Nem espero que alguém compreenda minhas crenças ou tento impô-la a outras pessoas. Nunca disse a Leah algo como: *você não deveria dormir com todos os caras que namora*, porque isso seria puritano e crítico.

No entanto, ela acha perfeitamente aceitável me dizer que preciso me soltar e ficar nua com alguém que nem conheço. É um duplo padrão que eu poderia defender durante todo o dia, exceto que só tenho dez minutos até Flynn chegar. Ainda não consigo acreditar que estou pensando nisso de forma casual. *A chegada de Flynn.*

No meu quarto, coloco o vestido preto que tenho, além das meias 7/8 e botas pretas de salto alto. Espero não me arrepender dos saltos, mas também espero que não fiquemos fora por muito tempo, porque a temperatura caiu bastante. Me sentindo apressada e nem um pouco pronta para um encontro desta magnitude, arrumo uma pequena bolsa com o essencial, coloco pulseiras de prata no pulso e brincos de diamante para completar a composição.

Me avalio no espelho e, embora eu não possa competir com a perfeição casual das mulheres que vejo nas ruas, pelo menos pareço comigo mesma — para o bem ou para o mal. A campainha toca, e eu dou um pulo. Isso assusta Fluff, que late sem parar.

— Pare com isso. — Me abaixo para acariciar sua cabeça e beijar seu rosto peludo. — Volto mais tarde. Comporte-se e eu posso te dar um petisco.

Com isso, ela se senta e olha para mim com expectativa.

— Ah, tudo bem. — Temo que serei uma mãe terrível quando tiver filhos e a culpa será da Fluff. Totalmente manipulada pelos olhos tristes de um cachorro de nove quilos, distribuo alguns petiscos e pego meu casaco e bolsa. Apertando o botão do interfone, falo: — Vou descer. — Desligo antes que ele possa responder.

Minhas mãos estão tremendo de novo e odeio estar tão nervosa. Ele é só um homem. Um homem que veste a calça em uma perna de cada vez, como meu avô diria. Nas escadas, meu salto prende em um dos degraus de borracha e evito o desastre segurando o corrimão. Corto o braço no esforço para não cair da escada. Isso só aumenta as dores que ainda sinto por conta da queda no parque esta manhã.

Me sentindo humilhada pelo acidente, paro e respiro profundamente duas vezes. É só um homem. Uma perna de cada vez. Só um homem. Uma pessoa como qualquer outra. Inspiro pelo nariz, expiro pela boca. Enquanto estou parada, termino de abotoar o casaco de lã vermelha e colocar as luvas. Recuperando a compostura, desço lentamente as escadas restantes e abro a porta para o próprio Flynn Godfrey. Ele está usando um sobretudo preto desabotoado, então posso ver que ele usa uma camisa branca sem gravata. Observo brevemente aquele triângulo de pele exposta acima do primeiro botão.

Naquele momento, percebo que esperava que ele tivesse um motorista. Estrelas de cinema não costumam dirigir pela cidade sozinhas, não é? Aparentemente, esta costuma.

Ele me olha por um longo momento — o suficiente para que eu sinta como se tivesse me esquecido de lavar a pasta de dente da boca ou algo pior...

— Você... está impressionante.

É quando percebo que ele está me encarando pela melhor das razões, e meu coração começa a bater tão forte que me deixa tonta. Ele estende o braço e, como estou propensa a desastres hoje, aceito de bom grado.

Enquanto ele me ajuda a descer as escadas de pedra, noto o veículo preto e brilhante com vidros escuros estacionado no meio-fio com o pisca-alerta ligado. Minhas mãos suam de nervoso. Me sinto grata pelas luvas e o ar frio batendo contra minhas bochechas acaloradas.

Flynn abre a porta do passageiro e a segura para mim até que eu esteja acomodada. Enquanto me sento no banco de couro aquecido e respiro o aroma do perfume mais atraente que já encontrei, me ocorre que ninguém vai saber onde estarei esta noite. Leah sabe com quem estarei, mas não onde. Ela vai trabalhar no bar até as duas da manhã e não vai chegar em casa até depois das três — isso é, se ela não receber oferta melhor e não for para casa. Esses pensamentos me fazem sentir em pânico enquanto ele entra ao meu lado e fecha a porta.

— Você está adorável — ele diz.

— Obrigada. — Olho para ele, ainda sem acreditar que estou sentada em um carro esporte fantástico e incrivelmente caro com Flynn Godfrey. — Posso pedir um favor?

— É claro.

— Minha colega de apartamento ficou muito desapontada por ter precisado ir para o trabalho antes de você me buscar. Estava pensando se você se importaria...

— Onde ela trabalha?

Digo onde fica o bar, e ele considera isso antes de virar seu olhar potente para mim, parecendo perturbado.

— Espero que você entenda... não posso entrar lá sem causar um tumulto. Será que você pode pedir a ela para sair para nos ver?

— Claro. Ela pode fazer isso.

— O que foi agora? — ele pergunta, me observando com tanta intensidade que me sinto inquieta e exposta.

— Eu... estava pensando se estaria tudo bem se disséssemos a ela onde vamos esta noite.

Ele arqueia uma sobrancelha escura.

— Você está com medo de mim?

Mais como aterrorizada, mas não posso dizer isso.

— Não, mas só te conheci hoje de manhã, e me sentiria mais confortável se alguém que se importa comigo soubesse onde estou.

— Entendo.

Apesar do que diz, não posso deixar de me perguntar se ele realmente compreende o que é ser uma jovem recém-chegada na cidade, tendo que lidar com muitos perigos. Se eu estivesse falando com meus pais, eles teriam tentando me impedir de vir para cá. Eles tinham medo de tudo, especialmente de coisas que não conheciam ou entendiam. Mas não falo com eles há 8 anos, então eles não tiveram voz na minha grande decisão. No segundo em que recebi a carta de aceitação no programa, soube que não havia nada que pudesse me impedir de me mudar para cá e realizar meus sonhos.

Tiro as luvas e envio um SMS para Leah, pedindo que ela vá até o lado de fora para nos encontrar. Paramos em frente ao bar alguns minutos depois, e ela está esperando no frio e sem casaco.

Flynn abaixa o vidro do lado do carona e se inclina sobre mim sem realmente me tocar, mas estou consciente da sua proximidade.

Leah ergue a mão para cobrir a boca quando o vê.

Me sinto grata por ela não estar gritando.

As palavras "cale a boca, cale a boca, *cale a boca*" estão abafadas por sua mão.

— Leah, eu presumo? — Flynn fala no tom rouco e sexy que fez dele um superstar.

Ainda com a mão sobre a boca, Leah assente.

Ele olha para mim.

— Ela é sempre tão comunicativa?

Isso me faz rir.

— Dê um segundo para ela se recuperar e a pessoa não vai conseguir mais calar a boca. — Olho para ela. — Satisfeita?

— Por enquanto — Leah responde.

— Natalie gostaria que você soubesse onde iremos esta noite. Vou usar o telefone dela para te enviar o endereço, tudo bem?

— Hum, sim — ela fala e sua voz soa estridente. — Isso é ótimo.

— Se eu não voltar, espero que você faça *algo* quanto a isso — acrescento.

— Acredito que sua amiga está convencida de que vou fugir com ela e nunca mais vou trazê-la de volta para casa. Tenho que confessar, isso passou pela minha cabeça, mas vou deixa a fuga para o nosso segundo encontro.

Leah suspira audivelmente, abanando o rosto e girando em um

círculo completo. Em seguida, ela se inclina em direção ao carro e aponta para mim.

— Se lembra do que conversamos?

Estou tão petrificada que ela vá dizer aquilo em voz alta que me recuso a concordar, com medo de encorajá-la.

— Não há tempo como o presente, minha amiga. Sr. Godfrey, foi realmente um prazer conhecê-lo. Se decidir fugir com a minha colega de apartamento, não vou ligar para a emergência.

— Leah! *Sim, você vai!!*

— Relaxe. Se divirta. Seja um pouquinho *selvagem*. — Ela balança as sobrancelhas e consegue me enfurecer. Espero que meu olhar deixe claro que vou matá-la enquanto dorme.

— Podemos ir agora — digo a Flynn, que parece estar interessado na conversa.

— Mas isso está ficando interessante.

— Vá para o trabalho, Leah.

— Aja de forma selvagem, Natalie.

— Foi muito bom te conhecer, Leah — Flynn fala, rindo baixinho.

— Digo o mesmo. Obrigada por ter vindo. Volte quando puder entrar e eu puder impressionar todos os meus colegas de trabalho por sermos amigos.

— Eu ficaria feliz.

Ela acena e volta para o bar, sem dúvida, pronta para contar a fofoca sobre a sua companheira de apartamento.

— Ela é hilária — ele fala, ganhando uma olhada minha. — O quê? Ela é, sim.

— Se você diz.

— Posso pegar seu telefone emprestado para enviar a mensagem que prometi?

Encontro o nome de Leah na lista de contatos e entrego o telefone com a tela de SMS aberta.

Ele digita algo rápido e devolve o telefone para mim.

— Vou saber onde estamos indo?

— Quando chegarmos lá.

Não gosto da sua resposta. De repente, não gosto dessa coisa toda.

A resposta vaga a uma pergunta legítima, associada à insensatez de Leah, me deixou com o humor instável. Eu gostaria de estar em casa com Fluff, comendo algo entregue em casa e vendo filmes na TV como faço todos os sábados à noite. O que estou fazendo neste carro com Flynn Godfrey?

— Eu gostaria de ir para casa, por favor.

4

Flynn

Pela segunda vez, ela me surpreende. Eu me viro para poder ver seu rosto. Ela está olhando para frente, se recusando a me encarar.

— O quê?

— Eu disse que gostaria de ir para casa.

— Por quê?

— Porque não sei o que estou fazendo aqui e já não quero mais estar.

— Você está aqui porque gostei da sua companhia hoje de manhã e gostaria de conhecê-la. E eu meio que esperava que você sentisse o mesmo por mim.

Ela, finalmente, me olha e descubro que é ainda mais impressionante quando está com raiva.

— Por que eu?

Me ocorre que eu deveria escolher minhas palavras com cuidado. Qualquer chance que eu possa ter com ela depende do que vou dizer agora.

— Achei que você era uma mudança de ritmo revigorante. Sabe como é raro encontrar alguém que não surte com o que eu faço e com quem sou?

— Eu surtei. Um pouco.

— Um pouco. E logo depois você agiu... normal. Gostei daquilo. Aprecio isso. Quero passar mais tempo assim. Com você. Você é linda, doce, não é afetada e é apaixonada pelo seu trabalho e sua nova cidade, e... eu gosto de você. — Dou de ombros com o quanto as emoções crescem de forma inesperada em meu peito e ameaçam fechar minha garganta. — Sinto falta de conversas normais com pessoas normais. Sabe quanto tempo passou desde que conheci alguém normal?

— Aprecio que você me ache normal e entendo que você está dizendo isso como um elogio.

— Como o mais alto dos elogios.

— Mas...

— Mas o quê?

— Não sei como dizer isso sem ferir seus sentimentos e não quero fazer isso.

Ela é adorável, e eu a quero com um desespero que me atordoa.

— Não se preocupe comigo. Posso aguentar. Fale comigo.

— Sei coisas sobre você.

Isso me assusta, outra emoção que me pega de surpresa.

— Que coisas? — Noto que seus dedos estão tremendo quando ela os leva à garganta.

— Sei sobre seus sentimentos em relação às mulheres, relaciona-mentos, casamento e compromisso.

— Você sabe o que foi veiculado na mídia.

— Sim e não é particularmente lisonjeiro para as mulheres. Não tive muito tempo para considerar como me sinto sobre essas coisas. Agora que pensei, não vejo motivo em passarmos tempo juntos quando isso não vai dar em nada.

— Você tem que saber que muito do que é publicado sobre mim é mentira.

— Muito, mas nem tudo.

— Não — admito —, nem tudo.

— A parte sobre como você ficou tão magoado com seu primeiro casamento que decidiu nunca mais se casar de novo é mentira?

Sinto um impacto direto no estômago com a pergunta e luto contra a necessidade de me contorcer sob seu olhar aguçado.

— Essa parte pode ser verdade.

— Então realmente não faz sentido passarmos mais tempo juntos, porque se você é como a maioria dos homens, e suspeito que seja, o ritual de namoro acontece com um objetivo em mente – levar sua conquista da semana para a cama. Como não quero e nem vou dormir com alguém com que eu não seja casada e você não tem intenção de se casar de novo, eu diria que estamos em um impasse.

— Então espere, você não... isso é para dizer...

— Você me ouviu corretamente.

Pela terceira vez, ela tirou o ar dos meus pulmões.

— Bem...

— Vamos pular essa coisa toda? Você se importaria de me levar para casa?

— Eu... — De repente, me sinto em pânico ao pensar nela escapando antes que eu tenha a chance de conhecê-la. Percebo que estou em um sério problema quando não me importo se ela não vai dormir comigo. O que eu quero dela, o que *preciso*, vai muito além do sexo. — Por favor. — Minha voz é reduzida a um mero sussurro. — Me dê esta noite. Se depois disso você não quiser me ver de novo, vou respeitar seus desejos. — Pego sua mão e a levo até minha boca, encostando os lábios de leve sobre os nós dos seus dedos.

Ela respira fundo, o que me diz que não está imune a mim. De modo algum. Mas, como sempre, não faço ideia se ela está reagindo a mim ou ao fato de que um astro do cinema beijou sua mão. Gostaria de ter a oportunidade de descobrir.

— Por favor.

Ela me olha por mais tempo, e tenho a estranha sensação de que minha vida inteira e qualquer chance que eu tenha de ser verdadeiramente feliz depende do que ela vai dizer a seguir. É uma sensação que nunca experimentei antes e me assusta pra caramba.

— Tá — ela fala de um jeito suave, me fazendo sentir como se tivesse ganhado um presente inestimável.

Talvez tenha mesmo. Ela me deu o prazer da sua companhia que, de repente, é o mais importante para mim.

Manobro o carro em direção ao nosso destino e nos dirigimos para a parte alta da cidade em silêncio. Não tenho certeza de quem está mais nervoso sobre como esta noite será — eu ou ela.

Natalie

Estou assustada com a atração que sinto por ele. Nunca senti algo tão forte em relação a outra pessoa e não sei se estou atraída pelo homem ou pela celebridade. Alguma mulher com pulso não se sentiria tonta e sem fôlego sentada ao lado do espécime conhecido como Flynn Godfrey? Ou o que estou sentindo não tem nada a ver com quem ele é para o resto do mundo e tudo a ver com quem ele poderia ser para mim? Como vou saber?

Seguimos mais para o norte, os números das ruas transversais aumentando em cada quarteirão. O tráfego desacelera no distrito dos teatros, onde as luzes brilhantes da Broadway me deslumbram. Não passei muito tempo aqui, não me aventurei além da Times Square ou das butiques de grife da Quinta Avenida. Estive onde os turistas vão. Ele está me levando para outro lugar completamente diferente.

— Já esteve em algum espetáculo da Broadway? — ele pergunta.

— Ainda não. Os ingressos são um pouco caros.

— Sim, imagino que sim.

Provavelmente ele entra de graça, o que é irônico. Aqueles que têm mais condições de pagar ingressos não precisam.

— Qual peça você gostaria de ver? — ele pergunta.

— *Book of Mormon* ou *Wicked*.

— São incríveis.

— É claro que você já deve ter assistido tudo.

— Nem tudo, mas tento assistir a algumas peças sempre que passo um tempo em Nova York. Adoro teatro.

— Já se apresentou no teatro?

— Há muito tempo. Quando eu estava começando na indústria. É algo que eu gostaria de fazer de novo algum dia.

Alguns minutos depois, entramos em uma garagem subterrânea, e meu nervosismo volta com força total. Sinto que estou sendo levada para as entranhas de Manhattan e posso ou não ser vista ou ouvida de novo. Compartilho esse pensamento com Flynn, que acha isso hilário.

— Você tem uma imaginação terrível, Natalie Bryant.

Meu novo nome parece certo vindo dele. Se parece com a nova eu. Gosto da nova Natalie. Ela é corajosa, ousada e, principalmente, destemida. Isso até que o maior astro do cinema do planeta decide que quer passar mais tempo com ela. Então ela fica nervosa, com medo e cheia da ansiedade que quase a debilitou no passado.

Não quero mais ser ela. Trabalhei muito para escapar daquelas amarras e encontrar o caminho para sair do pesadelo do meu passado e ter um futuro promissor. Não posso deixar uma noite com um homem enigmático desfazer todo o progresso que consegui com dificuldade. Não vou deixar isso acontecer.

— Posso te ouvir pensando — ele fala enquanto o carro desce cada vez mais na garagem.

— Como você pode ouvir alguém pensando?

— Seus pensamentos são tão altos que atravessam o silêncio.

— Muito bem. Vou morder a isca. O que estou pensando?

— Espere. Você morde? Mesmo?

Reviro os olhos para o seu flerte sem vergonha. Ele é incrivelmente talentoso nesse aspecto. Um mestre, podemos dizer. Estou terrivelmente fora de ambiente e nós dois sabemos disso.

Ele estaciona em uma vaga e desliga o motor.

— Você está pensando que essa é a coisa mais louca, impulsiva, ridiculamente insegura que já fez em sua vida e... — Ele inclina a cabeça e me observa decidido, do seu jeito astuto que se tornou familiar para mim no curto tempo em que passamos juntos. — está desejando estar em casa, dividindo comida chinesa com a Fluff em vez de desperdiçar seu tempo com um homem que quer coisas nas quais você não está interessada.

Estou atordoada, mexida, exposta e sendo lembrada do quanto sou problemática. Não tenho nenhuma curiosidade em me interessar por ele ou imaginar como seria conhecê-lo como uma mulher inteira e saudável que pudesse dar o que ele quer.

— Cheguei perto?

— Surpreendentemente.

Ele faz um beicinho que é adorável vindo dele.

— Nunca tive tanta inveja de uma bola de pelos de nove quilos na vida. Aposto que ela até consegue dormir aconchegada a você, certo?

— Claro que sim.

— E quanto à cama de pena de ganso que foi listada entre os bens dela mais cedo?

— É só para manter as aparências. Não queremos que as pessoas falem sobre nós dormindo juntas.

O beicinho se transforma em um sorriso tão potente que minha calcinha, de repente, fica muito apertada. Estou contraída e formigando em lugares que nunca estive antes. É o sorriso que o levou duas vezes à capa da *Revista People* como o homem mais sexy do mundo. É o sorriso que abre os filmes e obriga as mulheres fazerem coisas malucas como escalar a cerca de segurança da sua casa e enviar fotos pelo correio que ninguém, exceto os maridos, deveriam ver. Sim, li cada palavra que já foi publicada sobre ele, então tenho uma vantagem injusta.

Sei tudo a seu respeito. Ele não sabe nada sobre mim, e se eu mantiver meu jeito, ele nunca saberá.

Flynn

Quero saber tudo sobre ela: se precisa de café para funcionar de manhã, qual é sua música favorita, cor predileta, com o que ela gosta de dormir. A possibilidade de ela preferir dormir sem nada não é algo que eu tenha condições de considerar no momento. Não quando estou tentando impedi-la de fugir. Ela é como um potro nervoso sendo apresentado a uma sela — sempre pronto para correr. Eu a conheço há menos de doze horas e já entendi que se eu a deixar fugir, se a deixar ir embora, sua lembrança me assombraria para sempre.

— Que tipo de carro é esse? É legal.

Sim, é legal e vale mais de um milhão e meio de dólares, não que eu diria isso a ela.

— É um Bugatti Veyron.

— Nunca ouvi falar.

— Carros são um dos meus vícios. — Aponto para o Range Rover SUV branco e para a moto Ducati vermelha, que é o meu meio de transporte preferido na cidade. Decidi que o Range Rover era muito comum para uma noite tão importante, e a Ducati, com certeza, a assustaria. Vou deixar isso para o segundo encontro, se eu tiver essa sorte.

O pensamento me faz parar quando saio do carro e me aproximo para ajudá-la. Não é sempre que me preocupo em conseguir um segundo encontro. Me tornei complacente no que diz respeito a mulheres. Faz muito tempo desde que alguém me fez batalhar por um segundo encontro do jeito que vou precisar fazer com Natalie.

Ela segura a mão que ofereço para ajudá-la a sair do carro e o impacto da sua pele roçando a minha percorre meu corpo como um fio elétrico. Quando ela me olha com os olhos arregalados e lábios entreabertos, sei, com certeza, que o meu toque teve o mesmo efeito sobre ela.

Observo quando suas pernas elegantes tocam o chão, e ela sai do carro. Minha boca fica seca ao pensar em tocar aqueles músculos bem definidos.

Quando ela passa a mão sobre a saia, noto que estou olhando e me forço a olhar para seu rosto e não para o corpo. Fecho a porta e tranco o carro por hábito, não por medo de ser roubado em uma garagem em que só eu tenho acesso. Enquanto a levo para o elevador, continuo a segurar sua mão e considero uma pequena vitória ela não se afastar de mim.

No elevador, insiro o cartão que nos leva ao andar de cima. Ela fica quieta na curta viagem, mas observa. Seu olhar nota os detalhes do elevador bem equipado, se afastando de mim. Por alguma razão, acho sua reação divertida, cativante e mais do que um pouco revigorante. As mulheres tendem a agir como bobas quando estão comigo. Elas falam sem parar. Preenchem cada silêncio com falatório, como se temessem que eu perca o interesse se elas não forem divertidas e encantadoras o tempo todo.

Natalie preenche o silêncio com mais silêncio, e eu me vejo desesperado, tentando pensar em algo para dizer que possa *envolvê-la* e *mantê-la* interessada em *mim*. Me sinto honrado em admitir que estou fora da minha zona de conforto com essa mulher, o que só me deixa mais determinado a conhecê-la.

Antes que eu possa ser charmoso ou espirituoso, o elevador para e chegamos ao meu apartamento, no último andar. As portas se abrem, e levo Natalie para o *foyer*.

— Posso pegar o seu casaco?

— Claro, obrigada.

Solto a sua mão para ajudar com o casaco.

— Posso? — Ela aponta para as salas além do *foyer*.

— Claro. Fique à vontade.

Ela entra na sala de estar e se dirige para as janelas, que vão do chão ao teto, com vista para o Central Park e a Quinta Avenida.

— Essa vista é incrível. Você pode ver a pista de patinação e a casa de barcos.

— A vista me fez comprar o lugar.

Ela se afasta da janela para dar uma olhada no resto do apartamento, que consiste em uma sala de estar espaçosa, cozinha que raramente uso, um escritório onde passo a maior parte do meu tempo quando estou em Nova York, o quarto e o banheiro principal.

— Quer ver o resto?

— Adoraria.

Eu a levo para o meu escritório, onde ela passa alguns minutos olhando as fotos da família e dos amigos que coloquei na parede ao lado da mesa, que está coberta com roteiros que ameaçam cair em uma avalanche no meu laptop. Preciso arrumar este lugar um dia desses.

Quando ela parece satisfeita, atravessamos o corredor até o quarto, e ela me surpreende quando entra e dá uma boa olhada na cama *king-size* e nas fotos dos meus sobrinhos na mesa de cabeceira.

— O banheiro fica ali.

Quando ela abre a porta para dar uma espiada, fico agradecido por ter tirado um tempo esta tarde para arrumar a cama e pegar as toalhas do chão.

— Amei a banheira — ela fala quando se junta a mim no quarto. — Se eu tivesse uma assim, tomaria banhos de espuma todas as noites.

A imagem dela na banheira, cercada por bolhas, me faz engolir em seco e forçar o pensamento para outra coisa que não seja seu corpo nu, assim não me envergonho — e a ela — com uma reação previsível.

— Sinta-se à vontade para vir até aqui e tomar um banho a hora que quiser.

— Claro — ela fala com uma risada. — Vou simplesmente aparecer para um banho de espuma.

— Minha banheira é sua.

— Tenha cuidado ao fazer promessas que você não tem intenção de cumprir.

Estou surpreendentemente magoado por sua certeza de que não estou sendo sincero. Atravesso o quarto em direção à cômoda e volto em sua direção, entregando a ela um cartão-chave.

— Quando você quiser.

— Eu estava brincando — ela fala enquanto suas bochechas coram.

— Eu, não. — Nada na forma como me sinto quando ela está presente é uma brincadeira para mim. Vivi o suficiente, namorei muitas mulheres, dormi com mais delas do que, provavelmente, deveria para saber quando algo é diferente, especial e único. Natalie é tudo isso.

Ela tenta me devolver a chave.

— Você não deve dar a chave da sua casa a alguém que mal

conhece. Não há uma equipe de segurança para te dizer esse tipo de coisa?

Sua resposta indignada me faz rir, o que parece incomodá-la.

— Você está me dizendo que pode não ser confiável com a minha chave?

— Estou dizendo que você não deveria ser tão despreocupado com sua segurança. Como sabe que não sou uma fã maluca?

— Você é? — pergunto, fingindo preocupação. De alguma forma, já sei que posso confiar nessa mulher com tudo o que tenho.

— Não, mas você não tem como saber se estou mentindo.

— Você acredita em instinto? Sexto sentido?

— Talvez. Mais ou menos.

— Meus instintos estão me dizendo que posso confiar em você para ter esta chave. Meu sexto sentido diz que não vou me arrepender de dividir minha banheira com você, já que nunca a uso e é uma pena você desperdiçar a oportunidade se isso vai te dar prazer.

Mais uma vez, as bochechas dela coram, desta vez com a palavra "prazer".

— Você nunca usa a banheira? Sério?

— Tenho vergonha de confessar que nunca usei.

— E há quanto tempo você é dono deste apartamento?

Tenho que pensar sobre isso por um segundo.

— Fará 10 anos em março.

— Isso é trágico.

— O que posso dizer? Sou o tipo de cara de banhos de chuveiro.

De repente, ela parece perceber que estamos tendo uma conversa um tanto íntima dentro dos limites do meu quarto.

— Sua casa tem uma cozinha?

— Por aqui.

Acendo as luzes da cozinha enquanto um sorriso se estende por seu rosto.

— Uau. Agora também tenho inveja da cozinha.

— Você tem a chave. Sinta-se livre para usá-la. Este é outro cômodo que recebe pouco a minha atenção, além da geladeira, onde você sempre pode encontrar uma cerveja gelada.

— Típico dos homens.

— Culpado. Falando na minha total incapacidade de cozinhar, pensei em contratar uma mulher que conheço, e que cozinha para nossa equipe de produção sempre que estamos na cidade, para fazer alguma coisa para nós hoje à noite, mas isso me pareceu muito pretensioso. — Abro uma gaveta, retiro uma pilha de cardápios de restaurante que entregam comida em casa e os coloco no balcão diante dela.

Ela pressiona dois dedos contra os lábios, parecendo reprimir uma risada.

— Você está rindo de mim? —pergunto, fingindo indignação.

Colocando o dedo indicador e o polegar juntos, ela diz:

— Só um pouquinho.

— Isso não é muito legal da sua parte. Estou aqui, me despindo e admitindo minhas falhas, e você está rindo de mim. — Balanço a cabeça, encantado quando uma gargalhada explode dela, me fazendo sentir que ganhei algo precioso. Meu estômago ronca alto, o que só a faz rir mais. — Sim, estou morrendo de fome, então, se você não se importar em me dizer o que gostaria de comer, farei a ligação.

Ela faz um biquinho adorável e estuda os cardápios com a mesma intensidade que, suspeito, dê a tudo. É um pouco inquietante admitir o quanto quero receber essa intensidade.

— Isso — diz, entregando o menu de um restaurante italiano próximo, que faz entrega.

— Meu favorito. O que vai querer?

— Piccata de frango e uma salada Caesar, por favor.

Fico olhando para ela por um breve momento.

— Você não vai acreditar quando eu disser isso, mas esse é o meu pedido habitual.

— Tem razão. Não acredito em você.

Balançando a cabeça em sinal de divertimento, pego o celular do bolso e digito o número que sei de cor.

— Aqui é Flynn Godfrey. Dois do meu habitual, por favor. — Sorrio para ela enquanto faço o pedido. — Obrigado.

— Isso não prova nada, sabia? — ela fala depois que eu termino a ligação.

— Sim, porque eu realmente poderia definir isso com antecedência. — Ela ri e estou cativado mais uma vez. Natalie é adorável, atrevida, engraçada e fácil de estar junto. Com ela sou Flynn Godfrey, um cara comum, e gosto de como as coisas são. Fico tão cansado de ser Flynn Godfrey, o astro do cinema, com outras mulheres.

— Você me surpreende — ela fala.

Estou pegando taças de vinho, mas paro e me viro em sua direção. Ela se senta junto ao balcão que separa a área de estar da cozinha.

— Como assim?

— Imaginei que você teria... pessoas. Te levando para os lugares, cozinhando e cuidando de você.

— Está desapontada por eu não ter?

— Ao contrário. Estou agradavelmente surpresa.

— Você não pode acreditar em tudo que lê, sabia? — Levanto uma garrafa de *pinot noir* e outra de *chardonnay*.

Ela aponta para o branco, e eu me ocupo abrindo a rolha.

— Posso acreditar em algumas coisas, certo?

— Bem pouco. A maior parte é mentira total.

— Se publicam mentiras, por que você não os processa?

Dando de ombros, digo a ela:

— Porque tenho uso melhor para o meu tempo e dinheiro. Se eu processasse todas as mentiras que publicam, viveria fazendo isso.

— Mas se você processar cada vez que mentirem, talvez parem.

— Enquanto as mentiras continuarem vendendo jornais e revista e trazendo audiência para sites e programas de TV, a imprensa continuará fazendo isso.

— Não posso imaginar como deve ser ler mentiras a seu respeito constantemente na imprensa. — Ela toma um gole do vinho e faz um ruído satisfeito que faz com que minha masculinidade tome total conhecimento. — Uau, isso é bom.

— Fico feliz que goste. — Não menciono que meus parceiros e eu somos donos da vinícola. É melhor que seja bom. — E, quanto às mentiras, eu as ignoro. Tenho advogados contratados para ficar de olho em mentiras particularmente chocantes, mas, na maioria das vezes, não perco tempo ou energia com isso.

— O que conta como uma mentira particularmente chocante?

— No ano passado, processei uma revista de fofocas do Reino Unido por insinuar que meu sobrinho – o filho da minha irmã – é, na verdade, meu filho, porque se parece comigo quando eu era criança.

Ela olha para mim de boca aberta.

— Está falando sério?

— Infelizmente, sim.

— Espero que você tenha acabado com esses idiotas.

Rio de sua resposta indignada e me aprofundo no que está acontecendo entre nós.

— Eu, minha irmã e o marido também. Foi feio, mas conseguimos encerrar o assunto antes que o Ian, meu sobrinho, percebesse o que estava acontecendo. Graças à Deus pelos pequenos favores. O acordo vai pagar sua ida para qualquer universidade que ele queira.

— Isso é repugnante e invasivo. Lamento que tenha acontecido com você e sua família.

— Obrigado. Eu odeio dizer que estamos acostumados com isso, mas quando se cresce com pais como os nossos, parece vir com o pacote. Ficou muito pior nos últimos anos. O tempo todo, minha mãe diz que teria perdido a cabeça se quando ela começou a carreira fosse como é agora.

Natalie apoia o queixo na mão.

— Ela é tão fabulosa quanto parece?

— Ainda mais. — Meu sorriso é genuíno quando penso em minha mãe mal-humorada, engraçada e maravilhosa. — Ela gostaria de você.

Isso parece agradá-la.

— Mesmo? Como assim?

Me sento no banquinho ao lado dela, com cuidado para que nenhuma parte do meu corpo toque nela.

— Porque você é apaixonada pelo seu trabalho e tem um propósito verdadeiro. Ela gosta dessas qualidades nas pessoas.

— Eu amo meu trabalho. Não tinha certeza se gostaria, mas é incrível sentir que estou realmente fazendo a diferença para meus alunos. Às vezes, me pergunto como vou deixá-los quando o ano letivo terminar. Me envolvi bastante.

— Eles têm sorte de ter uma professora tão dedicada.

— A sortuda sou eu. Muitos dos professores com quem estive na faculdade tiveram alunos e pais piores. Os meus são todos ótimos. Me disseram para aproveitar, porque ninguém consegue isso todos os anos, mas, por enquanto, não há nada para não amar.

— Aposto que todos os garotinhos são apaixonados pela srta. Bryant.

— *Que seja* — ela fala, revirando os olhos.

— Fui muito apaixonado pela minha professora da segunda série, a sra. Carole. Ela era muito gostosa.

— Você é galanteador desde que tinha 7 anos, não é?

— Gosto de pensar que tenho bom gosto — digo, com uma piscadela que a faz rir.

O interfone tocando me impede de olhar para ela. Gosto quando ri. Gosto muito.

— Com licença. — Atravesso a sala até o elevador, onde o interfone está localizado. — Sim?

— Me desculpe por perturbá-lo, sr. Godfrey. Temos uma entrega aqui embaixo para você.

— Pode mandar subir. Obrigado.

— Obrigado, senhor.

Enquanto espero no elevador, eu a vejo olhando para mim. Ela parece envergonhada por ter sido pega e desvia o olhar. O elevador se abre para revelar uma mulher, que nunca vi antes, com a entrega. Deve ser nova. Ela me olha boquiaberta, até eu alcançar os pacotes que ela está carregando. Dou uma gorjeta de vinte dólares e um passo para trás, deixando o elevador fechar antes que ela tenha tempo de se recuperar.

O episódio me diverte, mas não tanto quanto diverte Natalie.

— Aquela pobre garota não teve ideia do que a atingiu quando aquelas portas se abriram e você estava lá.

— Acontece. — Não tenho absolutamente nenhuma vontade de falar sobre a minha fama ou a estranheza que a acompanha. Na cozinha, sirvo a comida. Por um capricho, acendo algumas velas e as coloco entre nossos pratos. — Aí está. Quase tão bom quanto um restaurante cinco estrelas, mas sem as inevitáveis interrupções.

— Está muito bom. Obrigada.

— Obrigado por não me fazer comer sozinho.

— Como se você não tivesse um milhão de pessoas que poderia chamar em um instante.

— Lá vai você de novo acreditar em tudo que lê. — Encho nossas taças de vinho antes de me acomodar no banquinho ao seu lado. — Só porque conheço muitas pessoas não quer dizer que quero jantar com elas.

— Não pretendo fazer suposições. — Ela toma um gole de vinho. — Na superfície, sua vida parece tão... glamourosa e excitante.

— Pode ser, às vezes. E não quero que ninguém pense que estou reclamando sobre o que seria um constrangimento dos ricos, mas também enfrento muitas horas em circunstâncias menos que ideais. Uma vez, passei oito horas na água gelada durante as filmagens e terminei no hospital com hipotermia. Levei dois dias para me sentir aquecido novamente. Outra vez, toda a nossa equipe sofreu com intoxicação alimentar no México. Foi engraçado. Quebrei ossos durante as filmagens. Rompi ligamentos e torci o joelho duas vezes. O melhor de tudo foi passar dois dias nu, na cama, filmando uma cena de amor com a mulher que me traiu e arruinou o nosso casamento. Isso foi *incrível*. — Claro, essa não é a história completa, mas não gostaria de compartilhar o restante com Natalie.

Ela me encara com os olhos arregalados.

— Uau.

— Me desculpe. Não pretendia fazer um desabafo. Minha vida é extremamente divertida, muitas vezes, muito excitante e até glamourosa em alguns momentos. Mas há outros em que é muito triste também. A imprensa não conta sobre essa parte, porque quem quer ouvir sobre intoxicação alimentar?

Ela dá uma mordida delicada no frango e estremece.

— Eu, não.

— Exatamente. É muito mais divertido nos mostrar em smokings e vestidos de baile, indo a um prêmio após o outro, onde cumprimentamos os outros por trabalhos espetacularmente bem feitos.

— Vocês são muito bons nisso, como indústria.

Dou uma risada.

— Sim, somos. Somos brilhantes nisso.

— Tenho vergonha de admitir que nunca considerei o que você faz para gravar os filmes.

— Não se sinta constrangida. Se você não é do meio, como poderia saber como é? E, novamente, quero dizer de forma enfática que não estou reclamando. Fui abençoado mais do que poderia imaginar com a carreira que tenho. É que, às vezes, eu gostaria que o público, em geral, soubesse que há muito mais do que smokings e champanhe.

Largo o garfo e tomo um gole do vinho, surpreso ao descobrir que estou nervoso com o que quero dizer a seguir.

— Falando em smokings e champanhe, no próximo fim de semana é o Globo de Ouro, e sou um dos indicados. Adoraria te levar comigo, se você não estiver ocupada. — Gostaria de ter pensado em registrar sua reação ao meu convite. É inestimável e precioso.

— Você... você quer...

Cubro a mão dela com a minha e espero que ela me olhe.

— Gostaria de te levar para a Califórnia, como minha acompanhante, para o Globo de Ouro. Se você quiser vir.

— Eu... isso é muito legal da sua parte, mas tenho trabalho. Escola. E... não tenho nada para vestir.

— Podemos conseguir alguma coisa para você. Os estilistas ficariam loucos para te vestir. Eles fariam fila para te arrumar. E você podia tirar um dia de folga na escola. Você tem alguma folga sobrando?

— Três, mas...

— Talvez você pudesse tirar uma? Poderíamos voar na sexta à noite e comprar um vestido no sábado. Visitar alguns pontos turísticos, ver meus pais e o resto da família. A premiação é no domingo, então voamos de volta para casa na segunda-feira. Você estará de volta à escola na terça-feira.

— Você está falando sério.

Se ela soubesse o quanto estou interessado nela.

— Muito mesmo.

— Você acabou de me conhecer! Não pode me dar a chave do seu apartamento e me convidar para o Globo de Ouro depois de me conhecer há doze horas!

Olho para o relógio.

— Só isso? Parece que te conheço há mais tempo. — Mais como desde sempre. Ela atingiu a minha vida e minha alma como um tornado e me mudou de forma permanente. Por que e como isso é possível, não posso dizer. As coisas apenas são assim. — Pense na viagem. Não precisa decidir nada esta noite. — Eu a cutuco e redireciono sua atenção para a comida. — Termine seu jantar.

— Não sei se posso comer mais.

— Eu te aborreci?

— Não. Me surpreendeu.

— Sou bem-sucedido nesse tipo de coisa.

— O que não entendo... — Ela balança a cabeça como se estivesse reconsiderando o que planejava dizer.

— O que você não entende, Natalie? — Estou desesperado para saber, mas mantenho a expressão neutra, esperando que ela me diga sem que eu tenha que implorar.

— Eu... disse que não vou dormir com você.

— E?

— E nada. Por que você quer me levar para o fim de semana, quando sabe que nada vai acontecer?

— Como você pode dizer que nada vai acontecer? Vou passar três dias inteiros com você. Terei a chance de te apresentar para a minha família, te mostrar a casa onde cresci e a minha casa em Los Angeles. Vou te levar a um dos eventos mais emocionantes do ano em Hollywood. Verei seus olhos brilharem de alegria toda vez que encontrar alguém que você admira de longe há anos. Vou te ter ao meu lado para conversar quando a premiação ficar longa e chata, o que sempre acontece. Talvez você segure minha mão quando minha categoria for anunciada. E depois, vou ter a mais linda acompanhante de todas nas festas. Como você pode chamar isso de nada?

Depois de uma longa pausa, ela pergunta:

— Por que eu?

— Porque não você? Gosto de você, Natalie. Gosto de estar e falar com você. Não estou pedindo nada além do prazer da sua companhia por três dias, durante os quais você terá seu próprio quarto com uma tranca na porta para me manter afastado. E pretendo te ver sempre que você me permitir, antes de irmos a algum lugar juntos. Te convidei agora, porque amanhã é o último dia em que posso pedir um assento adicional na cerimônia de premiação, e porque preciso de algum tempo para fazer os arranjos.

— Ah. Entendo.

— O que você entende?

— Você não está apressando as coisas entre nós. Está sendo prático.

— Sim — falo, me sentindo mais uma vez encantado e divertido — acho que sim.

— Então, se eu te pedir algum tempo para pensar a respeito, você não vai conseguir um lugar extra.

— Isso. E se eu pedir um lugar extra, e você me disser que não pode, vou parecer um perdedor que não consegue uma acompanhante para uma premiação que será exibida em rede nacional quando o lugar ao meu lado estiver vazio. Você não ia querer isso para mim, não é?

— Você está inventando isso! Você pode conseguir uma acompanhante em dois segundos se eu não puder ir.

— É você ou ninguém. Não vou convidar outra pessoa.

— Isso é muita pressão para um primeiro encontro.

— Eu sei e sinto muito por isso. Sinto mesmo.

— De alguma forma, não acho que você sinta muito, de jeito nenhum.

Rio novamente. Rio mais com ela no pouco tempo em que passamos juntos do que durante o primeiro mês com a última mulher que namorei, uma modelo obcecada com sua aparência, peso e trabalho. Fiquei seis semanas com ela antes de terminar. Infelizmente, foi preciso uma ordem de restrição para fazê-la desaparecer. Afasto aqueles pensamentos desagradáveis para me concentrar na adorável Natalie.

— Como você se sente sobre sobremesa? — pergunto a ela.

— Geralmente ou de forma específica?

— Os dois.

— Em geral, sou uma grande fã de sobremesas, mas tenho regras.

— Ah, me conte.

— Primeiro de tudo, não deve haver frutas ou legumes de qualquer tipo envolvido.

— Isso exclui toda a família de sobremesas de bolo de cenoura, bem como o bolo de morango, meu favorito.

— Bolo de cenoura é nojento. Cenoura não tem nada a ver com bolo. No entanto, vou fazer uma exceção ocasional para bolo de morango, desde que seja coberto com chantilly.

Pensar em Natalie e chantilly faz coisas malucas para minha libido furiosa. Imagino que estou muito atraído por uma mulher, pela primeira vez em mais tempo do que me lembro, e ela já me avisa que não há chance de sexo. Estou bastante confiante de que conseguirei convencê-la a mudar de ideia. Estou quase certo de que eu poderia. Mas não vou. Prefiro saber por que uma mulher linda e doce estabeleceria regras tão rígidas para si mesma. Tem que ter um motivo, e quero saber o que é. Claro que pode ser uma questão religiosa, mas sinto que é mais complicado que isso.

— Terra para Flynn.

Seu comentário me tira dos meus pensamentos.

— Me desculpe.

— Onde você estava?

— Chantilly. Isso me deu ideias.

Seu rubor é quase tão adorável quanto o resto dela.

— Quais são as suas regras quanto a sorvete?

— De que tipo estamos falando?

— Tenho de café com gotas de chocolate, morango, que, provavelmente, está fora devido às suas regras e baunilha francesa.

— Café com gotas de chocolate é o meu favorito.

— Você está inventando isso — falo, ecoando sua afirmação anterior.

Ela ri.

— Não, não estou!

— Se é o que você diz. — Levo nossos pratos para a pia e deixo para lidar com eles mais tarde. Não quero perder um segundo do tempo que tenho com ela lavando pratos. Sirvo sorvete de café com gotas de chocolate para nós dois e volto à bancada, onde desfruto do prazer supremo de ver Natalie saboreando sorvete.

— Humm, tão bom.

Minha garganta aperta na explosão fria de sorvete enquanto me pergunto se ela pode reagir de forma semelhante às minhas mãos em sua pele. Anulo esses pensamentos antes que eles possam levar a uma reação embaraçosa. Dou outra colherada, esperando que o sorvete me refresque.

Ela leva a colher até a boca, e eu fico paralisado com o deslizar dos seus lábios no metal.

— Você realmente me convidou para ir ao Globo de Ouro?

— Convidei mesmo.

— Você é louco. Sabe disso, não sabe?

— Já fui chamado de coisas piores.

— Você não pode levar alguém que acabou de conhecer para um dos eventos mais importantes do ano.

— Por que não?

— Por esse motivo.

Inclino a cabeça e levanto as sobrancelhas, deixando-a saber que ela terá que explicar melhor.

— Não está certo.

— Linda, me deixe dizer o lado positivo de se celebridade. *Tudo* é certo. Somos um bando de preguiçosos autoindulgentes. Acho que com tudo o que você lê, sabe disso a respeito dos meus colegas. Se eu quiser levar alguém que acabei de conhecer para o Globo de Ouro, ninguém vai me impedir. Exceto você, é claro.

Ela balança a cabeça.

— Isso tudo é loucura. Sinto que o relógio vai chegar à meia-noite e seu Bugatti vai virar abóbora.

Olho para ela, horrorizado.

— Se o meu Bugatti se transformar em uma abóbora, nunca vou te perdoar. Eu *amo* aquele carro.

— Você sabe o que eu quero dizer. Este dia inteiro parece ter sido tirado da *Cinderela* ou algo assim.

— Você tem uma madrasta malvada? Meia-irmãs terríveis?

Ela faz uma pausa, longa o suficiente para eu me perguntar o que está pensando.

— Não.

Largo a colher, empurro a tigela e seguro sua mão.

— Pode ser difícil para você acreditar nisso, mas por baixo de todo a fofoca e atenção, sou só um cara. Eu como, durmo e respiro da mesma forma que todo mundo. Sou só um cara que conheceu uma mulher que o interessa. Gostaria de passar mais tempo com ela. Gostaria de levá-la comigo quando eu for a Los Angeles para o Globo de Ouro, porque estou meio nervoso. Estão dizendo que vou ganhar desta vez, e se isso acontecer, quero comemorar com você. Se não, quero que você me faça sentir melhor só por estar lá. É por isso que te pedi para ir.

— Você está falando sério.

— Completamente.

5

Natalie

ada nesta noite foi do jeito que eu esperava. Fui surpreendida e pega de surpresa a partir do momento em que ele foi me buscar em um carro que ele mesmo dirigiu e me levou para seu lindo, mas pequeno, apartamento onde, claramente, vive sem a ajuda de empregados.

E quando me convidou para ir a Los Angeles para o Globo de Ouro, ele me surpreendeu. É tudo em que posso pensar... como seria andar no tapete vermelho de braço dado com o maior astro de cinema do mundo? Está além das minhas fantasias, por isso a minha correlação com Cinderela.

Estranhamente, quero ir. Quero fazer parte da sua grande noite. Quero ver Los Angeles e Hollywood pela primeira vez com ele como meu guia. Pensar em encontrar Max Godfrey e Estelle Flynn quase me faz desmaiar, mas não tanto quanto a ideia de passar três dias com esse homem charmoso, bonito e completamente sedutor que diz ser só um cara normal e gosta da mesma comida que eu.

— Eu gostaria de ir — digo, hesitante —, mas nada mudou em relação a como me sinto sobre um relacionamento com você.

— Entendo e respeito isso.

— Então você, que pode ter qualquer mulher no planeta, está escolhendo passar um tempo com a única mulher que não vai para a cama com você em um estalar de dedos?

Ele fica estranhamente imóvel enquanto pensa na minha pergunta.

— Sim.

— Por quê?

— Por que o quê?

— Por que quer estar comigo quando pode ter qualquer outra? Por que um homem sensato gostaria de estar com uma mulher que não vai dormir com ele quando pode escolher alguém que iria?

— Apesar do que você parece acreditar, nem todo sujeito deixa sua cabeça de baixo pensar pela de cima.

— É mesmo? Humm, essa não tem sido minha experiência.

— Então você está saindo com os caras errados. — Mais uma vez, ele segura a minha mão. Sempre que ele faz isso, minha pele se arrepia e meus mamilos se contraem. Nunca tive esse tipo de reação a ninguém. Não que eu tenha deixado qualquer outro homem chegar perto o suficiente para testar minhas reações. — Vamos cuidar dessa sua preocupação de uma vez por todas, tá?

— Tá...

— Gosto de você. Desde o momento em que coloquei os olhos em você, caída no chão, com o vento batendo no rosto e sua adorável cachorrinha perto, quis te conhecer. Meus primeiros pensamentos a seu respeito não foram: *caramba, preciso ter essa mulher na minha cama.* Era mais algo do tipo: *não banque o idiota e deixe que essa mulher incrível vá embora sem que você a conheça.*

De repente, acho difícil engolir. Limpo a garganta e encontro o seu olhar intenso.

— Então você não pensa... assim... em mim?

— Assim como?

— Você sabe.

De repente, ele entende exatamente o que quero dizer.

— Ah! *Desse* jeito... sim, definitivamente, tive alguns pensamentos sobre como seria ter você nua na minha cama. Não vou mentir quanto a isso. Acho que seria incrível, excelente, inacreditável, espetacular...

Sorrindo, pressiono os dedos nos lábios dele para fazê-lo parar de falar.

Seus olhos se iluminam com uma risada silenciosa. Ele levanta a mão para cobrir os dedos que coloquei em seus lábios e a próxima coisa que percebo é que ele o está mordiscando. A descarga de calor que percorre meu corpo me arrepia e se acumula em um pulsar insistente entre minhas pernas.

Oprimida pela minha reação, afasto a mão, libertando-a.

— Me desculpe — ele fala. — Não pude resistir.

Estou perdida e confusa pela forma como meu corpo responde a ele. Nunca experimentei esses tipos de reações e não tenho certeza do que elas significam. Estou reagindo a Flynn, o homem, ou Flynn, o astro de cinema? Mesmo quando me faço a pergunta, sei que é o primeiro, e estaria mentindo para mim mesma se dissesse o contrário.

Ele tem toda a minha atenção novamente quando passa o dedo sobre o sulco entre as minhas sobrancelhas.

— Não pense demais, linda.

Isso me faz querer rir. Penso demais *em tudo*. Não tenho escolha quanto a isso. Quando você sai de casa e se afasta da família aos quinze anos, pensar demais se torna um modo de vida.

— Eu deveria ir para casa.

— Quer assistir a um filme? — ele pergunta, ao mesmo tempo.

— Ah, hum... — Verifico o relógio. São apenas nove horas e realmente não quero ir embora, mas preciso de um momento para controlar as emoções sem que sua presença dominadora me distraia. — Posso usar o banheiro?

— É claro. Você sabe onde fica. Sinta-se à vontade para usar a banheira também, se quiser.

Eu rio disso.

— Obrigada, mas vou recusar esta noite.

— A oferta está de pé.

— Volto já.

— Estarei aqui.

No banheiro, tiro um instante para praticar as técnicas de respiração profunda que o terapeuta nomeado pelo tribunal me ensinou.

Toda vez que me vejo fora de equilíbrio ou perturbada, faço isso. Estou me sentindo desequilibrada desde o momento em que percebi que havia trombado com Flynn Godfrey. E agora... ele está me convidando para ir para a Califórnia com ele, participar do Globo de Ouro e conhecer sua família. É muita coisa.

Me olho no espelho e fico chocada com o que vejo. Minhas bochechas estão coradas, os lábios estão levemente inchados, como se eu tivesse sido beijada de forma apaixonada e meus olhos... bem, meus olhos estão arregalados e, de alguma forma, mais brilhantes. O resto do meu corpo vibra bastante com a sensação, especialmente os mamilos e entre minhas pernas.

Olhando para o meu reflexo, não posso negar que o que estou sentindo — e vendo — é desejo. É tudo novo para mim, então mal posso processar a cascata de emoções que acompanham essa surpreendente noção. Depois do que aconteceu comigo quando eu tinha quinze anos, sufoquei esse meu lado, aquele que uma mulher jovem e saudável tem. Desde então, evitei homens, relacionamentos, sexo e todas as coisas que outras jovens procuram com abandono irrestrito.

Não posso me conceder um abandono sem restrições. Sobrevivi por estar no controle em todos os momentos e, agora, com certeza não estou no controle da reação do meu corpo a Flynn. Uso o banheiro e, em seguida, levo algum tempo lavando as mãos na água fria. Levo-as ao pescoço e rosto, na esperança de recuperar o controle que é tão necessário para minha nova vida.

Posso desfrutar da companhia de um homem bonito, charmoso, interessante e manter o controle. Talvez, se eu continuar me dizendo isso, será realmente verdade. Provavelmente é hora de ir para casa, mas ainda não quero ir. Não quero que esta noite termine. Só preciso manter as coisas na perspectiva correta e não permitir que minhas reações intrigantes governem minhas ações.

Estou no controle em todos os momentos. Nunca vou me esquecer da jornada terrível que me levou a esta nova e preciosa vida. Não vou deixar um homem bonito e carismático desfazer o trabalho duro que me permitiu recuperar a sanidade.

— Nunca se esqueça — sussurro para o meu reflexo antes de sair do banheiro para me juntar a ele.

— Qual é o veredicto? — ele pergunta. — Filme ou encerrar a noite?

Por ele parecer receptivo a qualquer uma das opções, decido ficar mais um pouco.

— O que você tem na categoria de filmes de garota?

Ele geme e me faz rir com o olhar de agonia que dá em minha direção.

— Sério?

— Você perguntou. Se não fosse por você, eu estaria em casa com a Fluff, assistindo a filmes fofos até agora.

— Filmes fofos, hein? Uau, não tenho certeza se posso competir com isso.

— Dê o seu melhor.

Ele vai até a estante onde a TV fica embutida e abre uma gaveta grande repleta de DVDs.

— A escolha da dama.

— Você tem todos os filmes já feitos aí?

— Só metade. A outra metade está na minha casa em Los Angeles.

— E você ainda compra os DVDs quando pode assistir via *streaming* a maioria desses filmes?

— Gosto de tê-los. Sou meio que um colecionador.

— Estou vendo.

— Na verdade, o que você vê é só uma parte. Sou meio obcecado. Filmes, VHS, DVD, Blu-ray. Tenho tudo.

— Acho que a sua obsessão faz sentido quando se considera o que você faz para viver.

— Se é assim que você quer justificar. Minhas irmãs dizem que preciso de um tratamento para isso e meu vício em carros.

— É melhor ser viciado em filmes e carros do que em algumas outras coisas que as celebridades se interessam.

— Viu? É isso o que eu digo também, mas elas não me dão a mínima. Até que seus filhos queiram assistir antecipadamente o próximo grande lançamento. Aí o tio Flynn é *bastante* útil.

— Não é fácil ser você na sua família, hein?

— E você se pergunta por que gosto tanto de você. Você sente a minha dor.

Sinto muito mais do que sua dor e apesar da conversa que tive comigo mesma no banheiro, já estou saindo do controle novamente. Leva apenas alguns minutos em sua presença para eu esquecer meus votos, ser atraída por seu charme sem esforço e humor autodepreciativo. Há algo incrivelmente atraente em um homem que pode rir de si mesmo, especialmente quando o resto do mundo o considera uma espécie de divindade.

Ansiosa por ter algo a fazer com toda a energia girando dentro de mim, me agacho para ver mais de perto a ampla gama de filmes na gaveta. No mesmo instante, bato os olhos no meu filme favorito de todos os tempos. Tirando a caixa da gaveta, levanto para ele ver.

Sua agonia é imediatamente aparente.

— *Sério?*

— Sério. A escolha da dama e tudo mais.

Cruzando os braços e balançando a cabeça, ele diz:

— Bem, sabia que você era boa demais para ser verdade. Ninguém é perfeito.

— Se não gosta, por que tem isso?

— É o favorito da minha mãe. Meus pais ficam aqui quando estão na cidade, então mantenho alguns dos seus filmes favoritos por perto.

Abro um grande sorriso para ele.

— Sua mãe tem um excelente gosto para filmes.

— Se você está dizendo... bem, vou assistir com uma condição.

— Diga.

— Você tem que cantar todas as músicas para mim.

— Combinado. — Ele não tem ideia do que está caçando. Conheço cada palavra de todas as músicas do filme.

— Merda, não imaginei que você diria isso.

Rindo da expressão enojada que ele faz, eu falo:

— Acho que você ainda não me descobriu totalmente.

— Talvez não, mas, com certeza, estou progredindo.

Flynn

Ela conhece cada palavra de todas as músicas de *A Noviça Rebelde* e sua voz é cristalina, até angelical. Cantando sobre como deve ter feito algo certo para encontrar o amor da sua vida, ela não consegue olhar para mim. Ela está corada e vejo um pequeno tremor em suas mãos. É tudo que posso fazer para evitar puxá-la para os meus braços e beijá--la sem parar. Nunca quis tanto beijar alguém de forma mais desesperada quanto quero beijá-la agora.

Nos envolvemos em um debate acirrado sobre o que exatamente constitui escalope à moda de Viena com macarrão — o prato que a noviça rebelde diz que gosta na música *My Favorite Things*, e quero enviar algo para ela dentro de um pacote de papel pardo amarrado com barbante, exatamente como diz a música. Talvez escalope à moda de Viena com macarrão? Minha mãe e irmãs *amam* este filme. Sempre o considerei uma tortura sentimental, mas assistindo com Natalie e testemunhando seu amor por todas as coisas dos Von Trapp, estou ainda mais cativado que antes.

A quem estou enganando? Não é o filme. É *ela*. Ela é doce, não é afetada e é adorável. E eu não deveria passar um tempo com ela, muito menos me permitir imaginar o que seria possível. Ela é pura demais para o meu mundo. Estar comigo iria arruiná-la, mas saber disso não me impede de querê-la como não me lembro de ter desejado alguém. Talvez nunca...

Tenho que me segurar para não ceder ao desejo de passar os dedos pelos cabelos longos e escuros, acariciar o doce calor que invade suas bochechas sempre que ela olha em minha direção, pressionar meu corpo contra o dela para mostrar o que faz comigo só estando sentada ao meu lado cantando músicas bobas com uma alegria tão impassível.

Ela é muito, *muito* boa para mim e se eu não fosse um idiota egoísta, eu a levaria para casa e esqueceria que a conheci. Isso seria o melhor para ela. Mas já sei que não vou fazer isso. *Não posso* fazer isso. Ela ainda não saiu da minha casa e já estou desejando passar mais tempo ao seu lado e fazendo planos para vê-la novamente — espero que amanhã.

Seus lábios se movem no ritmo da música *Edelweiss* enquanto o capitão se apresenta no festival de música, e noto que seus olhos, de repente, estão brilhantes com lágrimas não derramadas.

— Natalie?

— Humm?

— Você está bem?

Ela acena com a cabeça.

— É essa música... me deixa assim toda vez. Fico com saudades de casa.

— Quando foi a última vez que esteve em casa?

Ela parece considerar sua resposta com cuidado, o que acho estranho.

— Faz algum tempo. Há muito tempo.

— Você não foi para casa no Natal?

Ela balança a cabeça.

— Esse ano, não.

— Você sente falta da sua família — coloco isso como uma declaração em vez de uma pergunta, ansioso para ver como ela responde.

Sem tirar o olhar da TV, ela concorda.

— Sim.

Tenho uma sensação repentina e poderosa de que há muito mais na história do que o que ela demonstra.

— Esta é a minha parte favorita — ela fala sobre as freiras segurando partes de carros nazistas.

— Você tem que amar uma freira inteligente.

Ela sorri para mim e me sinto acabado, arruinado, destruído. Embora seja melhor para ela — e, provavelmente, para mim também — se eu terminar essa noite e tentar esquecê-la, não vou conseguir. Não posso. Quero saber por que ela não vê sua família há muito tempo. Quero saber tudo sobre ela.

Mas ela nunca deve descobrir tudo sobre mim.

O filme termina com os Von Trapp cruzando as montanhas a pé, e me ofereço para levá-la para casa. Espero que ela me peça para ficar um pouco mais, mas ela concorda que é hora de encerrar a noite. Pego seu casaco e o seguro para ela, novamente lutando contra a poderosa necessidade de tocá-la de qualquer maneira que eu puder. Mas não o faço. Ela deixou claro seus sentimentos e quero respeitá-los, mesmo que eu não concorde com eles.

Pegamos o elevador até a garagem, e eu a ajudo a entrar no Bugatti. A viagem pelo centro da cidade é tranquila, mesmo que minha cabeça esteja girando com coisas que eu gostaria de dizer a ela. *Quero te ver de novo. Quero estar com você. Quero te conhecer. Por favor, venha para a Califórnia comigo. Vou te mostrar minha vida, te apresentar às pessoas que amo.* Quero implorar para que ela me diga o que está pensando. Ela se divertiu esta noite? Quer me ver de novo? Irá ao Globo de Ouro comigo?

Meu Deus, Flynn. Aja como se já tivesse passado por isso antes, tá? Sim, estou confuso quanto a essa mulher e gosto de como isso é. Gosto de como me sinto quando estou com ela. Quero continuar a me sentir assim o máximo que puder. Esses pensamentos são imprudentes à luz de quem sou — não quem sou para o público, mas quem sou em particular. Não tenho o direito de me envolver com alguém como Natalie. No entanto, já estou envolvido. Estou envolvido desde o momento em que ela bateu contra mim e sua cachorrinha feroz me mordeu.

Paro na calçada em frente ao seu prédio e desligo o motor. Antes que ela possa me dizer para não me incomodar, saio do carro e vou ajudá-la a sair do veículo rebaixado. Ela segura a mão que ofereço e dou um puxão. Talvez tenha puxado com um pouco mais de força para que ela caia em meus braços, então não tenho escolha a não ser segurá-la e trazer seu corpo contra o meu.

— Isso foi gracioso — ela murmura contra o meu peito, tirando um riso baixo de mim que desmente minha reação imediata à sensação dela em meus braços.

— Acho que puxei com um pouco mais de força que o necessário.

— Agora a verdade sai.

— Me desculpe. — Com relutância, eu a solto, mas ela me surpreende mais uma vez quando não solta o meu casaco de imediato.

— Me diverti muito esta noite. Obrigada.

Vejo-a olhando para mim e o desejo de beijá-la é primordial. Mas não faço nada quanto a isso. Ajo com mais autocontrole do que jamais imaginei que tivesse e seguro sua mão para levá-la até as escadas e a porta.

— Também me diverti muito. Obrigado por me dar uma chance.

— Obrigada por assistir *A Noviça Rebelde*.

— Não foi tão torturante quanto eu me lembrava.

Ela sorri de novo, e sinto que ganhei algo de valor inestimável por tê-la feito sorrir.

— É melhor eu ir antes que Fluff incomode os vizinhos.

Agora que ela menciona, posso ouvir a ferinha uivando.

— Não podemos permitir isso. Durma bem, Natalie.

— Você também.

Improvável, penso enquanto espero que ela use a chave e entre no vestíbulo.

— Boa noite.

— Boa noite. — A porta se fecha e tenho que dizer a mim mesmo para me mover, descer as escadas e caminhar até o meu carro, quando cada fibra do meu ser quer estar dentro daquele prédio com ela. Deixá-la parece errado, como se eu tivesse deixado algo essencial para trás. Surpreendido com a maneira como ela conseguiu abalar minha existência inteira em apenas um dia, me afasto do meio-fio e volto para o centro da cidade.

Com meu corpo aceso com desejo não satisfeito, frustração e outras emoções que desafiam a definição de simples, sei que não vou dormir. Em vez de ir para casa, vou para a *Park and East 65th*, o prédio que abriga os escritórios da Quantum, entre outras coisas. São as outras coisas que me interessam esta noite.

Pego a rampa para o estacionamento subterrâneo e coloco a palma no *scanner* de mão. As portas de metal se abrem, entro na garagem e estaciono entre o Porsche 911 preto de Hayden e o Audi A-8 prateado de Jasper. Também noto o vistoso Bentley branco de Marlowe e o espalhafatoso Lamborghini Aventador vermelho de Kristian. Odeio esse carro, mas ele adora, então guardo a minha opinião para mim mesmo.

A turma toda está aqui esta noite, e estou ansioso por algum tempo com meus amigos mais próximos e parceiros de negócios. Crescemos juntos em Hollywood. Hayden é diretor, Jasper é diretor de fotografia, Kristian é um dos maiores produtores do ramo, Marlowe e eu, atores que atuaram juntos o suficiente para que os paparazzi gostem de especular sobre nosso relacionamento pessoal. Apesar da luxúria sugerida pela imprensa de Hollywood, desde que um breve relacionamento romântico terminou, há anos, não houve nada além de uma sincera amizade entre nós. Ela é como uma quarta irmã para mim — aquela que não se reporta diretamente aos meus pais.

Graças ao extremo sigilo e segurança em vigor na Quantum, ninguém sabe muito sobre nós cinco ou nossas "predileções" sexuais. Ao lado do elevador, coloco a mão em outro *scanner* e as portas se abrem. Lá dentro, me vejo diante de uma decisão: subo para os escritórios ou desço para o playground, como o chamamos. Estou muito cansado para me concentrar no trabalho e também para o playground, mas sei que vou encontrar meus amigos lá a esta hora em um sábado à noite, então é para lá que vou.

As portas se abrem para o que pode ser visto, erroneamente à primeira vista, como uma boate. É isso, mas também é muito mais. Enquanto a música soa em um ritmo baixo e sexy através do sistema de som, Jasper está em cima de uma mulher nua, amarrada a uma cruz de St. Andrew. Com um *flogger* — um chicote com várias tiras — na mão, ele fala diretamente em seu ouvido.

Vestida em couro dos seios até as coxas, Marlowe está repreendendo seu submisso nu por alguma infração que exigirá uma rígida punição. O homem, o presidente de um dos maiores bancos de Wall Street, chora de dor por causa dos saltos altos de Marlowe em suas costas. Ela é uma dominatrix dura, com uma fila de submissos esperando por uma chance de experimentar seu tipo de punição.

No bar, me sento em um banquinho, e Gabriel — o barman que

também é nosso chefe de segurança e gerente do clube — coloca um copo do meu malte escocês favorito na minha frente.

— Obrigado, Gabe.

— Noite difícil?

— Não, foi uma noite boa. — *Uma ótima noite. Uma noite fantástica, que mudou minha vida.* Tomo um gole da bebida e o uísque Bowmore queima dentro de mim. — Como estão as coisas aqui? — Localizo Kristian em um dos sofás, totalmente vestido e falando com uma mulher que não reconheço.

— Como sempre.

— Quem é essa com o Kristian?

— Membro nova.

Embora Gabriel conheça a história completa de todos que entram no clube, ele é bom em ficar de fora dos negócios pessoais das cinco celebridades para quem trabalha. Quando Kristian quiser que eu saiba mais sobre a pessoa nova que ele trouxe, ele mesmo me contará.

— Hayden está por aí?

— No calabouço com Cresley.

— Isso eu tenho que ver. — Levo a bebida comigo quando atravesso a sala, acenando para vários outros membros do nosso clube exclusivo que estão fazendo uso dos sofás e áreas de estar para se conhecerem. Talvez estejam negociando os termos de um relacionamento dominante/submisso ou conversando. O estilo de vida de Hollywood é tão presente quanto o estilo de vida de BDSM. Os dois são uma grande parte da minha vida e é por isso que não tenho nada a ver com Natalie.

Não durmo com qualquer homem a menos que eu seja casada com ele.

O que ela pensaria desse lugar? O pensamento que eu, normalmente, acho divertido, me entristece. Fiz parte deste estilo de vida durante a maior parte da vida adulta e há muito tempo parei de sentir que tenho de me explicar a alguém. Minha necessidade de dominação sexual é tão parte de mim quanto o DNA dos meus pais ou o queixo que vem do meu avô paterno.

Coloco a mão contra outro *scanner* e ganho acesso à escada que leva ao calabouço no porão. Esta área está disponível apenas para os cinco diretores e seus convidados, os quais estão sujeitos às mesmas verificações pessoais detalhadas e exames médicos que são exigidas aos possíveis sócios. A diferença é que os membros integrais são obrigados a pagar taxas de iniciação de um milhão de dólares e assinar acordos de confidencialidade que deixam claro que iremos arruiná-los se eles falarem sobre o que acontece aqui. Os convidados só precisam assinar o contrato de confidencialidade e informamos que aplicaremos tudo o que está estabelecido sem hesitação.

Nosso principal advogado, Emmett Burke, redigiu os contratos em uma linguagem que manteve nossos clubes, aqui e em Los Angeles, como os segredos mais bem guardados do *show business* por mais de uma década. Nós cinco aprovamos todos os membros, os quais vêm até nós através de referências de outros membros e admitimos apenas pessoas que têm algo a perder. Caso em questão — a supermodelo que está sendo comida de forma vigorosa por Hayden.

Cresley Dane, um dos rostos mais famosos do mundo, uma mulher de negócios dinâmica e agressiva que domina as passarelas, de Nova York a Paris e em todos os lugares, é uma verdadeira submissa sexual. Hoje à noite, a linda loira está amarrada em uma teia elaborada de cordas, com os braços acima da cabeça, os seios espetaculares e torso firmemente envolvidos e as pernas erguidas e separadas. Hayden é um mestre de *Kinbaku*, a arte japonesa de amarração erótica.

De pé, nas sombras do calabouço, tomo a bebida e vejo meus amigos, pensando nos muitos trios que desfrutamos no passado. Cresley está sempre pronta para uma aventura, como ela chama os cenários que Hayden e eu sonhamos ao longo dos anos. Pensamos nisso como uma diversão inofensiva entre adultos que consentem em ampliar seus limites. Só recentemente a trouxemos para o clube como membro, desta maneira, ela embarcou em um processo de treinamento formal com Hayden como seu Dom. Há um ano, Cresley ganhou uma batalha muito disputada com seu ex-namorado vingativo pela custódia do seu filho de três anos. Ela tem muito a perder, por isso confiamos nela implicitamente.

Hayden olha em meus olhos, assentindo levemente ao me reconhecer, sem perder o foco.

Ele também é um mestre da gratificação adiada, uma habilidade que ele me ensinou depois de me tornar consciente do estilo de vida BDSM. Um ator que ele conheceu em um set de filmagem quando tínhamos vinte e um anos apresentou isso a Hayden. Ele me apresentou e nós dois ficamos instantaneamente viciados. Foi como se tivéssemos encontrado a peça que faltava em um quebra-cabeça. Gosto de vê-lo em ação, apesar de não me sentir atraído por ele ou por homens, em geral. Sou objetivo o suficiente para admitir que meu melhor amigo é um homem extraordinariamente bonito. Ele tem cabelos escuros e olhos azuis que deixa as mulheres loucas. Assistir, geralmente, me excita. No entanto, hoje, não. Hoje à noite, estou preso em uma estranha terra do nunca, graças à Natalie.

Pensando nela, percebo quanto tempo faz desde que passei tempo com uma mulher fora do estilo de vida. Uma "baunilha", como chamamos as pessoas que preferem fazer sexo convencional. O termo, que implica suavidade, não faz justiça a ela. Não há absolutamente nada sem graça em Natalie, exceto, talvez, seus pensamentos sobre sexo, que fazem dela extremamente baunilha pelos meus padrões habituais.

Já sei que nada a seu respeito ou como me faz sentir pode ser classificado como "normal".

Hayden e Cresley interrompem minhas reflexões com gritos agudos e muito altos de satisfação quando, finalmente, desistem e cedem ao desejo que deve estar se construindo entre eles por horas a essa altura, se conheço Hayden. O gozo dos dois costuma ser épico e barulhento e, em circunstâncias normais, eu estaria duro como uma rocha vendo Cresley gozar. Mas não essa noite. Agora não sinto nada além de confusão, agitação e um desejo ansioso de ver Natalie de novo — o mais rápido possível. Como se ela pudesse escorregar pelos meus dedos se eu não agir rapidamente. Não estou acostumado a me sentir desesperado quando se trata de mulheres.

Hayden desamarra Cresley lentamente, a envolve em um cobertor e leva uma garrafa de água fria aos seus lábios.

Ela bebe com avidez.

— Obrigada. — Sua voz está rouca por passar horas gritando.

— Temos companhia. — Hayden acena em minha direção.

Ela não está nada surpresa em me ver.

— Ah, oi, Flynn. Há quanto tempo você está aí?

Saio das sombras para me juntar a eles no meio da sala enorme.

— Cheguei aqui a tempo para o grande final.

— Foi mesmo um grande final — Cresley concorda.

— Você me conhece — Hayden diz com um sorriso arrogante e satisfeito — faça bem-feito ou não faça.

— Com certeza, você garantiu a parte do *bem-feito*. Acho que nunca mais vou andar direito. — Cresley segura o cobertor ao redor do corpo e fica de pé com as pernas trêmulas.

— Por que agradecer, querida? — Hayden estende a mão para firmá-la, e eu me aproximo por hábito. Proteger e cuidar de submissas, especialmente depois de uma cena, é essencial para quem somos como Doms.

— Estou bem — ela fala, acenando para nós. — Tenho que ir para casa. A babá não pode passar a noite. — Ela se inclina para beijar a bochecha de Hayden. — Obrigada pela lição.

— Quando quiser.

Ela me dá um tapinha no peito.

— Flynn, bom te ver, como sempre.

— Você também, Cresley. Diga oi ao meu amiguinho por mim.

— Pode deixar.

Seu filho, Ty, é uma das minhas crianças favoritas, tão especial para mim quanto meus sobrinhos.

Enquanto ela se dirige para o elevador, Hayden veste uma calça de moletom e se ocupa limpando o equipamento e enrolando suas cordas.

— Me perguntei se veríamos você hoje à noite.

— Tive que fazer uma coisa.

— Uma coisa. — Hayden olha para mim com desdém. — Com a *criança* que você conheceu mais cedo?

Eu amo o Hayden. Ele é a coisa mais próxima que tenho de um irmão, mas, porra, ele me irrita às vezes, principalmente porque ele me conhece melhor do que ninguém — e nunca deixa de me lembrar disso.

— Ela é quase uma criança. — Sigo até o bar no canto e encho meu copo. Argumentar com Hayden requer reforços. — Você não pode estar pensando seriamente em começar algo com ela.

— E daí se estiver?

— Flynn, pelo amor de Deus e tudo que é mais sagrado, *que merda você está pensando?*

Quase cuspo o uísque com sua escolha de palavras. Só ele pode misturar religião e xingamentos com um efeito tão poderoso.

— Gosto dela. Ela é diferente.

— Com certeza você está certo: ela é diferente. Dei uma olhada nela e posso dizer que é pura como a neve. Como você planeja contar sobre tudo isso? — Seu gesto amplo contempla o calabouço, os acessórios pendurados na parede, os ganchos e cabos estendidos do teto, o banco de surra, a cruz de St. Andrew e o armário que contém todos os brinquedos sexuais conhecidos pela humanidade.

— Não pretendo contar. Não vamos por esse caminho.

— Que caminho? Sexo? Desde quando você não segue o caminho do sexo?

Desde as dez da manhã de hoje. Sabiamente, decido manter o pensamento para mim mesmo. Hayden tem razão. Tudo o que ele está dizendo é verdade, mas nada disso muda como já me sinto com relação a Natalie.

Hayden guarda a corda em um armário que tranca com a única chave. Em seguida, ele se vira para mim com as mãos nos quadris, o peito musculoso e o abdômen que faz as mulheres babarem, em plena exibição.

— Você precisa parar com isso. Não aprendeu nada com o que aconteceu com a Val?

A menção do nome dela é um ponto fraco para mim, e ele sabe disso.

— Não a traga para essa conversa. Ela não tem nada a ver com isso.

— Ela tem *tudo* a ver com isso! E você sabe.

Sei, mas não quero pensar nela, nem agora nem nunca. Particularmente, não quero pensar nela relacionada à Natalie.

Hayden atravessa o cômodo e se senta no banco ao lado do meu.

— Não falei isso para te desencorajar.

— Certamente foi o que você fez — falo com uma risada rouca. Nós dois retornamos à nossa infância em Hollywood com quatro pais na indústria cinematográfica. Enquanto os meus se mantiveram unidos e prosperaram através de toda a loucura da fama e fortuna, os dele se autodestruíram de uma forma espetacular — e muito pública. Hayden e eu nos formamos juntos na *Beverly Hills High School* e costumávamos dizer às pessoas que éramos a inspiração da vida real para o seriado *Barrados no Baile*. O fato de que só tínhamos onze anos quando o seriado estreou tinha pouca importância. Nunca acreditamos em deixar a verdade tomar o lugar de uma boa história.

— Sério, Flynn. Pelo menos uma vez não estou tentando agir como um idiota. Vi a forma como você reagiu a ela e tenho um mau pressentimento quanto a isso desde o começo.

— Engraçado, tive uma boa sensação quanto a isso desde o momento em que ela caiu em mim.

Ele arqueou uma sobrancelha que demonstrava uma boa dose de ceticismo.

— Mesmo quando o cachorro dela estava arrancando um pedaço do seu traseiro?

— Era meu braço, não meu traseiro, e sim, mesmo nesse momento.

— Me ajude a compreender, porque estou realmente lutando para entender como alguém tão autoconsciente e inteligente como você pode seguir esse caminho de bom grado — *de novo* — depois de ter se machucado tanto antes.

Suas palavras me atingem, mesmo quando tento me convencer de que não.

— Ela é normal, não é afetada, é apaixonada pelo seu trabalho e não dá a mínima para quem eu sou. Você tem alguma ideia de como isso é revigorante?

— Claro que ela dá a mínima para quem você é. Não há uma mulher viva que possa passar cinco minutos com você e não estar completamente sintonizada com quem e o que você é – ou com as partes que você deu ao mundo. O resto, a parte que você mantém em segredo, é a que mais me preocupa – e também deve te preocupar.

— Ela não é uma ameaça para mim, Hayden. Merda, a Cresley é uma ameaça maior para mim do que Natalie jamais será.

— A Cresley e todos os outros que deixamos entrar aqui representam uma ameaça à sua *reputação*. Natalie é uma ameaça à sua *saúde mental*. É uma grande diferença.

Mencionei que Hayden me conhece melhor do que ninguém?

Em um tom de voz baixo e suave, ele diz:

— Ela é um rato, Flynn. Jovem, inexperiente e, embora surpreendentemente lindo, é um *rato*. Não tem lugar nesta vida. Ela vai engolir tudo isso e cuspir fora completamente alterada. É isso que você quer para ela? Tem que parar isso enquanto ainda pode.

Porra, odeio sua coragem, porque cada palavra que ele diz é verdade e não posso negar que ele está cem por cento certo. Não ouso mencionar que pedi para ela ir ao Globo de Ouro comigo, mas como ela não me deu uma resposta, então não há nada para contar. E então me lembro da chave do meu apartamento que dei a ela.

— Você nunca quer mais? — pergunto a ele.

— Mais do que o quê? — Ele abre os braços. — Quem é melhor do que nós? Olhe para este lugar que construímos juntos, e não só aqui embaixo. No andar de cima também. — Nossa produtora é uma das mais bem-sucedidas do ramo e temos prêmios para provar isso. Há muito tempo, dissipamos a noção de que estamos seguindo o caminho de nossos pais bem-sucedidos. Provamos a nós mesmos, repetidas vezes, até que todas as conversas sobre nepotismo e favoritismo foram apagadas pelos resultados.

Vivemos por nossas próprias regras e temos a vida em nossas mãos. O que mais poderíamos querer? Exceto, às vezes... às vezes quero mais. Quero a conexão que meus pais têm, a capacidade de olhar pela sala e saber, sem sombra de dúvidas, o que sua outra metade está pensando naquele momento. À medida que cheguei nos trinta anos, também comecei a pensar, ocasionalmente, em um dia ter meus filhos.

— Flynn.

Hayden me traz de volta ao presente, à dura realidade desta vida que escolhi. Depois de crescer à sombra dos meus pais famosos, com certeza, sabia o que estava fazendo, embora nunca tivesse previsto que minha fama iria eclipsar a deles milhares de vezes. Em momentos assim, me ressinto da fama, da notoriedade e de tudo que a acompanha. Também me ressinto das necessidades que me impulsionam, que tornaram impossível para mim ter um relacionamento sexual satisfatório a longo prazo que não inclua dominação. Essas necessidades desempenharam um papel importante no desastre em que meu casamento se tornou, então o argumento de Hayden é bem aceito.

— Você sabe o que tem que fazer.

— Sim. — O desvio com Natalie era apenas isso. Um desvio. Uma distração. Uma noite longe da realidade. Minha vida está aqui, no calabouço do Quantum, com ganchos pendurados no teto, uma submissa disposta sobre um banco de surra enquanto eu a como vendo a bunda que deixei vermelha com minhas mãos e remos. Nem nos meus sonhos mais loucos posso imaginar Natalie como aquela voluntária submissa.

Hayden está certo. É melhor terminar tudo antes de começar. Mas, caramba, teria sido bom.

— Você precisa transar, cara. Quer que eu arrume algo para você?

— Hoje, não. Vou para casa. — Pensar em tocar qualquer mulher que não seja Natalie me deixa doente. Espero que isso passe logo, porque preciso do sexo como os outros homens precisam de ar.

— Você está bem?

— Sim, estou. — Digo o que ele quer ouvir, mas sei que vai demorar um pouco até que eu me esqueça de Natalie e do que poderia ter sido se eu fosse alguém diferente. Pego o elevador do calabouço direto para a garagem e quando entro no carro, sou recebido com o cheiro do seu perfume que ficou ali. Inspiro com avidez na curta viagem para casa.

Quando o elevador se abre no meu apartamento, sou novamente assaltado pelo seu perfume e o desejo por mais dela quase me deixa de joelhos. Então imagino seu horror e nojo se descobrir quem realmente sou e sei que estou fazendo a coisa certa, parando com isso agora, enquanto ainda posso.

Só quando jogo as chaves na cômoda do quarto que vejo o cartão--chave que dei a ela. Qualquer esperança que eu tenha de que ela possa me procurar se evapora em uma nuvem de profunda decepção e amargo arrependimento. Naquele momento, eu realmente odeio a minha vida pela primeira vez.

6

Natalie

Me aconchego na cama com Fluff ao meu lado, mas não consigo dormir, então revivo cada minuto da noite que passei com Flynn. Nada do tempo que passamos juntos foi o que eu esperava. Ele está certo, tenho que parar de acreditar em tudo que li sobre ele e outras celebridades. Ele mesmo me buscou, me levou para sua casa adorável, mas um tanto simples, onde pedimos comida e vimos um filme.

Depois do que passei no início da vida, tenho a tendência de ver novas pessoas com um ar de cinismo. Raramente me surpreendo com alguém do jeito que aconteceu esta noite com Flynn. Eu estava pronta para sair do nosso encontro e voltar para casa sem lhe dar uma chance. Agora, estou feliz por ter ido e ansiosa para vê-lo novamente. Vou ficar com um nó no estômago até ter notícias dele.

Me sinto boba por realmente esperar ter notícias dele depois de ter sido tão franca sobre a minha posição quanto a sexo e relacionamentos. Talvez eu devesse ter guardado essa informação por um tempo. Mas se eu tivesse feito isso, teria que me defender de um avanço indesejado e como não fui testada com essas coisas, prefiro não experimentar com alguém como ele.

Ele foi um perfeito cavalheiro. Respeitou meus desejos e sentimentos, mantendo a distância a noite toda. Então, por que estou acordada desejando que ele não tivesse sido tão cavalheiro assim? Como teria sido beijá-lo? Esse pensamento faz meu coração bater mais depressa e meu corpo formigar de formas que nunca aconteceu antes.

Depois de me virar de um lado para o outro por horas, acordo com um sobressalto quando Leah chega do trabalho. Passa das três da manhã.

— Ah, meu Deus — ela fala da porta do meu quarto. — *O que* você está fazendo aqui?

Grogue e atordoada por ter acordado tão de repente, esfrego os olhos quando Fluff solta um grunhido baixo. Ela odeia ser perturbada.

— Hum, eu moro aqui?

— Só você sairia com Flynn *Gostoso* Godfrey e voltaria para casa para dormir na própria cama.

— Não sei por que isso te surpreende. Eu te disse que não ia dormir com ele.

— E eu te disse que você é uma idiota.

— Vá embora. Eu estava dormindo.

— Bem, agora não está. — Ela se aproxima e se acomoda do outro lado da cama *queen-size*. — Me conte tudo que aconteceu e não deixe nada de fora.

— São três da manhã, Leah!

— E daí? Tem algum compromisso amanhã?

Enquanto Fluff continua a rosnar para Leah, acaricio suas orelhas, o que a acalma. Eu me resigno a lidar com Leah, que não mostra sinais de ir embora. Conto a ela sobre a noite com Flynn, desde o momento em que ele me pegou até o momento em que me trouxe para casa.

— *Ele realmente te convidou para ir ao Globo de Ouro com ele?* — Sua voz é tão aguda que Fluff resmunga da frequência.

— Sim — respondo, rindo da sua reação. — Convidou.

— O que você disse?

— Deixamos em aberto por enquanto. Eu disse que pensaria sobre o assunto.

Gemendo, Leah cai na cama e cobre o rosto com um dos meus

travesseiros. Então ela solta um grito que me faz estremecer, e Fluff late.

— Você é completamente *maluca*, Natalie. *Maluca!*

— Por que ser cautelosa e razoável me faz maluca?

— Porque o homem mais gostoso do *mundo* te convidou para ir a um dos maiores eventos de Hollywood e você disse que *tem que pensar? O que há para pensar?*

— Para começar, se quero usar um dos meus preciosos dias de folga para passar três dias com um homem que mal conheço.

— Sim, você quer usar um dos seus preciosos dias de folga – que melhor uso você terá para eles? E são três dias *com Flynn Gato Godfrey!*

— Por favor, pare de gritar antes que os vizinhos chamem a polícia.

— Se eu dissesse aos vizinhos que *Flynn Godfrey* te convidou para o *Globo de Ouro* e que você disse a ele que você tem que pensar a respeito, eles chamariam a polícia para você, não para mim.

— Você está sendo ridícula! Acabei de conhecê-lo. Como sei se quero passar três dias na Califórnia com ele?

— Sinceramente, não sei o que fazer com você, Natalie. — Leah olha para mim com o que parece ser uma preocupação genuína. — Sei que há alguma merda no seu passado da qual você não fala, e eu respeito. É só... se você não fizer isso, se não for com ele e tiver uma aventura incrível, vai se arrepender para sempre.

— Não posso mergulhar de cabeça como você faz. Tenho que tirar um tempo e pensar a respeito. É assim que sou. Sinto muito se isso te incomoda.

— Isso não me incomoda. Não na maior parte do tempo. Mas ele é *Flynn Godfrey. Flynn Godfrey!*

Não posso deixar de rir das expressões que ela está fazendo para combinar com seu tom suplicante.

— Sim, eu sei o nome dele.

— Toda mulher solteira na América gostaria de ser você agora. Caramba, a maioria das casadas também. Sabe disso, não sabe?

— Estou ciente de que as mulheres o acham atraente, sim.

Leah bufa ao rir.

— *Atraente.* Você acaba comigo! Ele é sexy pra cacete, e eu diria sim a ele em um minuto, assim como a maioria das mulheres em Nova York. Aposto que a maioria dos homens também.

Pego meu travesseiro e coloco no rosto dela, na esperança de calá-la.

Ela o empurra para o lado e o joga de volta para mim.

— Você tem que ir.

— Não, não tenho.

— Tem, sim!

— Não! Não tenho.

Ela geme como se estivesse com muita dor.

— Se você não for, posso ir?

— Cale a boca, Leah! Vá embora e me deixe dormir, tá?

— Quando você vai vê-lo novamente?

— Não sei.

— *Você deixou ele ir embora sem fazer planos para outro encontro?* O que vou *fazer* com você?

— Ir embora e me deixar dormir?

— Tudo bem, mas vamos continuar esta conversa amanhã e você vai para L.A. nem que eu tenha que te levar até lá.

— Bom saber. Boa noite.

Ela faz um grande ato dramático ao se levantar e sair da minha cama. Na porta, faz uma pausa e depois se vira para mim com o rosto sério.

— Odiaria ver você se arrepender, Nat. Algo assim... é mais do que um conto de fadas. Não sei o que aconteceu com você, mas o que quer que seja... você tem o direito de ser feliz como todo mundo.

— Obrigada por se importar, Leah — digo com sinceridade. Ela tem sido uma amiga incrível para mim no curto período em que a conheço. E me faz rir mesmo que seja uma mala.

— Eu me importo. De verdade.

— Assim como eu. Agora, vá para a cama.

Eu a ouço na cozinha, preparando um lanche, que ela leva para o quarto e fecha a porta.

No silêncio que se segue, tenho que admitir que, provavelmente,

Leah está certa. Sou louca por não aproveitar a chance de ter meu próprio momento Cinderela com um homem incrível, bonito e sexy que me faz sentir coisas que nunca senti antes. Mas no fundo da minha mente, estão sempre as memórias de outro homem que tirou tudo de mim muito antes de eu ter que encarar tal horror. Passei muito tempo — anos — juntando os pedaços sem nunca deixar outro homem se aproximar de mim.

Até essa noite. Até Flynn Godfrey.

E agora ele está me oferecendo coisas como um conto de fadas enquanto me faz rir e *sentir* pela primeira vez no que parece ser uma eternidade. Eu só queria ter a ousadia e a coragem de Leah. O que eu não daria para ter um pouco da sua abordagem corajosa à vida, aos homens, ao namoro e ao sexo.

Esperando voltar a dormir, me viro de lado, me aconchego a Fluff, que já está roncando como uma serra. Deixo minha mente vagar novamente pelas lembranças das horas passadas com Flynn, sorrindo enquanto relembrava antes de cair no sono.

NA TERÇA-FEIRA, estou convencida de que o encontro com Flynn foi uma invenção da minha imaginação hiperativa, não do conto de fadas mágico em que o transformei, com mais do que uma ajudinha de Leah. Ela contou tudo na sala dos professores da nossa escola, fazendo de mim o centro das atenções durante a segunda-feira toda. Ela não tem como saber o quanto odeio esse tipo de atenção, então mantive um sorriso no rosto, acenei nos momentos certos e respondi a todas as perguntas tolas sobre como ele é *realmente*. Me ocorreu, no final da tarde de segunda, que todos acham que dormi com ele. Claro que sim.

A escola vibra com minhas notícias sobre Flynn Godfrey até o meio-dia de terça-feira, quando o marido da sra. Heffernan é pego dirigindo bêbado em Nova Jersey com uma mulher, que não é a esposa, no banco do carona. Essa notícia tem precedência sobre o meu breve flerte com Hollywood, que está acabado agora, tanto quanto estou preocupada.

Dois dias sem uma palavra dele me dá uma mensagem bastante direta.

Alguns minutos antes da saída na terça-feira, um dos meus alunos favoritos, Logan Gifford, vem até minha mesa.

— Srta. Bryant? — Ele é sempre muito educado e solene, e eu o adoro. Sua mãe está travando uma terrível batalha contra o câncer de mama e toda a escola se reuniu em prol da sua família através de captação de recursos, entregas de refeições e qualquer outra coisa que possamos fazer por eles. Eu me certifico de abraçar Logan pelo menos uma vez por dia para que ele saiba que me importo.

— O que foi, Logan?

Ele olha por cima do ombro para ter certeza de que nenhum dos seus amigos está ouvindo a nossa conversa, mas eles estão aproveitando os dez minutos que dou, ao final de cada dia, para conversarem.

— Eu estava pensando... — Seus cabelos escuros caem sobre a testa, e ele tem dificuldade em pronunciar algumas palavras, graças aos dentes da frente que estão faltando. É muito fofo.

— O que você estava pensando, querido?

— Quando fomos para a aula de arte, ouvi a sra. Drake dizer que você conheceu aquele astro de cinema, Flynn Goffy.

— Flynn Godfrey. Sim, conheci.

Depois de outro olhar por cima do ombro, Logan fala:

— Ele é o ator favorito da minha mãe. Ela o adora e aos filmes também. Estava só pensando se ele poderia ir até a minha casa para vê-la.

Sinto como se todo o ar tivesse sido sugado dos meus pulmões — por duas razões: primeiro, o que Logan está pedindo exigiria que eu entrasse em contato com Flynn e não tenho planos de fazer isso — nunca. E segundo, como ele é fofo de pensar em sua mãe desse jeito. Isso quase me leva às lágrimas. Então o sinal toca e o lugar fica alvoraçado quando as crianças vão para a porta.

— Vou tentar — digo para Logan, recebendo um sorrisinho dele.

— Obrigado, srta. Bryant. — Ele me dá um abraço impulsivo antes de também sair da sala.

Pego o casaco e sigo atrás da minha turma, me certificando de que cada um deles chegue onde devem estar antes de voltar para a sala de aula para arrumar minhas coisas. Limpo as superfícies com lenços desinfetantes, preparo meus planos de aula para amanhã e corrijo a pilha de trabalhos que as crianças fizeram naquele dia.

Enquanto trabalho, o pedido de Logan pesa na minha cabeça. O menino fofo tem agido de forma tão resignada e corajosa enquanto sua mãe enfrenta a batalha contra o câncer. Aileen Gifford, sua mãe, é uma pessoa incrível, muito otimista e positiva, apesar do prognóstico sombrio. Gosto tanto dela quanto do filho, e não há nada que eu não fizesse para qualquer um deles. Até dei a Aileen meu número e me ofereci para ficar com Logan e sua irmã mais nova se ela precisar de mim, já que ela é mãe solteira e vai precisar de toda ajuda que conseguir. Não contei a Leah ou a qualquer um dos meus colegas o quanto me envolvi com a família deles, mas era preciso ter um coração frio para não se deixar influenciar pela situação.

Pensar em ser capaz de iluminar seu mundo por um breve momento, com um simples telefonema ou SMS é tentador, para dizer o mínimo. Pego o telefone da mesa, abro a tela de SMS e volto para a mensagem que ele me enviou no sábado, quando ainda estava ansioso para me ver novamente.

Olho para a tela por bastante tempo. Meu estomago está em nós. Durante todo o domingo, esperei notícias dele. Tinha certeza de que ele apareceria depois da noite que passamos juntos. Leah me incomodou sem parar, perguntando se ele ligou. Depois da vigésima vez, dei um fora nela, que parou. Então, o domingo se tornou segunda, e a segunda se tornou terça. Posso ser novata nas questões de namoro e homens, mas reconheço um fora quando o vejo.

Ainda assim... não consigo tirar o rostinho de Logan da cabeça ou a maneira como ele criou coragem para pedir que eu tentasse fazer isso para sua mãe. Criando minha própria coragem, respiro fundo e começo a digitar.

Sei que a mãe do cachorro que te mordeu não tem o direito de pedir um favor gigante e extremamente inconveniente... no entanto, tem um garoto adorável na minha classe cuja mãe tem câncer de mama. Você não acredita quem é seu ator de cinema favorito...

Leio a mensagem pelo menos uma centena de vezes, debatendo comigo mesma, hesitando e suando muito antes de fechar os olhos, respirar fundo novamente, abri-los e pressionar o botão enviar. Depois, guardo o telefone e mergulho na pilha de correções para não ficar tentada a olhar para o aparelho até que ele responda — ou não.

Será que acertei o tom entre amigável, espirituoso e evasivo? Dei a ele uma saída fácil se não puder fazer isso? Não! Não dei. Gemo e apoio a cabeça nas mãos. Estou agonizando sobre o que ele deve estar pensando quando uma notificação de mensagem soa.

Quase deixo o aparelho cair no chão na pressa para pegá-lo com as mãos suadas.

Três palavras: *quando e onde?*

— Caramba — sussurro. Nesse momento de incerteza, percebo que não esperava que ele respondesse e é por isso que estou completamente despreparada para responder a sua pergunta.

Escrevo de volta com as mãos tremendo ainda mais e suadas.

Possivelmente amanhã, depois da aula, se você estiver disponível. Posso te confirmar depois?

Prendo a respiração até ele escrever de volta.

Claro, sem problemas. Estou disponível a qualquer hora amanhã.

Muito obrigada por isso. Te aviso.

Combinado.

Fico com mais perguntas do que antes, se isso é possível. Se ele estará disponível o dia todo amanhã e teve tempo para falar comigo hoje, por que não recebo notícias suas desde sábado? Por que ele não disse nada sobre me encontrar de novo durante a troca de mensagens? Sei que não sonhei com a forte atração que surgiu entre nós durante nossos encontros no sábado.

— Encare os fatos — digo em voz alta —, quando você diz a um cara que não há chance de fazer sexo sem uma aliança de casamento, dificilmente ele vai planejar o segundo encontro.

O pensamento me faz perder o fôlego e me decepciona. Leah está certa, sou a minha pior inimiga. Embora meu coração esteja pesado com relação a minha quase saudade de Flynn, pego o telefone de novo e ligo para o número do celular de Aileen, esperando que eu não a esteja acordando ou incomodando.

— Alô? — Sua voz soa forte e me sinto aliviada.

— Oi, Aileen. É a Natalie. — Usamos os primeiros nomes desde a reunião de pais e mestres, quando conversamos como amigas em vez de mãe e professora. Talvez eu tenha que aprender a dominar a distância profissional que a maioria dos professores coloca entre si e os pais dos alunos, mas eu realmente gosto de Aileen.

— Oi, Natalie. Como está? Está tudo bem com o Logan?

— Ele está ótimo. E é sempre tão educado.

— Fico feliz em ouvir isso. Ele sabe que não deve se comportar mal.

— Queria saber se você estará em casa amanhã depois da aula. Gostaria de fazer uma visita rápida, se for conveniente para você. Estou com alguns livros novos que achei que você e as crianças iriam gostar e queria deixá-los aí.

— Vou adorar te ver. É muito gentil da sua parte pensar em nós.

— Ótimo, vejo vocês amanhã.

— Estou ansiosa por isso.

Termino a chamada e mudo para a tela de SMS.

Amanhã está ótimo para ela. Você se importaria de me encontrar do lado de fora da escola por volta das 15h30?

Adiciono o endereço e marco trinta minutos após o término da aula, na esperança de que a maioria dos meus colegas já tenha ido embora. Só posso esperar.

Sua resposta chega menos de um minuto depois.

Sem problemas. Estarei lá.

Obrigada. Te vejo amanhã, então.

Agora, se alguém pudesse me dizer como eu deveria lidar com a ansiedade até amanhã, eu ficaria bem grata.

As PRÓXIMAS vinte e quatro horas parecem uma semana em vez de um único dia. Estou fora do normal, nervosa, ansiosa, impaciente... resumindo, estou péssima e meus alunos sofrem as consequências disso. É um longo dia para todos nós. Chamo Logan por um momento e conto a ele o plano para mais tarde. Seus olhos se iluminam com uma espécie de alegria irrestrita que nunca vi nele antes. Não importa o que isso possa estar me custando pessoalmente, eu o faria de novo — milhares de vezes — para testemunhar sua alegre resposta.

— Muito obrigado — ele sussurra.

— Disponha. — Aperto seu ombro e o mando ir até o armário para pegar sua lancheira. Seu sorriso se mantém a tarde toda e sua alegria é contagiante. No momento em que o sinal toca, sinto que vou entrar em combustão espontânea, tanto pela emoção de surpreender Aileen quanto por saber que vou ver Flynn de novo.

Pisco e aceno para Logan enquanto ele sai.

— Te vejo em breve.

Seu sorriso é enorme quando ele sai correndo da sala. Acompanho as crianças, como sempre, para vê-las entrar no ônibus ou serem recebidas pelos pais, avós e guardiões que os buscam.

Passo os próximos trinta minutos arrumando a sala de aula e me preparando para a aula de amanhã enquanto tento não pensar sobre o que está prestes a acontecer. Exatamente às três e meia, passo uma escova no cabelo, aplico um brilho labial e visto o casaco de lã vermelha que deixa só uma pequena parte das minhas meias descobertas entre o casaco e as botas de couro até o joelho. Confesso que me vesti para ele hoje, não que isso importe. Depois que ele me fizer esse enorme favor, não espero vê-lo novamente. Digo a mim mesma que estou bem com isso.

Coloco a mochila, cheia de trabalho que vou fazer em casa, no ombro, saio da sala e aceno para alguns dos meus colegas que encontro no corredor. Não tive notícias de Flynn o dia todo, graças ao desdobramento do escândalo envolvendo o marido da sra. Heffernan, que tem a atenção de todos. Ainda que eu não deseje isso para ninguém, ela foi tão desagradável comigo com relação à Fluff que não há empatia entre nós.

O ar frio me atinge como um tapa no rosto quando saio do prédio e desço os degraus de pedra, olhando ao redor com cuidado para não tropeçar. Paro quando o vejo do outro lado da rua, com os braços cruzados enquanto se apoia na moto vermelha que vi na outra noite em sua garagem.

Ele está usando uma jaqueta de couro preta e jeans bem desbotado. Seu rosto está vermelho por causa do frio e o cabelo, despenteado, talvez em decorrência do capacete que está apoiado no assento ao seu lado. Ele está incrivelmente lindo e não posso fazer nada além de olhá-lo pelo que parece ser cinco minutos, embora, provavelmente, seja muito menos que isso. Pelo menos, espero que sim.

Ele me olha de volta, sua expressão ilegível quando, finalmente, saio e atravesso a rua, seguindo para onde ele está estacionado.

— Oi. — *Uau, Natalie... que jeito de começar.*

— Oi. Você está linda, como sempre.

— Engraçado, estava pensando a mesma coisa sobre você.

Ele oferece um sorrisinho repleto de tristeza, que não estava lá no sábado à noite. Isso me deixa desesperada para saber o que ele está pensando e por que não me ligou. Eu tinha tanta certeza de que ligaria.

— É muito legal da sua parte fazer isso por alguém que você nem conhece.

Seu olhar intenso me devora.

— Estou fazendo isso por alguém que conheço.

Não deixo o significado das suas palavras passar. E se eu não estivesse tão sem fôlego por estar perto dele, teria reconhecido isso.

— Então, para onde vamos?

Dou a ele o endereço, a alguns quarteirões a frente.

— Vamos. Te dou uma carona.

Olho a moto com um tremor. Nunca andei em uma, nem sei como montar nela, especialmente usando saia.

— Acho que não estou vestida para andar de moto.

— Você vai ficar bem. Ninguém vai ver nada.

Antes que eu possa formular mais protestos, ele coloca o capacete em mim, sobe na moto e estende a mão para me ajudar a subir atrás dele. Acho que vou fazer meu primeiro passeio de moto. Pena que está congelando e não vou poder aproveitar de verdade. Quero perguntar sobre o capacete para ele, mas antes que eu possa fazer a pergunta, a moto ruge e seguimos para nosso destino.

Não tenho escolha a não ser me agarrar a ele se quiser sobreviver — não que abraçá-lo seja uma espécie de imposição. Espero ficar com frio e desconfortável, mas não sinto nada disso. Em vez disso, estou empolgada e animada por estar pressionada contra ele pela viagem, curta demais, até a casa dos Giffords.

Flynn estaciona em frente ao prédio e coloca a moto em uma vaga na rua. Ele sai da moto e depois me ajuda com o capacete.

Ele me observa atentamente, mas eu deveria ter esperado por isso.

— Já te agradeci pelo que está fazendo?

— Algumas vezes.

— Tudo bem se eu agradecer de novo?

— Claro.

— Aprecio o que está fazendo mais do que você pode imaginar. Ela é uma pessoa incrível, uma mãe solteira lutando uma batalha terrível. Seu filho, Logan, está na minha classe e me disse que você é o ator favorito dela.

— Como ele descobriu que você me conhece?

— Hum, bem, ontem a escola toda estava falando sobre como eu te conheci no fim de semana.

Ele inclina a cabeça e levanta uma sobrancelha, duas coisas que já o vi fazer antes, quando está se divertindo.

— Como eles souberam?

— Leah contou para todo mundo. Eu não disse uma palavra. Juro.

— Não teria me importado se você tivesse falado.

— Ah. Bem, não falei.

— De qualquer forma, sua amiga...

— Aileen Gifford.

— Qual é o prognóstico?

— Não tenho certeza. Ela está com a doença no estágio três e está em tratamento desde antes do início do ano letivo. Não faço muitas perguntas, mas gosto dela. Nos tornamos amigas.

— Que tal irmos visitá-la? — Ele me ajuda a sair da moto. Ou devo dizer que ele, basicamente, me tira de cima dela e me coloca de pé em um movimento tão inesperado e estranhamente emocionante que meus joelhos quase se dobram. — Você está bem?

— Sim, claro. — Além de estar com o coração acelerado e as palmas suadas, estou bem. — Você sabe que ela vai surtar, certo?

— Acredite ou não, isso já aconteceu antes.

— Ainda assim, não quero te arrastar para uma emboscada sem um aviso adequado.

— Preciso me preocupar que ela vá pular em mim?

— Se ela fizer isso, te protejo.

— Então espero que ela faça.

Ele está flertando comigo? Depois de dois dias de silêncio total após o que eu considero um encontro incrível? Tenho certeza de que a minha definição de incrível e a sua são muito diferentes. Esse pensamento me deprime profundamente, então tento afastá-lo enquanto subimos as escadas até a parede de interfones para cada apartamento. Pressiono o botão 3C e aguardo uma resposta.

Quando alguém atende, eu falo:

— Oi, é a Natalie.

— Suba. — A campainha soa, e entramos pela porta principal.

Enquanto subo as escadas, estou ciente de Flynn atrás de mim. Quase posso senti-lo me olhando, observando cada movimento que faço daquele seu jeito atento.

Quando chegamos ao terceiro andar, ele me para com a mão no meu braço. Sinto o calor do seu toque através das duas camadas de roupa, mas antes que eu possa imaginar como isso é possível, ele me libera.

— Como vamos fazer isso?

— O que você quer dizer?

— Vou ficar lá parado quando ela atender a porta?

— Tem razão. Que tal se eu disser que trouxe um amigo para conhecê-la e depois você aparece?

— Acho bom.

Começo a me sentir realmente animada com o que estamos prestes a fazer por alguém que merece um pouco de prazer. Com uma última olhada em Flynn para me certificar de que ele está em seu lugar, bato na porta.

Aileen atende e, imediatamente, me surpreendo com o quanto ela está mais magra desde a última vez que a vi. Um lenço colorido cobre a sua cabeça, seus olhos estão fundos, e ela perdeu muito peso. Dou um abraço nela.

— Que bom te ver.

— Digo o mesmo. Entre.

— Espero que você não se importe, mas trouxe um amigo que quer te conhecer.

Sua mão vai imediatamente para o lenço, e me sinto de coração partido por perceber que a fiz se sentir autoconsciente sobre sua aparência.

— Você está ótima — sussurro enquanto sinalizo para Flynn.

Quando ele aparece, Aileen arregala os olhos e a mão que está sobre a boca suprime o grito.

— Ah, meu Deus. *Não acredito*. Não mesmo.

Atrás dela, Logan e a irmã, Madison, riem loucamente de sua reação.

— Você deve ser Aileen. — Flynn estende a mão para ela. — É muito bom conhecê-la.

— Pare com isso — ela fala enquanto aperta a mão dele, ainda no modo quase surto. — O que é que Flynn Godfrey está fazendo na minha porta?

— Foi ideia do Logan. — Adoro o jeito que o garotinho sorri com prazer pelo que fez pela mãe.

— Logan? Você sabia disso?

— Sim — diz com orgulho. — Você deveria convidá-los para entrar, mãe.

— Ah, Deus, claro. Por favor. Entrem.

Enquanto seguimos Aileen pelo apartamento, sorrio para Flynn, que parece genuinamente satisfeito. Tenho certeza de que ele fez coisas assim um milhão de vezes, e talvez não seja nada para ele, mas é tudo para Aileen e os filhos.

— Sentem-se — ela fala quando chegamos em sua sala de estar aconchegante. — Posso servir alguma coisa para vocês?

— Não quero nada — Flynn responde, olhando para mim.

Balanço a cabeça.

— Não, obrigada.

Logan e Madison se sentam no colo da mãe.

— Como você manteve isso em segredo? — Aileen pergunta ao filho, dando um aperto nele que o faz rir.

É tão bom ouvi-lo rir. Ele é sempre tão sério e silencioso.

— Não foi fácil — ele responde. — Só contei pra Maddie hoje, assim ela não ia deixar escapar e contar para você.

— Eu guardei o segredo — Maddie fala.

— Você foi ótima. — Aileen olha com timidez para a namoradeira onde Flynn está sentado, tão perto de mim que posso sentir o calor da sua perna contra a minha. — Você tem que me dizer como vocês se conhecem.

Olho para ele, que acena para eu ir em frente e dizer a ela. Então relato a história de como nos conhecemos no parque, que Fluff o mordeu, que tomamos café e jantamos juntos no sábado.

— *Então vocês estão namorando?* — ela pergunta e seu entusiasmo me faz lembrar de Leah.

Respondo rapidamente.

— Ah, não diria isso.

Ele me choca quando segura a minha mão e entrelaça nossos dedos.

— Sim, estamos.

Aileen abana o rosto.

— Puta merda.

Logan a repreende:

— Mãe!

— Me desculpe, querido, mas você tem que admitir que esta situação exige um palavrão ou dois.

Madison ri enquanto Logan olha para a mãe como se nunca a tivesse visto antes. Tenho um vislumbre de como Aileen era quando mais jovem e saudável e me sinto triste de novo pela batalha que ela está travando.

— Vi todos os seus filmes — ela fala, quase com timidez. — A maioria deles, pelo menos, cinco vezes.

— Fico muito feliz que você goste deles. É muito bom ouvir isso.

— Você deve ouvir isso o tempo todo — ela fala.

— Nunca é tarde para saber que o que estamos fazendo é nos conectar com as pessoas.

— Está conectando certo. — O duplo sentido não passa despercebido, e nós rimos.

— Qual deles é o seu favorito? — eu pergunto.

— Ah, meu Deus, tenho que escolher apenas um?

— Pode escolher quantos quiser — Flynn fala, fazendo Aileen rir.

Adoro vê-la rir. Passamos uma hora com eles, conversando sobre filmes e Hollywood. Flynn é incrível. Ele responde a todas as perguntas sobre seus amigos, sobre como eles realmente são e o quanto do que é publicado sobre todos eles é uma mentira total. Aileen consome cada palavra, assim como eu, porque sinto que estou aprendendo mais sobre ele o ouvindo falar sobre o trabalho.

Quando a vejo começar a se cansar, sugiro que devemos ir para deixá-la descansar.

— Não antes de tirarmos algumas fotos — Flynn fala. — A Aileen vai querer se gabar para as amigas dessa visita e não pode fazer isso sem fotos.

Naquele momento, eu simplesmente o adoro. Não me importa mais que ele não tenha me ligado. Sinto que estou vendo seu coração agora e gosto do que vejo. Gosto muito. Ele posa para não menos que cinquenta fotos com Aileen e as crianças, algumas delas bobas, outras ridículas e umas que darão a ela algo para se manter aquecida nas noites frias de inverno. Ele é infinitamente paciente com ela e as crianças.

— Nunca, nunca mesmo vou me esquecer disso — ela diz quando ele lhe dá um último abraço de despedida.

Ele beija sua testa e depois se afasta para olhá-la nos olhos.

— Se houver algo que eu possa fazer por você ou pelas crianças, aqui está meu cartão. Me ligue. Estou falando sério.

Os olhos de Aileen se enchem de lágrimas.

— Você já fez mais do que pode imaginar. — Ela se vira para mim. — E você, sua danadinha! Obrigada. Muito obrigada.

— O prazer foi meu. Fique bem e mantenha contato, tá?

— Pode deixar.

Depois que nos despedimos das crianças e recebo um abraço muito apertado e carinhoso de Logan, saímos. Ficamos calados enquanto descemos as escadas e nos dirigimos para fora, na escuridão. Os dias são tão curtos nesta época do ano, algo que eu, normalmente, acho deprimente. Mas estou tão empolgada com o que acabamos de fazer que não há espaço para depressão.

— Isso foi tão divertido — digo a ele quando chegamos à moto. — Obrigada de novo. — Olho para ele e percebo que parece tenso.

— O que posso fazer por eles? Como posso facilitar as coisas para ela?

— O que você acabou de dar a ela...

— É uma pequena emoção que dura um dia ou dois até que a realidade se instale novamente. Como posso ajudá-la de alguma maneira mais significativa?

Olho para ele sem saber como responder.

— Como posso dar dinheiro a ela?

— Você, hum, não tem que fazer isso.

— Sei que não. Mas quero. Isso me faria feliz. Existe um esforço de captação de recursos ou algo assim?

— Sim, através da escola, mas você não tem que...

Ele coloca o dedo contra meus lábios e sorri.

— Eu sei que não. Mas quero mesmo.

— É muito legal da sua parte. Tudo isso... sério, não posso começar a dizer o quanto significou para ela e para mim.

— Foi um prazer.

— Tenho certeza de que você tem o que fazer, então, hum, vou te deixar ir.

— É isso? — Ele fixa o olhar em mim, e me sinto presa.

— Não tenho certeza do que você quer dizer.

— Você vai se afastar e é isso?

— Sei o quanto você é ocupado e já ocupei uma boa parte do seu tempo.

— Estou aproveitando uma folga antes de partir para Los Angeles e começar a pós-produção do filme que acabamos de gravar.

— Ah. — Não sei mais o que dizer. Ouvir que ele está aproveitando uma folga que não incluiu me chamar, me irrita, mesmo que eu não queira. — Bem, espero que você aproveite o seu tempo livre.

— Obrigado.

De repente, preciso saber. Tenho que saber. É a última coisa que quero perguntar e a única que preciso saber.

— Você ia me ligar? Se eu não tivesse mandado a mensagem sobre Aileen, eu teria tido notícias suas de novo?

Ele me olha por um longo e intenso momento.

— Não.

— É bom saber. — Começo a me afastar, mas ele me segue, segurando o meu braço em um aperto solto o suficiente para que não acione nenhum dos meus mecanismos de defesa bem afiados, mas apertado o suficiente para que eu não possa fugir sem lutar.

— Me deixe explicar.

Tento soltar meu braço do seu aperto.

— Não precisa. Eu entendi. Você pode ter qualquer uma.

Ele me dá um puxão suave que me deixa sem equilíbrio e antes que eu saiba o que está acontecendo, estou pressionada contra seu peito e seus braços estão em volta de mim.

— Não quero qualquer uma. Quero *você*.

Estou tão ocupada tentando recuperar o fôlego por causa dos eventos dos últimos dois minutos que mal posso processar o que ele disse. E então ele me beija. Suas mãos emolduram meu rosto enquanto seus lábios se movem suavemente sobre os meus. O beijo é doce e pouco exigente, mas sinto seu impacto em todo lugar. Eu me inclino para ele, querendo estar mais perto e levanto os braços para envolver seu pescoço.

Esqueço que estamos em uma rua onde qualquer um pode nos ver.

Me esqueço de quem ele é e que fotógrafos o perseguem. Me esqueço que está congelando ou que eu estava prestes a ir embora. Esqueço que ele não tinha planos de me ligar. Só consigo pensar em como é estar cercada pelo seu perfume caro e masculino enquanto seus lábios destroem minha resistência.

Ele interrompe o beijo e volta sua atenção para o meu pescoço.

— Eu não ia ligar por minha causa, não por você. Não por não querer te ver de novo, porque eu queria. *Quero.* Você é tudo em que penso desde que te vi pela última vez. Quando recebi sua mensagem ontem, fiquei muito feliz.

Não tenho certeza do que está tendo um impacto maior em mim: o que ele está dizendo ou o que está fazendo no meu pescoço enquanto fala. Sua respiração é quente contra a minha pele fria. Sinto um grande arrepio enquanto ouço cada palavra. Estou sem fôlego enquanto espero para ouvir o que mais ele tem a dizer.

Mas ele se afasta de mim, então de repente eu tropeço. Ele está ali para me segurar, suas mãos estão nos meus ombros me firmando.

— Pode vir comigo para que possamos conversar mais um pouco?

Sei que devo recusar. Eu deveria me afastar dele enquanto ainda posso. Essa coisa toda não é nada mais do que uma fantasia que não tem futuro. Já sei que ele tem o poder de me magoar, talvez mais do que me magoei no passado e não posso suportar esse pensamento.

— Eu... não sei o que dizer.

— Por favor? — Ele inclina a cabeça para o lado e sorri para mim. O cara é fofo e sabe disso.

Talvez se ele não tivesse me beijado, eu seria capaz de resistir a esse sorriso lindo e ao argumento adorável. Aquele em que diz que quer ninguém além de mim. É difícil não ficar lisonjeada com isso. O que é outra hora com ele neste momento?

— Tudo bem.

Ele levanta o braço e faz sinal para um táxi.

— Você vai congelar na moto. Volto para pegá-la depois.

Só quando estamos escondidos no banco de trás de um táxi quentinho, percebo o quanto estou com frio. Quanto tempo ficamos lá fora? Não faço ideia. Pode ter sido cinco minutos ou uma hora. Meu cérebro ainda está embaralhado do *Beijo* com um B maiúsculo. Faz muito tempo desde que fui beijada. A última vez, eu tinha quinze anos, antes que a minha vida mudasse para sempre.

Dois garotos me beijaram naquele ano, mas que diferença entre beijar um *homem* e um *menino*. Não houve excesso de saliva ou língua desajeitada com Flynn. Não, seu beijo é sublime e habilidoso, mesmo que incluísse apenas o toque dos lábios e nada mais. Ele sabe o que está fazendo. E a maneira espontânea com que isso aconteceu... vou pensar a esse respeito muito tempo depois que esse tempo com ele se tornar uma memória distante.

7

Natalie

No banco de trás do táxi, Flynn coloca o braço ao meu redor e afaga meu cabelo.

Eu me inclino em sua direção, querendo estar mais perto.

— Estraguei tudo ao te beijar? — ele pergunta com voz rouca.

Levanto a cabeça para encontrar seu olhar. Ele parece preocupado de verdade.

— O quê? Não. Não estragou.

— Tem certeza?

Concordo com a cabeça, porque as palavras que quero dizer estão presas na minha garganta. Não posso desviar o olhar dele. Flynn me atrai com seu apelo magnético e quanto mais me aproximo do seu calor, mais empolgada pareço estar. Sua gentileza para com Aileen e os filhos o torna ainda mais atraente do que antes para mim.

Preciso ter cuidado. Sei disso. Não posso permitir o tipo de ruptura que ele pode provocar na minha vida bem planejada e ordenada. Mas agora, neste momento, com seu braço em volta de mim, seu cheiro preenchendo meus sentidos e sua proximidade me fazendo querer muito mais, ter cuidado não é minha prioridade pela primeira vez em oito anos.

Seguimos pela cidade em silêncio até o táxi parar do lado de fora de um arranha-céu.

Flynn xinga baixinho.

— Podemos dar a volta no quarteirão? — Ele dá um novo endereço e o táxi pega novamente o tráfego.

— O que há de errado?

— Paparazzi acampados em frente ao prédio, esperando por mim.

— Como sabe?

— Eu os reconheço. São pagos para me seguir.

— Pagos para segui-lo... Isso deve ser...

— Não é divertido, especialmente quando se valoriza a sua privacidade e a dos seus amigos. — Ele pede ao motorista que entre em uma garagem e desce até uma porta de metal. — Fique aqui por um segundo.

Eu o vejo sair do carro e digitar um código em um teclado numérico que abre as portas. Em seguida, ele volta para o carro. Entregando uma nota de cinquenta dólares ao taxista, ele pergunta:

— Por favor, pode nos levar lá dentro?

— Terei como sair daqui? — o homem pergunta.

— Sim.

Descemos para a garagem em que estivemos na outra noite. O taxista solta um assobio baixo ao ver o Bugatti.

Flynn o orienta a virar do outro lado da garagem, bem longe do veículo inestimável. Ele desce e me ajuda a sair.

— Obrigado. A porta se abrirá para você.

— Você se incomodaria em tirar uma foto com o carro? — o motorista pergunta com um sotaque forte.

— Claro — Flynn responde, embora eu possa ver que ele está impaciente e não está com disposição para fotos. Ainda assim, ele para ao lado do motorista, sorri para a foto que tiro deles com a câmera do homem. Esperamos para ter certeza de que ele realmente deixou a garagem antes de irmos para o seu apartamento.

— Isso foi legal — eu digo no elevador.

— O quê?

— Tirar uma foto com ele.

Ele minimiza o elogio.

— Não foi grande coisa.

Gosto ainda mais dele por sua humildade.

— Foi para ele e para Aileen.

— Meu pai gosta de dizer que não custa nada ser legal com as pessoas.

— Acho que eu ia gostar do seu pai.

— Sei que ele iria gostar de você. — Ele segura a minha mão e me leva para seu apartamento. — Posso pegar o seu casaco?

Ainda processando o que ele disse sobre seu pai gostar de mim, desenrolo meu cachecol e o entrego, junto com meu casaco, para ele.

— Eu poderia tomar um pouco de chocolate quente — ele fala. — E você?

— Nunca recuso isso.

— Venha me ajudar. Fico perdido na cozinha.

— Você consegue ferver a água?

— É melhor que eu não faça isso sozinho.

Reviro os olhos para ele, porque posso dizer que está falando isso de propósito, mas como também está sendo adorável mais uma vez, vou para a cozinha ajudar.

— Vou ficar muito chateado se eu tiver te oferecido chocolate quente e não tiver em casa — ele fala enquanto remexe nos armários.

Localizo a caixa da mistura instantânea de chocolate quente e a alcanço por cima da sua cabeça. Quando começo a perder o equilíbrio, ele me estabiliza com as mãos nos meus quadris. Isso é tudo o que é preciso para que todo o meu corpo sinta que encontrou uma descarga elétrica. A corrente viaja através de mim, acordando todas as partes que me fazem mulher.

— Aqui — digo quando lhe entrego a caixa.

— Obrigado. — Ele parece relutante em me soltar, mas o faz e vai buscar as canecas.

Nos sentamos no balcão, e ele pega o chantilly que coloca nas duas canecas de chocolate fumegante.

— Sabe do que isso precisa? — Ele se levanta e sai da cozinha, voltando com uma garrafa. — Bailey's. — Segurando a garrafa, ele pergunta: — Vai?

— Certo. Vou experimentar um pouco. — Depois que ele coloca a bebida na minha caneca, tomo um gole e sinto meu interior se aquecer. — Isso é bom.

Ele coloca uma mecha de cabelo atrás da minha orelha e traça minha bochecha com o dedo. Seu toque começa a provocar uma quentura dentro de mim que não tem nada a ver com o licor ou o chocolate quente.

Olho para ele.

— Você queria conversar?

Parecendo relutante, ele afasta a mão do meu rosto e olha para o chão.

Prendo a respiração, esperando ouvir o que ele vai dizer.

— Um amigo me convenceu que não há lugar na minha vida para alguém tão doce e amável quanto você.

— O que isso significa?

— Significa — ele fala com um profundo suspiro — que sou um idiota por ter deixado alguém me dizer que isso é uma coisa ruim, quando cada célula do meu corpo está me dizendo que você é a melhor coisa que tive em anos. Talvez a melhor de todas.

— Ah. — Não sei o que dizer sobre isso.

Ele segura a minha mão novamente, levando-a até a boca e passando os lábios sobre meus dedos.

— Minha vida não é para todos. Você acabou de ter uma pequena demonstração de como os paparazzi acampam do lado de fora do meu prédio, esperando ter um vislumbre de mim para que possam vender uma foto às revistas de fofocas. Eles me perseguem de forma implacável.

— E é por isso que seu amigo acha que não é uma boa ideia você me ver?

— Em parte. — Ele gira o dedo no monte de chantilly em sua caneca. — No entanto, a questão é que desde sábado você é tudo em que penso. Revivi cada segundo que passamos juntos, provavelmente, cem vezes desde então.

— Eu também.

— É mesmo? — Ele parece tão esperançoso que não posso deixar de sorrir.

— Sim.

— Você lançou algum tipo de feitiço em mim, não é?

— Foi exatamente isso. Você me descobriu.

— É a única explicação possível para o jeito como meu coração quase pulou do peito quando você me mandou uma mensagem ontem.

— Isso não aconteceu.

— Aconteceu, sim.

Eu me concentro na bebida, porque não sei mais para onde olhar. Sua confissão me faz cambalear.

— Natalie... olhe para mim.

Crio coragem para deixar meu olhar encontrar o dele e fico impressionada com o que vejo: carinho, diversão, desejo.

— Você está muito satisfeita com a sua vida. Ama seu trabalho, seus alunos, sua colega de apartamento e sua vida na cidade nova. Se você se envolver comigo, tudo isso vai mudar de formas que você não pode imaginar.

— Como assim? — pergunto, curiosa de verdade.

— Por um lado, os paparazzi vão te perseguir e quando digo perseguir, quero dizer que eles serão *implacáveis*. Eles tirarão fotos e publicarão mentiras a seu respeito. Vão revirar suas roupas, seu cabelo, seu passado.

Tomo um gole da minha bebida, e nós dois notamos o tremor da minha mão. Meu passado está enterrado tão profundamente que nunca será descoberto, mas isso não significa que pensar em ser perseguida não me apavore, porque apavora. Não fiz nada de errado naquela situação, então não é como se eu tivesse algo de que me envergonhar. Mas tenho vergonha, e odiaria que ele ou qualquer um dos meus outros novos amigos soubessem do meu passado.

— O que mais? — pergunto.

— Isso não é o suficiente para te assustar?

— Gostaria de ter todas as informações antes de decidir.

Ele inclina a cabeça novamente, algo que estou reconhecendo como uma de suas características encantadoras. Isso transmite interesse e uma sensação de que sou a única pessoa em seu universo, mesmo quando sei que isso está longe de ser verdade.

— Há mulheres que vão dizer, fazer e *deduzir* coisas... você sempre vai se perguntar: o que ele diz é verdade? Ele está me enganando? Está mentindo? Ela tem fotos... deve saber algo que eu não sei.

— Isso é difícil.

— Foi o motivo do término com a última mulher com quem me relacionei. Ela acreditou em tudo o que foi dito e publicado sobre mim. Cansei de me defender.

— Posso ver como isso se torna chato.

— Sim. Gosto de pensar que sou uma pessoa de confiança.

— Já fez alguma coisa em um relacionamento da qual não tem orgulho?

Depois de uma longa pausa, ele fala:

— Sim. Quando eu era casado. Eu te disse que ela me traiu.

Concordo.

Ele respira fundo.

— Eu estava muito furioso, magoado e constrangido. As pessoas tentaram me alertar para me afastar dela, mas eu estava cego, apaixonado e idiota. Idiota demais. Eu a traí depois que ela fez isso comigo.

— Você se sentiu melhor depois?

Rindo, ele fala:

— Não. Eu me senti pior, porque a deixei me transformar em alguém que não reconhecia, mas o que fiz foi comigo, não com ela. Eu fiz isso. Eu sabia o que estava fazendo. E o intuito era vingança. Dormi com a amiga dela e me certifiquei de que ela descobrisse.

— *Argh.*

— Não foi o meu melhor momento.

— Quantos anos você tinha?

— Vinte e quatro.

— E é por isso que você disse que nunca mais quer se casar?

— Em parte, sim. — Ele aperta mais a minha mão. — Quero dizer uma coisa, mas estou com muito medo de não parecer sincero, ridículo ou mesmo contraproducente para o meu esforço para avisá-la a meu respeito.

— Isso foi uma introdução.

Eu adoro as covinhas profundas que se formam em suas bochechas quando ele me presenteia com um daqueles sorrisos genuínos que fizeram dele um astro.

— O que você quer dizer?

— Lembre-se de que estou sendo totalmente sincero aqui.

— Certo.

— Desde que te conheci, passei algum tempo com você e depois tentei, sem sucesso pelo que me parece, me afastar de você, não me sinto tão... certo... de que nunca mais vou me casar de novo.

— Com certeza você sabe como fazer uma garota vibrar por dentro, Flynn.

Ele levanta uma sobrancelha.

— Você está vibrando?

— Por dentro.

Se inclinando para diminuir a distância entre nós, ele fala:

— Eu realmente gostaria de te beijar de novo.

— Eu gostaria mesmo que você me beijasse novamente.

— Agora?

— Agora seria bom. — Eu me pergunto quem é essa pessoa confiante e aventureira. Ela está longe há tanto tempo que mal a reconheço.

Com as mãos no meu rosto, ele me puxa para outro daqueles beijos sensuais que fazem minha cabeça girar. Eu adoro o jeito que suas mãos me tocam, o jeito terno e cauteloso com que ele me beija, como se eu fosse algo precioso e inestimável. Esse beijo é mais intenso do que o primeiro, talvez porque estamos sozinhos e não em uma rua pública.

Então sinto a pressão da sua língua contra meus lábios e não consigo pensar em outra coisa além de como é incrível ser abraçada e beijada por ele. Ele se levanta e me leva junto, meus braços ao redor do seu pescoço enquanto eu me inclino para ele e o beijo. Não consigo chegar perto o suficiente.

— Natalie — ele sussurra.

Leva um segundo para que suas palavras penetrem o nevoeiro em que estou depois de beijá-lo.

Ele segura a minha mão e me leva para o sofá. Nos sentamos perto um do outro e ele me beija mais uma vez.

— Está tudo bem?

— Sim.

— Que tal isso? — Ele desliza a língua entre os meus lábios e a esfrega contra a minha, me fazendo gemer. — Isso é um sim?

— Humm.

— Preciso da palavra.

— Sim, Flynn. *Sim!*

Quando ele sorri, seus olhos se iluminam.

— Preciso ter certeza em virtude das suas... afirmações anteriores... sobre as... limitações.

— Eu disse que não faria sexo. Nunca disse uma palavra sobre beijar.

— Então beijar é bom? — Seus lábios tocam os meus enquanto fala.

— Beijar é muito, *muito* bom. — Pode ser a melhor coisa de todas.

— Não posso concordar mais.

Não consigo me aproximar o suficiente dele. Quero ser absorvida e consumida por esse homem. Nunca quis isso antes. Na verdade, mantive distância por razões que são minhas e só minhas. Então ele interrompe o beijo e se move para o meu pescoço, seus lábios me deixando em chamas.

— Então não consegui te advertir — ele fala.

— Eu diria que você falhou miseravelmente.

— Graças a Deus. — Ele me beija novamente com caricias profundas da sua língua que me deixam à beira de implorar por algo que eu disse que não queria. — Venha para L. A. comigo, Natalie. Venha ficar comigo. Quero você ao meu lado, segurando minha mão quando lerem meu nome.

— Flynn... — Estou tentada. Muito, muito tentada.

— Avisei que levaria uma acompanhante. — Seus dentes se fecham sobre o lóbulo da minha orelha e sinto o toque em todas as terminações nervosas. — Você não vai me deixar na mão, vai?

Me afasto dele para que eu possa ver seu rosto.

— Você disse que não ia me ligar e, ainda assim, planejou me levar para o Globo de Ouro?

— O que posso dizer? Sou uma pessoa esperançosa. E então, quando recebi o seu SMS ontem e soube que ia ter ver de novo, esperava poder te convencer a vir. Vi sua mensagem como um sinal.

— Então, mesmo quando você tenta me alertar a seu respeito, está planejando me levar para L. A?

— Sim, sou culpado. Acho que se você tiver todos os fatos, pode tomar uma decisão consciente.

— E eu tenho todos os fatos agora?

— Exceto por um.

— Que é?

— Me desculpe por não ter te ligado depois da nossa noite muito especial no sábado. Me desculpe por deixar a opinião de outra pessoa me influenciar, quando a única coisa que deveria importar é o que eu sei ser verdade: você é especial e quero uma chance com você.

8

Flynn

Prendo a respiração enquanto espero que ela me responda. Eu não a culpo por dizer não depois do que contei sobre a minha vida e o que esperar se ela continuar saindo comigo.

— Me diga a verdade — ela pede.

— Sempre. — Ignoro os sinais de alarme do meu cérebro que me lembram dos segredos que estou escondendo.

— A coisa com a imprensa... o quanto pode ser ruim?

— Pode ficar muito ruim. Eles vão caçar sujeira e se não encontrarem, podem inventar. Você pode ter problemas no trabalho, se a direção da escola decidir que a atenção é uma distração grande demais. Você estará se defendendo contra acusações que sequer são verdadeiras.

— Tudo isso por uma noite com você?

— Tudo isso e talvez mais. — Gostaria de não ter que deixá-la ciente dessas coisas, mas tenho que ser justo. Essa é a realidade com que convivo todos os dias. Ser celebridade é um negócio arriscado na era do ciclo de notícias vinte e quatro horas. Essa é a minha vida. Estou acostumado, mas não posso expô-la sem alertá-la sobre as potenciais consequências.

— Você faz parecer que eu seria louca em ir.

— Seria, mas espero que você vá mesmo assim.

— Há coisas... sobre mim... das quais não falo. Nunca. Para ninguém.

— Essas coisas apareceriam se a imprensa entrasse na sua vida?

Ela balança a cabeça.

— Eu era outra pessoa. Não sou mais a mesma.

Quero pedir que ela me explique. Quero ser a pessoa com quem ela pode contar, mas nunca pedirei mais do que ela está disposta a dar. Já descobri que empurrá-la para fora da sua zona de conforto é o caminho mais rápido para afastá-la.

— Então, além do potencial para uma grande loucura e um burburinho enorme, farei tudo o que puder para protegê-la. Será como qualquer outro encontro.

Ela joga a cabeça para trás e ri, e eu me apaixono pelo som da sua risada. É fascinante, genuína e linda, assim como ela. Quero fazê-la rir todos os dias apenas para que eu possa desfrutar do som delicioso.

— Como qualquer outro encontro, hein?

— Como em qualquer outro encontro que inclua roupas de grife, alguns flashes das câmeras, algumas celebridades aqui e ali, muitas festas. — Dou de ombros. — Nada demais.

— Só mais uma noite de celebridade para você.

— Não será como qualquer outra noite se você estiver comigo.

— Você é bom. Tenho que reconhecer isso.

— Isso é um *sim, Flynn, adoraria ir a L. A. com você e ser sua acompanhante para o Globo de Ouro?*

— Isso é um *sim, Flynn, eu realmente gostaria de ir para L. A., mas...*

Gemo alto e me jogo contra o sofá. Estou sendo bobo e dramático.

— Odeio a palavra *mas*. Nunca odiei uma palavra mais do que odeio essa.

— *Mas...* — ela diz, sorrindo —, quero ter certeza de que posso tirar uma folga antes de me comprometer.

— *Argh*, você está me matando. Quando vai saber?

— Vou perguntar amanhã.

— Como vou sobreviver até lá?

— Você não ia me ligar, o que significa que ia sobreviver o resto da sua vida sem mim. Se lembra disso?

— Vamos esquecer esse assunto. — Depois de duas horas com ela, percebo que eu estava louco em seguir o conselho de Hayden. Quanto mais tempo passo com ao seu lado, mais a quero. Quero que seja minha. Não importa que eu não seja bom para ela. Posso ser alguém diferente por ela. Serei o que ela precisa que eu seja, se isso significar que eu a tenha em minha vida.

Nunca tive esse tipo de pensamento sobre qualquer mulher. Jamais. Eu deveria estar com medo, mas não estou. Estou alegre por ela e determinado a proporcionar o momento da sua vida em Hollywood.

Ela inclina a cabeça contra o encosto do sofá e me estuda atentamente.

— Estou com alguma coisa no rosto?

— Não — ela responde, soltando aquela risada rouca e sexy que me deixa duro a cada vez. Essa risada é perigosa e potente.

Estou pensando em beijá-la de novo quando meu estômago solta um grunhido desagradável.

— Alguém está com fome — ela fala.

— Precisamos de comida. Está com vontade de que esta noite?

— Você não precisa me alimentar. De toda forma, preciso ir para casa para levar Fluff para dar uma volta.

— Poderíamos ir para a sua casa, levar Fluff para uma caminhada e depois comprar algo para comer na vizinhança.

Ela parece incrédula.

— Você quer levar Fluff para passear?

— Bem, quero passar mais tempo com você, e ela é parte do pacote, então sim, gostaria de levar a Fluff para passear.

— E se ela te morder de novo?

— Estou disposto a me arriscar. É importante que ela se acostume comigo, porque vou estar por perto. Muito.

— É?

— Se você me permitir. — Seguro sua mão, que entrelaça os dedos nos meus. — Podemos ir?

— Como vamos sair daqui sem que os fotógrafos nos vejam?

— Vou te mostrar.

Quando ele sai do quarto usando óculos escuros e um daqueles chapéus de pele pelos quais os oficiais soviéticos da KGB eram conhecidos durante a Guerra Fria, rio tanto que lágrimas escorrem pelo meu rosto.

— Quero uma foto *disso*.

— De jeito nenhum. Há um diplomata russo no prédio. Ele é cerca de vinte anos mais velho que eu, mas sua constituição é semelhante à minha. O chapéu esconde o cabelo grisalho. Toda vez que saio do prédio usando isso, eles pensam que eu sou ele e me deixam em paz.

— Ele sabe que você roubou sua identidade?

— Shhh, não. Não conte. — Ele segura meu casaco para mim e depois puxa o capuz sobre a minha cabeça, me envolvendo em uma caverna de obscuridade. — Isso deve servir. — Então ele vai até o interfone no elevador e pede ao porteiro para nos conseguir um táxi. Tudo é tratado de maneira tão suave e competente que começo a ver a vantagem de ser uma celebridade. As pessoas fazem coisas simplesmente porque você as pede.

Saímos do edifício sem sermos notados, em um táxi que estava nos aguardando. Os fotógrafos acampados do lado de fora da entrada principal estão muito ocupados fumando e fofocando para notar que sua presa escapou sem ser detectada.

— Isso foi incrível, sr. Gorbachev. Boa jogada.

— Evitá-los é algo que tenho feito muito bem ao longo dos anos. — Ele tirou o chapéu e balançou as sobrancelhas. — Espere até ver meus outros disfarces.

— Estou ansiosa para isso. — Estou ansiosa para tudo, agora que sei que vou vê-lo de novo depois de hoje, agora que me comprometi com o que promete ser um fim de semana mágico em L.A. A excitação percorre meu corpo, me deixando nervosa de antecipação. Nunca me senti mais viva na vida do que com ele sentado ao meu lado, segurando minha mão. Me pergunto se ele vai me beijar de novo antes do fim da noite.

Espero que sim.

Depois de um percurso lento pelo trânsito da hora do rush, chegamos à minha casa. Enquanto subimos as escadas, me pergunto se Leah está e que tipo de cena ela vai fazer quando vir Flynn. Posso ouvi-la enlouquecendo no apartamento.

— Está pronto para isso? — pergunto a ele.

— Mais do que nunca.

— Aqui vai. — Abro a porta, e Fluff entra em seu estado de espírito habitual ao me ver, mas quando Flynn vem atrás de mim, ela perde a compostura imediatamente, rosnando, grunhindo e latindo. Nunca a vi se comportar dessa maneira. — Não sei o que há de errado com ela. Fluff! Pare com isso!

Flynn a observa, sua expressão demonstrando diversão, mesmo quando ele se distancia da bola de pêlos.

Coloco uma coleira nela e tenho que quase arrastá-la até a porta, que é outra coisa que acontece pela primeira vez. Geralmente, ela vai para a porta por conta própria.

Flynn coloca o chapéu de pêlos da KGB de volta e segue a uma distância compreensível enquanto descemos as escadas. Na rua, Fluff olha para ele e o chapéu a faz ter outro ataque de raiva.

— Acho que ela está com medo de que você esteja usando um dos seus parentes na cabeça.

Ele ri e segura minha mão livre.

Adoro o jeito tranquilo e casual com que ele faz isso, como se ficássemos de mãos dadas sempre. Parece natural para mim, como se a minha mão devesse viver envolvida na dele. Está absolutamente congelante, então ficamos fora o tempo suficiente para Fluff fazer suas necessidades.

Flynn pega o saco plástico da minha mão e limpa a sujeira dela.

— Isso é muito mais do que sua obrigação, tendo em vista o tratamento que ela dispensa a você.

— Gosto de pensar que sou um cavalheiro em relação a todas as mulheres, mesmo as mais rabugentas.

Ele é muito charmoso, isso é certo. Como não consigo parar de rir do chapéu, ele se recusa a sair comigo, então acabamos pedindo comida tailandesa. Isso é ótimo para mim, já que senti frio o suficiente. Apesar da contínua hostilidade de Fluff em relação a Flynn, temos uma ótima noite juntos, mas o tempo todo em que estamos no sofá assistindo à porcarias na TV, estou pensando em beijá-lo e imaginando se isso acontecerá de novo.

Como foi que deixei de querer que nenhum homem me tocasse de novo — nunca mais — para querer esse homem com um fervor que me surpreende e me assusta? É como se os últimos oito anos nunca tivessem acontecido e eu tenha voltado a ser quem era antes da minha vida ser destruída. É possível que eu, finalmente, tenha me recuperado e tenha a possibilidade de uma verdadeira intimidade com um homem?

Como esse pensamento nunca me ocorreu antes de conhecer Flynn, decido deixar isso de lado até que eu possa pensar a respeito quando estiver sozinha mais tarde. Estar com ele ao meu lado requer minha total atenção.

Às dez e meia, tento não bocejar. Geralmente me deito às dez, porque meu alarme toca às cinco e preciso de cada minuto dessas sete horas de sono para funcionar no dia seguinte. Mas não quero que esse tempo com ele termine.

— Que horas você tem que se levantar amanhã? — ele pergunta.

Me pergunto se ele lê pensamentos, além de seus muitos outros atributos.

— Cinco.

— *Argh*, isso é *brutal*. Como você faz?

— Bem, tudo começa com um despertador.

— Espertinha. Você sabe o que eu quero dizer.

— Você não levanta cedo quando está filmando?

— Sim, mas sempre sei que há um fim à vista.

— Eu também. Chama-se de férias de verão, que é quando eu durmo até o meio-dia o máximo de vezes possível.

— Agora você está falando minha língua.

— Você gosta de dormir?

— Adoro. Enquanto estiver se esforçando para se levantar para trabalhar de manhã, pense em mim dormindo até o meio-dia.

— Que malvado. — Minha imaginação imediatamente salta para como ele deve parecer na parte da manhã, todo amarrotado, sexy, com barba por fazer e o cabelo bagunçado. Quase suspiro com o poder da minha imaginação.

— Vou deixar você dormir até o meio dia pelo menos uma vez em L.A.

— Jura?

— Juro. — Ele me olha. — Eu deveria ir para que você possa dormir um pouco. Algo me diz que os alunos da terceira série não mostrarão muita compaixão por uma srta. Bryant cansada amanhã.

— Eles vão tirar o máximo de vantagem.

Seus dedos traçam o contorno do meu queixo antes que ele se incline para me beijar. No momento em que seus lábios tocam os meus, esqueço tudo sobre acordar cedo e alunos da terceira série. Nada importa mais do que o calor que desliza pelo meu corpo. Minha poderosa reação a ele devia me assustar, mas ao invés de afastá-lo, eu o puxo para mais perto. Isso parece provocar algo nele, e o beijo se torna mais exigente.

Nós dois ignoramos o rosnado baixo de Fluff, que estava dormindo no chão até que Flynn chegou perto demais de mim para o gosto dela.

Ele me abraça e me puxa para mais perto dele. Levada pelo desejo e pelo calor, abro a boca para sua língua e descubro que só experimentei o começo do que ele é capaz de me fazer sentir.

— Caramba, Natalie — ele sussurra. Sua mandíbula pulsa de tensão quando encosta a testa na minha. Ele está respirando com dificuldade. — É hora de ir.

Quero implorar que ele fique para me beijar de novo, para me fazer sentir assim por mais algum tempo. Mas ele tira as mãos do meu rosto e se afasta de mim, o que parece doer. Sei que devo parecer tão chocada quanto me sinto.

— Eu, hum... — Flynn passa os dedos pelos cabelos. — Sinto muito se me empolguei.

— Não se desculpe. Eu gostei.

Ele geme enquanto fica de pé e é quando noto que está duro. O contorno proeminente da sua ereção dentro do jeans bem gasto me atinge.

— Natalie...

Forço meu olhar para encontrar o dele.

— Não olhe para mim desse jeito e depois me diga que não posso te ter. — Ele suaviza as palavras com um sorrisinho e estende a mão para mim.

Seguro-a e o deixo me puxar para o seu abraço.

— Me mande uma mensagem no segundo em que você souber se vai poder tirar folga.

— Pode deixar. — Tudo o que posso sentir é o seu comprimento aquecido contra a minha barriga. Quero me pressionar contra ele, mas em algum lugar encontro um pouco de autocontrole.

— Vou prender o ar até receber notícias suas.

— Não faça isso. Você vai desmaiar.

— Então me tire da minha miséria assim que puder.

— Mais uma vez, obrigada pelo que você fez para Aileen e seus filhos.

— O prazer foi meu. Qualquer coisa para fazer você sorrir.

Fluff está aos nossos pés, rosnando e latindo. Honestamente, ela perdeu a cabeça desde que conhecemos Flynn.

Ele veste o casaco.

— Ela precisa sair de novo?

— Só uma saída rápida.

— Quer que a leve antes de ir?

— É muito legal da sua parte, mas não vou te sujeitar a ela.

— Não tenho medo, e ela precisa se acostumar comigo. — Ele pega a coleira e quando se inclina para encaixar nela, Fluff se lança para ele, se agarrando ao mesmo braço que ela mordeu no outro dia.

— Ah, meu Deus! Fluff! Pare! — Consigo afastá-la de Flynn. Graças a Deus ele está usando um casaco, então não se machuca. — Sinto muito. Não sei o que há de errado com ela. — Arrisco um olhar para ele e descubro que está rindo – muito.

— Eu sei o que é.

— Dificuldade em dividir?

— Ela está com ciúmes. Percebeu que gostamos um do outro e está aborrecida com isso.

Fluff rosna e late, o que me faz rir mesmo quando a seguro para não atacá-lo de novo.

— É como se você nunca tivesse tido um namorado antes.

Com medo de falar demais, mordisco o lábio inferior e afasto o olhar para focar em Fluff ao invés dele.

— Natalie?

Olho para cima para encontrá-lo me observando de perto.

— Sim?

— Você já teve um namorado antes, não teve?

Congelo imediatamente com a indecisão. Digo a verdade ou a versão que criei para combinar com minha nova vida? Aparentemente, meu momento de hesitação é tudo o que ele precisa para tirar suas próprias conclusões.

— *Nunca?*

— É complicado. — Isso é verdade.

— Complicado como?

— É uma história para outro dia.

Ele se inclina e fica nariz a nariz com Fluff.

— Acostume-se comigo. Eu não vou embora.

Ela responde mostrando os dez dentes que ainda tem e rosnando novamente.

Tudo o que posso pensar é em Fluff tirando um pedaço daquele rosto perfeito, então eu a aperto com mais firmeza.

Flynn se inclina ao redor do cachorro rosnando para me beijar de novo.

— Falo com você amanhã.

Grata por ele ter decidido não insistir com o assunto do meu passado amoroso — ou a falta dele — fecho a porta e inclino a cabeça contra a madeira. Ele é muito perspicaz para o meu próprio bem. Se continuar a vê-lo, não vou poder esconder a verdade por muito mais tempo.

Gosto de pensar que posso ir embora a qualquer momento, mas estou em suas mãos, especialmente depois de beijá-lo. Não quero ir embora. Pela primeira vez, quero deixar meus medos de lado e tentar um relacionamento verdadeiro com um homem. Apesar da sua fama e tudo o que vem com isso, já sinto que posso confiar nele para proteger e cuidar de mim, especialmente se meus demônios tentarem estragar tudo entre nós dois.

No minuto em que volto depois de levar Fluff para uma saída rápida até seu lugar favorito para fazer xixi, tiro meu casaco, cachecol e luvas, e em vez de ir para a cama, ligo o laptop para entrar no sistema automatizado da escola e pedir a segunda-feira de folga. Felizmente, não tenho que passar pela inexpressiva sra. Heffernan para pedir isso. Faço a solicitação online e a submeto antes que eu possa me convencer a desistir dessa loucura que está acontecendo na minha vida.

Leah entra quando estou desligando o computador.

— O que você ainda está fazendo acordada, *srta. Preciso do meu sono de beleza?*

— Acabei de terminar um trabalho. — É quando me lembro de não ter feito nenhuma correção que levei para casa comigo. Amanhã vai ser um dia muito longo. — Onde você esteve?

— Na academia e depois fui jantar com alguns amigos do bar. — Ela cai no sofá. — Tenho que te dizer uma coisa.

— O quê?

— Acho que vou parar de lecionar.

— Não. Você não pode. Você tem um contrato.

— Um dos caras que fica no bar é advogado. Ele está vendo isso para mim.

— Mas por que, Leah? É apenas seu primeiro ano. Precisa dar uma chance.

— Odeio isso. Detesto cada segundo que tenho que passar naquele prédio com aquelas crianças. Elas merecem mais do que uma professora que as odeia.

— Você não os odeia.

— Estou começando. Isso sem falar nos pais.

Não posso discutir com relação a isso. Leah conseguiu alguns dos piores pais que qualquer um de nós teve naquele ano. Eles passaram de excesso de envolvimento a lavar as mãos com uma falha — até que seu filho precioso se meteu em encrenca e então eles se tornaram os pais do ano.

— Nada vai acontecer até o final do ano. Vou ver, mas quero sair. Ensinar não é para mim. — Ela me olha. — O que você fez essa noite?

Hesito, porque se disser que vi Flynn não vou me deitar tão cedo.

— Ele ligou?

— Não exatamente. — Conto a ela sobre a visita a Aileen e o resto da nossa noite.

— Você vai mesmo ao Globo de Ouro. — Pelo menos, ela não está gritando, algo pelo qual sou grata.

— Se eu puder tirar folga na segunda.

— Você vai. Tem horas extras.

— Não quero ficar animada até ter certeza.

— Foi legal o que ele fez com Aileen.

— Ele foi incrível. É legal com todo mundo. — Falo sobre o taxista e como ele posou para fotos com o motorista e o Bugatti. — Ele me avisou que se eu for ao Globo de Ouro com ele, as coisas vão ficar loucas para mim com os paparazzi. Pode ser que venham atrás de você também.

— Então vamos ficar famosas? Isso é demais!

— Acho que é mais legal na teoria do que na realidade.

— Estou ansiosa para descobrir. — Ela boceja alto e fica de pé. — É melhor irmos para a cama, assim estaremos prontas para enfrentar os monstros amanhã.

Quero dizer para não chamá-los assim, mas sei que ela não quer ouvir isso. Estou triste com a sua decisão de deixar o magistério, mas entendo que essa profissão não é para todos. Talvez se eu tiver uma sala cheia de crianças mal comportadas e seus pais no próximo ano, eu odeie isso também.

Damos boa noite e fico acordada por muito tempo depois da hora que deveria estar dormindo, pensando em Flynn, na viagem para L.A. e os beijos... o beijo é incrível e não posso esperar para fazer isso de novo. Eu me pergunto se o verei amanhã — ou hoje — noto, com um gemido, quando olho para o relógio ao meu lado e vejo que passa muito da meia-noite. Mesmo no escuro, com os olhos fechados, seu rosto é tudo que vejo. Aquela inclinação adorável de cabeça, o sorriso tímido e sexy, o jeito que ele solta uma gargalhada.

Estou ansiosa sobre o que acontecerá se eu for ao Globo de Ouro com ele. Não nego isso, mas me recuso a viver com medo do que virá. Passei anos deixando o medo para trás e não é hora de começar a regredir, especialmente quando estou desfrutando tanto do presente.

O alarme proporciona um despertar particularmente difícil pela manhã. Se alguém me perguntasse, eu diria que não tinha dormido nada, mas, aparentemente, isso não é verdade. A primeira coisa que faço é pegar o laptop para fazer login e descobrir se minha solicitação foi aprovada. Nada ainda.

Verifico novamente minutos antes da minha classe se encher, mas não há nada. Nunca pedi um dia de folga antes, então não tenho ideia de quanto tempo vai demorar. Pretendo perguntar aos outros professores durante o almoço, se eu puder passar por essa manhã. Pouco antes do almoço, verifico novamente e a solicitação foi aprovada. Me sento e olho para a tela enquanto uma variedade de emoções me alcança de uma só vez: alívio, excitação, ansiedade e desejo.

Com as crianças ocupadas com uma tarefa, pego o telefone para enviar um SMS para Flynn.

Pode respirar agora. Consegui a folga na segunda.

Ele responde:

Obrigado, Senhor. Estava começando a ficar tonto. Posso te pegar na escola hoje? 15h30?

Penso sobre isso por exatamente um segundo antes de responder.

16h seria melhor.

Por mais que eu queira vê-lo novamente, tenho que fazer meu trabalho.

16h, então. Te vejo mais tarde. Mal posso esperar.

Leio as últimas palavras várias vezes. Flynn Godfrey mal pode esperar para me ver. Penso nas minhas irmãs e em como elas ficariam empolgadas em saber que estou saindo com Flynn, um astro do cinema que as duas admiram e me sinto triste por tudo o que perdi. Talvez elas vejam uma foto do Globo de Ouro em uma das revistas de celebridades que adoram devorar. Descarto esse pensamento no minuto em que o tenho. Pareço tão diferente agora que, provavelmente, não me reconheceriam como sua irmã há muito perdida. Ou talvez elas nem pensem mais em mim e não se importem com quem estou namorando.

O pensamento delas se esquecendo de mim me deprime profundamente, então tento me concentrar em todas as coisas que estão dando certo na minha vida agora, incluindo um romance com um homem que mal pode esperar para me ver.

Fiz o que tinha que fazer por mim e por minhas irmãs. Talvez um dia elas percebam isso. Nesse meio tempo, tenho uma tarde para passar com uma sala cheia de alunos da terceira série que estão animados com o açúcar, graças aos cupcakes que a mãe de Micha trouxe depois do almoço para comemorar seu aniversário. Por mais que eu não goste do que o açúcar faz com meus planos para a tarde, agradeço que os pais participem do jeito que fazem.

A mãe de Micha fica durante a tarde para ajudar em um projeto de ciências e terminamos o dia lendo um livro para eles. Sua presença alegre ajuda o dia a passar mais rápido do que normalmente, especialmente quando sei que vou ver Flynn.

Depois que as crianças saem, arrumo a sala rapidamente e corrijo os trabalhos que não mexi na noite passada, assim como o de hoje. O tempo todo estou vendo o relógio se aproximar das quatro. Até que, quando faltam dez minutos, Leah enfia a cabeça na minha sala.

— Vai trabalhar a noite toda, garota? — ela pergunta com um sorriso provocante.

— Não. Só por mais dez minutos.

Ela olha para mim com desconfiança.

— E depois?

— Tenho um compromisso...

— Você tem um encontro com o astro de cinema!

— Shhh, fala baixo!

Ela entra na sala, deixando a porta bater.

— Aonde ele vai te levar?

— Não sei. Provavelmente vamos para sua casa. É mais fácil para ele do que sair.

— Essa merda toda é tão legal, Nat.

— Não diga merda na escola.

— Por que não? Não há ouvidinhos por aqui.

— A sra. Heffernan está sempre ouvindo com suas grandes orelhas de elefante.

Leah gargalha.

— É provável que ela tenha grampeado todas as salas.

— É por isso que você não deve xingar na escola.

— Bem, ouvi uma coisa que pensei que poderia te interessar.

— O que é?

— Alguém fez uma doação anônima ao fundo da Aileen – uma grande doação. Algo em torno de meio milhão de dólares.

Fico olhando para ela, tentando processar o que ela me disse.

— *Meio milhão de dólares?*

— Foi o que a Sue falou. — Leah é amiga da mulher que administra o escritório principal e ouve as melhores fofocas dela. — Quem mais poderia ser, além do seu amigo Flynn?

— Deus... não posso acreditar que ele fez isso. Ele me disse que queria ajudá-los e perguntou se havia algum fundo ou algo assim. Mas nunca imaginei... — Meus olhos se enchem de lágrimas quando imagino a reação de Aileen ao receber essa quantidade de dinheiro.

— É bondade da parte dele — Leah diz.

— É incrível. — Estou atordoada, tocada e mais ansiosa para vê-lo do que antes.

— Junte suas coisas. Você tem um encontro quente com um homem gostoso em cinco minutos.

Ainda me recuperando do gesto incrível de Flynn, me forço a me acalmar e tentar relaxar.

— O que você vai fazer hoje?

— Peguei um turno no bar. Ainda estou tentando pagar as despesas do Natal.

— O que significa que você estará um desastre amanhã.

— Valerá a pena para pagar a fatura gigante do cartão de crédito. Sem aulas hoje?

Balanço a cabeça.

— O avô de Myles está no hospital, então não vamos nos encontrar esta semana. Mas, olha isso: a mãe dele ainda está me pagando, porque a culpa não é minha por não termos aula.

— Você tem tido muita sorte ultimamente, Nat. Devemos te chamar de Dama da Sorte.

Se ao menos Leah soubesse o preço enorme que paguei por qualquer sorte que eu possa estar tendo agora. Por muito tempo, me perguntei se todos as outras pessoas haviam pego a minha parte do quociente de sorte. Mas, ultimamente... as coisas estão boas e espero que permaneçam assim a partir de agora. Não importa o que aconteça, no entanto, nada pode ser tão ruim quanto o que já passei. Saber do que sou capaz me dá coragem para encarar cada novo dia e cada desafio que surge em meu caminho.

— Preciso me arrumar para ficar bonita — digo para Leah.

Ela revira os olhos para mim.

— Me poupe. Você nasceu bonita.

Embora eu tenha nascido ruiva de olhos verdes e sardas, não tenho mais nenhuma semelhança com aquela garota. Uso lentes de contato especiais que me deixam com os olhos castanhos e costumo colorir meu cabelo, que é muito mais longo do que costumava ser, para mantê-lo escuro. Exceto por uma troca de lentes uma vez por mês, nunca mais vejo meus olhos verdes. Eu me acostumei com o novo visual, mas isso não aconteceu da noite para o dia. Foi quase tão difícil de me acostumar quanto a minha nova identidade, não que Leah tivesse alguma maneira de saber disso.

— Que seja.

— Posso ficar até ele chegar aqui?

— Claro.

— Tenho permissão para falar com ele?

— Sim — digo rindo —, pode falar com ele. Já o conheço bem o suficiente para saber que ele quer que você aja normalmente perto dele.

— Não tenho certeza se posso prometer agir *normalmente*, mas vou tentar.

Enquanto passo uma escova pelo cabelo, ela ajeita seus cachos, muito mais curtos, e faz caras engraçadas de biquinho que me fazem rir tanto que me preocupo com as lágrimas manchando meu rosto com a máscara para os cílios.

— Pare com isso.

— Ei, Nat, você acha que vai olhar para ele e dizer para si mesma, ah, Flynn? Apenas Flynn. Não o Flynn, o astro de cinema?

Penso a respeito disso por um segundo.

— Já penso nele desse jeito, às vezes. Quando estamos sentados no sofá conversando sobre um filme, como gostamos da mesma comida ou algo que uma de suas irmãs disse em um SMS, ele é apenas Flynn, um cara normal. Então ele recebe uma ligação de Marlowe Sloane e me lembro de quem ele é para o resto do mundo.

— Não acho que eu poderia esquecer isso. E Marlowe Sloane... cuidado com ela. Há rumores de que eles têm um caso.

— É só fofoca, de acordo com ele. Os dois são amigos íntimos. — Pego um espelho da bolsa e aplico uma leve camada de brilho labial. — E além disso, qual é o sentido de passar tempo com ele se eu não puder separar o homem da fama? Há muito mais nele do que sua carreira, sabe?

— É mesmo? — Ela me olha de forma astuta. — Você já o beijou?

— Olho para longe, concentrada no espelho.

— Talvez.

Ela se agita imediatamente.

— Isso *não* é um não!

— *Cale* a boca, Leah!

— Me conte tudo e não deixe nada de fora.

— Desculpe, não há tempo para isso. Tenho que ir. Se você vai sair comigo, tente não agir como uma aberração.

Ela entrelaça o braço ao meu.

— Ah, vou sair com você e sem promessas sobre não agir como louca.

— *Ótimo.*

9

Flynn

Sentado do lado de fora da escola de Natalie no Range Rover, entro em um debate interno sobre a ridícula indecisão se devo esperar por ela no carro ou sair e arriscar que alguém me reconheça. Essa merda de frio que está me congelando me mantém no carro até que a vejo sair do prédio com Leah.

Elas são tão jovens que poderiam facilmente ser confundidas com estudantes se fosse uma escola de ensino médio em vez de fundamental. Sinto uma pontada de culpa quando as palavras de Hayden ressurgem para me lembrar que ela é muito nova e inexperiente para pessoas como eu. No entanto, mesmo sabendo disso, não posso me afastar.

Ela vê o carro e vem em minha direção.

Então eu saio e dou a volta para encontrá-las, me curvando de forma galante.

— Senhoras.

— Oi. — Os lábios de Natalie estão brilhando com algum tipo de *gloss* roxo que quero lamber o mais rápido possível. Sim, esse é o meu primeiro pensamento e não, não estou orgulhoso disso.

Beijo a sua bochecha.

— Como foi seu dia, querida?

Ela me encânta com seu sorriso.

— Excelente e o seu?

— Longo e chato, esperando a sua aula acabar. Me faz lembrar dos velhos tempos não tão bons.

— Viu? — Leah pergunta. — Ele concorda comigo. A escola não presta.

— É ótimo te ver de novo, Leah.

— Humm — ela murmura de forma sugestiva. — Digo o mesmo.

— Podemos te dar uma carona para algum lugar?

Ela olha ansiosa para o carro e depois para Natalie.

— Para casa?

— Claro — digo, antes que Natalie tenha chance de responder. Abro a porta de trás para Leah e a do carona para Natalie.

Quando entro no lado do motorista, percebo que Natalie está me dando um olhar estranho.

— Tem alguma coisa no meu rosto? — Esfrego a bochecha que barbeei recentemente na expectativa de vê-la.

— Não — ela responde, rindo.

— Então o que foi?

— Te falo mais tarde.

— Quando *eu* não estiver aqui — Leah fala do banco de trás.

— Então vamos nos livrar dela o mais rápido possível — eu digo.

— Ei! Isso não é legal.

Natalie ri da indignação de Leah. As duas me divertem. Leah é tão tagarela e corajosa quanto Natalie é reservada. Elas fazem um par estranho que parece funcionar bem, apesar de suas diferenças.

O celular de Natalie toca, e ela olha para o identificador de chamadas.

— Aileen — ela fala, olhando para mim. — Oi, Aileen.

Posso ouvir os gritos estridentes da outra mulher vindo pelo telefone de Natalie.

— Ouvi a respeito — ela fala, olhando para mim novamente.

Finjo ignorância sobre o que está acontecendo, embora eu saiba tudo a respeito do que elas estão falando. A doação foi feita de forma anônima, porque não quero nada além de saber que Aileen e seus filhos estarão amparados durante este período difícil.

— Vou dizer a ele — Natalie diz depois de vários minutos de conversa principalmente unilateral. — Falo com você em breve. — Ela termina a ligação e guarda o telefone na bolsa. — Você acredita que alguém fez uma *doação de meio milhão de dólares* para o fundo que montamos para a família deles?

— Eu me pergunto quem poderia ter feito algo assim — Leah fala.

— Isso é ótimo — acrescento. — Bom para eles.

Natalie me dá outra olhada daquelas que me permite saber que não estou enganando ninguém. Tudo bem. A melhor coisa de ter dinheiro é poder ajudar pessoas que realmente precisam.

Quando chegamos na rua delas, não há vaga disponível.

— Posso descer aqui — Leah fala. — Quer que eu dê uma volta com a Fluff para você?

— Você se importaria?

— Claro que não.

— Obrigada. Flynn não é sua pessoa favorita.

— Ahhh, o velho saco de ossos é ciumento?

— Não fale assim sobre ela! Fluff não é um saco de ossos.

— Mas ela está com ciúmes — digo de forma presunçosa.

— Há — Leah fala quando abre a porta. — Sabia. Até logo. Ou até amanhã. Fique fora a noite toda. Tenha uma noite selvagem. — Ela a fecha antes que Natalie possa responder.

— Ela é uma aberração — Natalie fala.

— Gosto do jeito que ela pensa.

Ela revira os olhos para mim enquanto eu volto para o trânsito.

— Você deve mesmo.

Alcanço sua mão e adoro a emoção que viaja através de mim quando sua pele se esfrega contra a minha. Não posso nem começar a imaginar como seria o sexo com ela se somente segurar sua a mão é uma das experiências mais sensuais do que tem sido uma vida *indulgente*. Com ela sentada tão perto de mim, não ouso entrar nesses pensamentos.

— Você está adorável com esses lábios roxos.

Quando o semáforo a nossa frente fica vermelho, ela se inclina sobre o console central com suas intenções claras.

Não sendo bobo, eu a encontro no meio do caminho e me delicio com o doce sabor dos seus lábios.

— Humm, olá para você também. Senti sua falta hoje.

— Também senti a sua.

— Então, por que você estava me dando aquele olhar engraçado quando eu te peguei?

— Só estava apreciando a vista excepcional.

— Já é sexta-feira?

— Mais um dia.

— Parece que não chega nunca.

Ela sorri e nenhum de nós afasta o olhar até que o motorista do carro de trás aperta a buzina quando o semáforo fica verde. Malditos nova-iorquinos impacientes.

— Na Califórnia, beijar sem parar é muito mais incentivado e apoiado do que aqui.

— Sério?

— Sim. Vou te mostrar quando estivermos lá.

— Não posso acreditar que vou mesmo para L.A. com você.

— Acredite. Assim que recebi sua mensagem, pedi a minha assistente, Addison, para contatar alguns dos estilistas com quem trabalhamos no passado. Ela vai ter um milhão de opções para você no momento em que chegarmos na sexta à noite. — Eu a olho e a vejo morder o lábio inferior. — O que foi?

— Esses estilistas com quem você trabalhou no passado... já fez isso antes? Convidou uma *ninguém* para um evento e depois teve que vesti-la?

Me sinto tocado e me divirto com a pontada de ciúme que ouço em seu tom.

— Primeiro, você não é uma *ninguém*. Não diga isso de novo. Nunca mais. Em segundo lugar, trabalhou comigo, boba. Acredite ou não, há muito mais em aparecer em todos esses eventos do que usar um smoking e pentear o cabelo. Tenho minhas grifes favoritas, mas preciso acompanhar as últimas tendências e não tenho tempo para me incomodar em descobrir isso sozinho.

— Ahh, entendo.

Aperto sua mão.

— Você é a primeira pessoa que convido para participar de algo assim comigo que já não estava no mercado de uma forma ou de outra.

— Ah...

— Ah, o quê?

— Nada... só estou... essa coisa toda é bem impressionante. É emocionante também, claro, mas é impressionante para alguém que nunca fez nada assim antes.

— Confie em mim quando eu disser que vai ser muito divertido. Você vai se sentir como uma rainha por um dia ou eu vou demiti-los e ter certeza de que eles nunca mais vão trabalhar em Hollywood.

— Pare. Você nunca faria isso.

— Não — digo, rindo —, não faria, mas vou me certificar de que você seja a mulher mais mimada de toda Hollywood no domingo. *Pode* contar com isso.

— Espero que você saiba que não preciso de tudo isso.

— Sei que não *precisa* e é por isso que será muito divertido me certificar que vai ser.

Ela respira fundo e solta o ar.

— Você está bem? — Está demorando uma eternidade para chegar ao centro da cidade no trânsito do final do dia.

— Sim. Estou bem.

— Tenho ingressos para *Wicked* para hoje, às sete.

Ela se vira e olha para mim.

— Hoje à noite como *hoje, esta noite?*

— Como em duas horas e meia a partir de agora.

— Ah, meu Deus! Você é demais, sabe disso?

— Você disse que queria assistir, não é?

— Sim, eu quero, mas não esperava que você saísse e comprasse ingressos.

— Tecnicamente, não fui a lugar algum. Dei um telefonema e os ingressos foram disponibilizados.

Ela encosta em seu assento.

— Você é de verdade? Vou acordar e descobrir que sonhei com essa coisa toda?

— Realmente espero que não. — Olho para ela. — Você vai ficar bem chegando em casa por volta das onze?

— E ter ido assistir a *Wicked?* Sim, acho que posso lidar com o horário.

— Só para ter certeza, estar indo assistir *Wicked* é bom? Sim? — Não posso acreditar no quanto estou inseguro e incerto perto dela – duas coisas que nunca fui quando se trata de mulheres. Bem, exceto pela vaca com quem me casei, mas quem quer pensar nela quando tenho a linda Natalie para focar?

— *Wicked* é bom, mas sabe o que é ainda melhor?

— O quê?

— O que você fez para Aileen e os filhos.

Tenho esperado que ela mencione esse assunto e estou pronto para ela.

— Não sei do que está falando.

— Sim, sabe, então pare de fingir o contrário. Foi... é incrível, Flynn. De verdade. Não posso nem começar a dizer o que isso significa para ela, para todos eles. E o que significa para mim... obrigada.

— Ainda não sei do que você está falando, mas, por nada.

Ela envolve minha mão nas suas e o gesto doce me deixa louco. Tudo nela me excita. Faz muito, muito tempo desde que me senti atraído por uma mulher fora do meu estilo de vida escolhido. Pela primeira vez em mais de uma década, estou considerando a possibilidade de que aquilo a que nos referimos como um relacionamento "baunilha" possa realmente me satisfazer.

Isso não significa que estou preparado para desistir completamente de um estilo de vida que me definiu de várias maneiras. Significa apenas que estou pensando em fazer algumas mudanças que seriam impensáveis há apenas alguns dias.

Algo que meu pai me disse uma vez vem passando pela minha

cabeça desde que conheci Natalie. Foi depois do rompimento desastroso com Valerie, quando perguntei como ele sabia que minha mãe era a mulher com quem ele queria se casar.

— Algum dia — ele falou —, provavelmente daqui a alguns anos, uma mulher entrará na sala e todo o oxigênio parecerá ter saído com sua chegada. Seu peito ficará apertado, seu coração baterá um pouco mais rápido e você *saberá*. Você simplesmente vai *saber*.

— Foi assim que aconteceu com você e a mamãe? — perguntei a ele.

— Exatamente assim. Soube, no segundo em que coloquei os olhos nela, que nunca haveria mais ninguém para mim.

E nunca houve. Quarenta e quatro anos depois, estão mais unidos e apaixonados do que nunca. À medida que envelheço, eu me pego sentindo inveja do que eles têm, assim como minhas duas irmãs mais velhas, que encontraram o amor verdadeiro com caras de quem gosto e respeito.

— Você está quieto — Natalie fala. — No que está pensando?

Gosto do fato de ela perguntar.

— Nos meus pais, na verdade.

— O que tem eles?

— Amanhã é o aniversário deles. Quarenta e quatro anos de casados.

— Fantástico.

— Preciso enviar algo para os dois, mas estou tentando decidir o quê. O que se dá para duas pessoas que têm tudo?

— Não faço ideia. Flores parece muito simples. Cartões seriam bobos para quem eles são...

— Você compreende o meu dilema.

— Poderia levá-los a um bom restaurante enquanto estiver em L.A.

— Isso eu posso fazer. — No próximo semáforo, pego o telefone e ligo para Addie através do Bluetooth.

Já nos falamos por cerca de seis vezes hoje e passamos das preliminares do *como você está?* há horas.

— Podemos organizar um jantar de aniversário para Max, Estelle e as garotas no sábado à noite, se elas estiverem disponíveis?

— Claro. Vou fazer algumas ligações.

— Inclua a Natalie na contagem, e você deveria vir também.

— Claro que vou.

— Você é a melhor, Addie.

— Eu sei. Te digo isso todos os dias.

Rindo da resposta previsível, encerro a ligação com o apertar de um botão no volante.

— Feito.

— Uau, isso foi meio... impressionante.

— A Addie é fantástica. Estaria perdido sem ela.

— Ela parece fantástica, mas quero dizer tudo – desde a ideia até a implementação em cinco minutos.

— Fazemos as coisas acontecerem.

— Estou vendo.

Olho para ela com timidez.

— Tudo parece... não sei... pretensioso para você?

— Não, não mesmo. Continuo achando impressionante.

Sua resposta me faz sorrir quando, finalmente, chegamos à entrada da garagem depois de uma lenta travessia na cidade. Digito o código e desço a rampa. Sem esperar por mim, Natalie sai do carro e me encontra no elevador. Gosto que ela esteja entrando em uma rotina confortável na minha vida.

No andar de cima, pego o casaco, e ela olha para as próprias roupas.

— Gostaria de saber que iríamos ao teatro, assim teria me vestido melhor. — Ela está usando calça preta sensual, botas de salto alto e um suéter turquesa com um decote que envolve seus seios fartos, me fazendo querer dar uma olhada por dentro para uma vista melhor.

— Você está linda. Perfeita para o teatro. As pessoas não se arrumam todas como costumavam fazer. Você vai ficar bem. — Com as mãos em seus quadris, eu a puxo para mais perto de mim. — Na verdade, vai lançar moda.

— Claro que vou.

Inclino a cabeça e colo meus lábios nos dela em uma carícia pouco exigente, que sinto completamente em mim. Embora eu não pretenda dar mais do que um beijo rápido — pelo menos não ainda — quando suas mãos deslizam pelo meu peito e envolvem meu pescoço, estou perdido.

Sua boca se abre e sua língua encontra a minha em uma carícia sensual que me faz gemer desejando mais. Já sei, dias depois que coloquei os olhos nela pela primeira vez, que nunca vou ter o suficiente.

Não pretendia devorá-la no *foyer*, mas ela é irresistível, especialmente quando está pressionada contra mim, me beijando com uma ânsia tão inocente. Essa inocência deixa meu pau duro e latejando quando, com relutância, interrompo o beijo, consciente do que ela me disse no dia em que nos conhecemos. Se eu a seduzir e convencê-la a me dar o que disse que nunca daria, ela vai me odiar depois. Pensar nisso é pior do que negar o desejo que me domina como uma coisa que pulsa dentro de mim.

— Natalie...

Seus olhos estão fechados, os lábios inchados e úmidos, as bochechas rosadas e quentes... ela é incrivelmente bonita.

Acaricio seu pescoço, e ela inclina a cabeça, me concedendo acesso total a sua doce suavidade. Seu perfume desafia a descrição comum, mas é fascinante mesmo assim. É simples, limpo, fresco... diferente de qualquer coisa que eu tenha encontrado antes, o que me leva a concluir que é a essência *dela*. Mordisco o lóbulo da sua orelha com força suficiente só para fazê-la respirar fundo.

— Nat... — Nem sei se alguém a chama assim. O apelido sai tão naturalmente quanto o ar que inspiro.

— Humm? — Suas mãos estão fazendo algo no meu cabelo que faz meu couro cabeludo formigar com consciência.

— Devemos parar com isso.

Ela balança a cabeça.

— Mais.

— Natalie — digo, rindo da sua impaciência —, você está me matando.

— Não quero te matar. Quero te beijar.

Ela não tem ideia do que está fazendo comigo, de como está acenando uma bandeira vermelha na frente de um touro me olhando com aqueles doces olhos castanhos que brilham de desejo e emoção.

Tento dizer a mim mesmo que posso lidar com isso. Posso abraça-la, beijá-la e, talvez, tocá-la, mas nada mais. Não agora, de toda forma. Segurando sua mão, eu a levo para o sofá, onde me sento e, em seguida, a coloco em meu colo. A pressão do seu traseiro macio contra minha furiosa ereção me tira o fôlego por um segundo antes de eu me recuperar e capturar sua boca em outro beijo que vai de zero a cento e vinte em um ponto de explosão de calor tão potente que me sinto queimado.

Nunca, jamais, reagi a uma mulher assim antes e isso me excita e me apavora por causa das condições que ela apresentou no dia em que nos conhecemos. Se eu pedir mais do que ela está disposta a dar, vou perdê-la antes de tê-la. Mas com ela macia e flexível em meus braços, não estou disposto a terminar este momento antes de ter mais dela.

Eu a inclino contra as almofadas do sofá, parando para avaliar sua reação. Por um instante, vejo algo parecido com medo em seus olhos expressivos antes que ela pareça se recuperar, me alcançando e me trazendo para si a fim de retomar o beijo.

Se eu achava que o que fizemos no hall de entrada havia sido incrível, isso é algo completamente diferente e realmente preciso de todo autocontrole que possuo para não rasgar as roupas dos nossos corpos e tê-la aqui e agora. Combater esses impulsos é quase tão desgastante quanto o beijo em si, que se torna mais erótico e mais sensual a cada carícia da sua língua contra a minha.

Seu suéter é sedutoramente macio sob a mão que apoio em suas costas. Deslizo o dedo pela bainha e encontro a pele quente que me faz ansiar por mais. Embora eu sinta dor ao me mexer, inclino um pouco para o lado sem romper o beijo e movo a mão para a frente do seu corpo. Sou como um adolescente no meio da primeira paixão, tentando avaliar se meus avanços serão bem-vindos ou não. Honestamente, não posso dizer e lembrando daquela pontada de medo que vi antes, preciso ter certeza.

Recuo do beijo, mas mantenho os lábios contra os dela.

— Natalie, quero te tocar.

Ela arqueia as costas, pressionando-se de encontro à minha mão.

— Preciso que você diga que está tudo bem. A cada passo do caminho, preciso que você me diga.

— Sim, Flynn... por favor. Me toque.

— Educada e sexy. Que combinação potente. — Puxo seu suéter para cima e o tiro.

Ela me deixa fora de mim quando puxa a bainha do meu e o tira antes que eu possa começar a me preparar para o soco afiado de desejo que me atinge quando sua pele e a minha se juntam pela primeira vez. Puta merda. É eletrizante e aterrorizante ao mesmo tempo. Ela me assusta pra caramba.

Seus dedos continuam no meu cabelo enquanto sua outra mão vagueia pelas minhas costas, deixando um rastro de fogo.

Estou, literalmente, queimando e começando a suar com o esforço que estou fazendo para me segurar, para ir devagar, para me lembrar do que ela disse sobre sexo, casamento e regras. Mas sou humano e a quero desesperadamente, então beijo tudo o que posso alcançar, começando com o pescoço, descendo até o peito e os montes dos seios fartos que estão esticando os limites do sutiã simples, que vai entrar para a história como uma das coisas mais sexies que já vi.

Nela, a lingerie mais sexy do mundo não faria nada para realçar sua beleza natural.

— *Flynn*. — Ela ofega quando esfrego o queixo no ponto tenso do seu mamilo. Seu corpo inteiro se arqueia para mim, silenciosamente pedindo mais.

— Me fale.

— Eu... — Ela abre os olhos e, mais uma vez, vejo o medo misturado com desejo óbvio.

— Fale comigo. Me diga o que está pensando. — Aconchego meu nariz no vale entre seus seios.

— Me toque. Por favor, me toque.

Cubro seu seio com a mão, apertando delicadamente e esfregando o polegar sobre o ponto eriçado.

— Aqui?

Ela morde o lábio e concorda com a cabeça.

— Tem certeza?

Em resposta à minha pergunta, ela solta o fecho frontal do sutiã, me surpreendendo mais uma vez.

Seus seios se soltam e enchem minhas mãos, testando meu controle novamente. Quero possuí-la, mas sou cuidadoso e gentil com o presente que ela deu a mim e, provavelmente, a mais ninguém. Ontem à noite, ela me fez deduzir que nunca teve um namorado, embora nunca vou saber como isso seja possível. Todos os outros caras do mundo são cegos e estúpidos? Ela é um tesouro, um presente de valor inestimável que veio à tona em minha vida numa época em que desisti de encontrar alguém que pudesse aliviar a inquietação em minha alma.

Por ela ser tudo isso e muito mais, me movo com cuidado, com cautela enquanto a acaricio, indo lentamente para as pontas excitadas que tensionam sob minhas mãos.

Meu pau está prestes a explodir de vontade de entrar nela, mas tento ignorar a necessidade urgente de focar em Natalie. Estou querendo saber o que ela me permitirá fazer quando o puxão de sua mão na minha nuca me guia para o que quero mais do que qualquer coisa.

Passo a língua ao redor do mamilo direito, e ela fica louca embaixo de mim, puxando meu cabelo e pressionando cada parte do seu corpo contra o meu. Caramba... isso é loucura. Com qualquer outra mulher, eu estaria profundamente dentro dela agora, transando loucamente. Mas com Natalie, isso não é uma opção, então aceito o que ela me oferece e me delicio com ela, sugando, mordiscando e lambendo seu mamilo até ela gritar pelo prazer — pelo menos, espero que seja prazer que ela está sentindo.

Então faço o mesmo para o outro lado, acariciando-a até ter certeza de que ela não está pensando em outra coisa além de mim e na incrível conexão entre nós.

Mas só posso tomar o suficiente da sua doce marca de tortura. Tenho que me controlar e assumir as rédeas dessa situação antes de passarmos do ponto sem retorno. Deixo cair a cabeça em seu peito, que está puxando o ar que ela inspira.

— Por que você parou? — ela pergunta depois de um longo período de silêncio em que o único som é o de nós dois respirando com dificuldade.

— Porque se não parar agora, não vou conseguir. — Me forço a levantar a cabeça e a olhar para o seu rosto, que está rosado e corado de desejo. — No dia em que nos conhecemos, você me disse o que não vai acontecer. Se continuarmos assim... — Deixo a cabeça cair em seu peito novamente. — Caramba, Natalie, eu te quero tanto. Você não tem ideia.

— Também te quero. Espero que você saiba disso. É só que eu... existem razões. Pelas quais me sinto desse jeito.

— Eu sei e estou tentando respeitar seus limites, mas se não pararmos agora, temo que vá mais longe do que você quer. — Para meu profundo espanto e desânimo, seus olhos se enchem com lágrimas que, rapidamente, escorrem pelas suas bochechas. Ela fecha os olhos com força, como se isso contivesse o dilúvio. — Natalie, linda... fale comigo. Me diga o que está errado.

— Tudo — ela sussurra. — Está tudo errado comigo.

Beijo as lágrimas do seu rosto e a abraço tão forte quanto posso.

— Não, querida. Não diga isso. Você é incrível, e eu estou completamente perdido sem você.

— Isso é tão gentil e você é tão... você é... incrível. Você é incrível, e eu deveria ser capaz de fazer isso, mas não posso.

— O que você não pode fazer?

— *Isto.* — A única palavra é falada de forma tão enfática, com tanto nojo e fúria que não sei como reagir. — Não posso fazer isso, porque estou despedaçada. Por dentro.

— Alguém te machucou, linda? — Sinto, pela primeira vez na vida, que poderia cometer assassinato só de pensar em alguém fazendo mal a ela.

Ela empurra meu ombro, e percebo que ela quer se sentar. Então me movo rapidamente para liberá-la.

Natalie pega seu suéter, e eu a ajudo a vestir. Quando ela coloca as mãos embaixo dele para fechar o sutiã, tento não assistir, mas não consigo desviar o olhar. Então ela me olha e a dor e agonia que vejo em seu olhar normalmente exuberante me despedaça.

— É melhor eu ir. Isso... você... você é adorável, maravilhoso e foi gentil comigo. Mas eu... — Ela balança a cabeça e a tristeza é tão diferente do seu comportamento normal que estou totalmente abalado. E com medo. Estou com muito medo de perdê-la agora que a encontrei.

— Natalie, linda, não há nada que você possa me dizer que mudaria o que eu sinto ou que me faria não querer estar com você de qualquer maneira que pudesse. Se as coisas ficaram quentes demais entre nós, a culpa é minha. Eu não deveria ter te pressionado sabendo como você se sente...

Seus dedos nos meus lábios me param e me despertam simultaneamente.

— Você não fez nada de errado. Amei tudo que fizemos. Adorei e encorajei.

— Por favor, não vá. Seja o que for, vamos resolver juntos. Vamos encontrar um caminho. Não fuja de mim.

— Não é justo. Você merece alguém que possa te dar tudo e eu não posso.

Coloco os braços ao seu redor e a puxo para o meu abraço. Só quando sua mão toca meu peito, que me lembro que estou sem suéter. Seu toque é tão potente que quero implorar por suas mãos em mim em todos os lugares, mas, ao invés disso, limpo a garganta e tento encontrar as palavras que ela precisa ouvir.

— Eu esperaria para sempre a chance de te abraçar, fazer amor com você e te adorar da maneira que você merece.

Ela está balançando a cabeça antes de eu terminar de falar.

— Você me conhece há seis dias. Como pode dizer uma coisa dessas?

Sinto como se estivesse à beira de um penhasco, olhando para o que minha vida seria depois de Natalie, mas se eu der um passo para trás e der o que ela precisa, nunca vou ter que experimentar essa terra devastada.

— Se lembra quando estávamos no carro, e você me perguntou o que eu estava pensando quando mencionei o aniversário de meus pais?

Ela acena com a cabeça.

— Eu estava pensando em muito mais que isso. Estava me lembrando de uma conversa que tive com meu pai, há alguns anos, sobre como eu saberia quando encontrasse a mulher com quem deveria estar. Suas palavras exatas foram: *Algum dia, provavelmente daqui a alguns anos, uma mulher entrará na sala e todo o oxigênio parecerá ter saído com a sua chegada. Seu peito ficará apertado, seu coração baterá um pouco mais rápido e você saberá. Você simplesmente vai saber.*

Com o dedo debaixo do queixo, levanto o rosto dela para ver seus olhos.

— Desde o primeiro segundo em que você olhou para mim enquanto sua cadela louca me atacava, eu soube. Apenas *soube* que você era a pessoa que meu pai disse que eu encontraria. É por isso que corri atrás de você quando tinha outra coisa que deveria estar fazendo. Por isso que quis te ver de novo no sábado à noite. Quis te ver todos os dias desde então e todos os dias a partir de agora. É *você*, Natalie. Então, o que quer que esteja te deixando tão chateada, quero resolver. Quero fazer isso dar certo.

Mais lágrimas escorrem pelo seu rosto e eu as enxugo.

— Você é muito gentil em dizer isso e se sentir assim em relação a mim, mas ninguém pode consertar o que está errado comigo.

— Como sabe disso? Já deixou alguém tentar? — Sei a resposta para essa pergunta antes mesmo de perguntar. O balançar da sua cabeça confirma isso. — Me deixe te ajudar, Natalie. Me deixe entrar. Quero te entender. Não apenas desse jeito — gesticulo para o sofá para abranger o que aconteceu lá —, mas em todos os sentidos.

Sua expressão é torturada, e posso dizer, pelo jeito que ela me olha, que ela quer me dizer com o que está tão chateada.

— Não posso — ela diz tão suavemente que quase não consigo ouvi-la. — Sinto muito, mas simplesmente não posso.

10

Natalie

Eu quero. Deus, eu quero. Nunca alguém me disse nada como o que ele fez de um jeito tão lindo. Ele me faz querer acreditar que tudo é possível, que posso ter o que outras pessoas tomam tão facilmente umas das outras, mas sei que as coisas não são assim. No dia em que me tornei Natalie Bryant, prometi a mim mesma que ninguém em minha nova vida saberia sobre April. Ela teve uma morte horrível e traumática há oito anos, durante o fim de semana mais infernal da sua vida. Quando tomei a decisão de deixá-la para trás e me tornar Natalie, fiz isso com regras que não podem ser abandonadas, nem mesmo por Flynn.

Ele é o único com quem me senti tentada a contar, e eu o conheço há seis dias. Sei o que preciso fazer. Preciso me levantar, me recompor e ir para casa, onde é o meu lugar. O interlúdio com ele foi maravilhoso, inesquecível em todos os sentidos. Mas também serve como um lembrete das minhas limitações.

Mas antes, tenho que fazê-lo entender que isso acabou.

— Quero que você saiba... cada minuto que passei com você foi melhor do que qualquer outro momento que passei com alguém. Você... é muito mais do que eu poderia imaginar e me ensinou a não acreditar em tudo que leio.

Ele sorri com isso, mas não é o sorriso habitual. Não é aquele com as covinhas profundas que se alinham em suas bochechas quando ele está se divertindo de verdade.

— Se você está se despedindo de mim, não faça isso. Nos empolgamos, Natalie. Não vai acontecer de novo até que você queira.

— A questão é essa! Talvez eu *nunca* queira, e isso é muito injusto com você.

— Posso dizer algo aqui sem soar como um idiota total?

— Posso te impedir?

Ele pega minha mão e a segura com força, como se temesse que eu vá embora antes que ele possa expressar tudo o que precisa dizer para mim.

— Estive com muitas mulheres. Provavelmente, até demais. Eu as beijei, transei com elas e fiz coisas que, sem dúvida, você acharia desagradável na melhor das hipóteses, condenáveis na pior delas. Mas nunca, nunca tive uma mulher reagindo a mim do jeito que você reage. E nunca reagi a nenhuma mulher – jamais – do jeito que faço com você. Então, se você me disser que tudo que posso fazer no próximo ano é te beijar, vou aceitar. Aceito isso agora, mesmo depois de você cruzar aquela porta e me dizer que terminamos.

Na mesma hora, quero detalhes sobre o que ele fez com outras mulheres que eu consideraria desagradáveis ou censuráveis, mas não tenho o direito de fazer essas perguntas. Nem tenho o direito de pedir a ele que viva como um monge para que eu possa continuar neste caminho que escolhi.

— Eu me casaria com você amanhã, Natalie, se você me aceitasse.

Suas palavras me chocam e trazem mais lágrimas aos meus olhos.

— Pare com isso. Você não quer se casar. Deixou isso bem claro.

— Achei que você não ia mais acreditar que tudo o que lê é verdade.

— Você mesmo me disse que isso é verdadeiro.

— Mas foi antes de você. Antes que você me atingisse e roubasse todo o meu fôlego.

O triste é que eu quero acreditar nele. Quero aceitar tudo o que ele está dizendo. Quero abraçá-lo e nunca deixá-lo. Mas aprendi a ser cautelosa e desconfiada, exceto que não fui com ele. Pulei com os dois pés e não tomei nenhuma das habituais precauções que costumo trazer a cada novo relacionamento e situação. Na minha nova vida, as pessoas precisam ganhar minha confiança. Nunca mergulho de cabeça como fiz com ele.

— Faça algo por mim. — Ele olha com sinceridade em meus olhos. — Me dê este fim de semana. Se depois disso, você não quiser mais me ver, vou aceitar. Nunca vou te esquecer, mas vou respeitar seus desejos. — Depois de uma pausa, ele acrescenta: — As coisas ficaram fora de controle esta noite. Não vai acontecer de novo, a menos ou até que você dê o primeiro passo.

Sou puxada em mil direções diferentes ao mesmo tempo. Eu o quero. Deus, eu o quero tanto que queimo por dentro por ele e tudo o que ele está preparado para me oferecer. Em seis dias, ele me fez esquecer oito dolorosos anos passados, em grande parte, sozinha enquanto me reinventei na pessoa que sou hoje. Estou arriscando toda essa liberdade e bem-estar emocional, duramente conquistados, a cada minuto que passo com ele e estou fazendo isso por livre e espontânea vontade, com os olhos bem abertos para as possíveis consequências.

E não me importo. Eu o quero tanto quanto ele parece me querer. Respiro fundo e solto o ar devagar, como meu terapeuta me ensinou a fazer quando as coisas ficam arrasadoras. Eu me forço a encontrar seu olhar, me forço a olhar diretamente para os olhos castanhos intensos quando digo:

— Tudo bem.

— Mesmo?

Assentindo, me agarro à sua mão como se fosse a única coisa que me impede de irromper no espaço para nunca mais ser vista ou ouvida de novo.

Ele se move com cautela para colocar seus braços ao meu redor. Descanso meu rosto contra seu peito nu, respirando o cheiro de sabonete e desodorante enquanto o pelo do seu peito roça no meu rosto.

— Seja o que for, o que você precisar, estou aqui, Natalie. Você não está mais sozinha.

Quero acreditar nele mais do que qualquer coisa, manter suas palavras e suas garantias com tudo que tenho. Mas sei que não devo ser tão tola. Então, dou a ele a única coisa que tenho a oferecer — um final de semana. Depois disso, vou deixá-lo e nunca mais olharei para trás.

Sou muito boa nisso.

Flynn

Depois que convenço Natalie a ficar e me dar uma chance, apreciamos um jantar calmo antes de sairmos para assistir à peça. Ela adora *Wicked* e se ilumina visivelmente enquanto o espetáculo se desdobra diante de nós. Estamos na décima fila na seção de orquestra e, como já assisti o programa duas vezes antes, vejo-a observando cada detalhe com seu entusiasmo e exuberância habituais.

Me sinto arrasado pela memória da sua dor, seu medo e as lágrimas. Parte de mim quer contratar alguém para descobrir o que aconteceu com ela, assim vou saber com o que estou lidando. Mas o meu lado mais razoável rejeita essa ideia como a coisa mais idiota que eu poderia fazer. Se e quando eu descobrir o que ou quem a machucou, será quando ela decidir me dizer e não antes.

Ela fala sobre a peça por todo o caminho para casa, como era mais engraçado do que ela esperava e como nunca pensou sobre como a bruxa malvada de *O Mágico de Oz* se tornou tão má. Falamos sobre a música, a história e as piadas. Em outras palavras, nos concentramos em tópicos seguros e não naqueles que estão cheios de perigos.

De novo, não há lugar para estacionar em seu prédio, então estaciono em fila dupla e ligo o alerta.

—Muito obrigada por me levar para assistir a *Wicked*, adorei mesmo.

— Fico feliz.

Ela me olha de um jeito tímido.

— E por ser tão legal mais cedo. Me desculpe por ter tido aquele colapso.

— Por favor, não me peça desculpas por algo que você não pode evitar. Quero que você se lembre que o que quer que aconteça, o que quer que te assombre, você não está mais sozinha. Pode confiar em mim, Natalie. Juro que nunca faria nada para te causar mais um segundo de dor ou medo.

Seu sorrisinho é uma grande vitória para mim.

— Com certeza posso ver porque todas as mulheres americanas são apaixonadas por você, Flynn.

— Que se dane isso — digo de forma enfática, talvez um pouco *demais.* — Não estou bancando o astro de cinema. Este sou *eu*, o verdadeiro Flynn, que é louco por você. Deixo toda essa porcaria de lado, porque esta é minha *vida*, Natalie, não meu trabalho.

— Eu não quis dizer o contrário.

— E eu não quis pular em cima de você.

— Entendi. Você está constantemente tendo que separar o real do imaginário.

— Sim — digo com um suspiro de alívio por ela me entender. — E isso é tão real quanto parece para mim.

— Obrigada pela noite adorável. Nunca me esquecerei um minuto disso.

— Nem eu. — Eu me inclino sobre o console central para beijá-la. — Há muito mais por vir.

Ela me beija de volta e acaricia meu rosto, o gesto é tão terno e doce que eu mal posso respirar por desejá-la.

Quero levá-la de volta para minha casa, colocá-la sobre a cama e nunca deixá-la sair de lá, mas como isso não vai acontecer hoje à noite ou em breve, me afasto lenta e dolorosamente.

— Te vejo amanhã, tá?

— Tá.

Roubo um último beijo.

— Vou esperar você entrar.

— Não precisa.

— Sim, mas eu quero.

Ela me deixa com um sorriso que não alcança seus olhos, e isso é tudo o que é preciso para me dizer que essa vai ser a briga da minha vida. Tudo bem. Estou disposto a fazer guerra para mostrar a ela o que podemos ter juntos. Agora que a encontrei, nunca vou deixá-la escapar.

Nenhum de nós consegue dormir naquela noite. Depois de trocarmos mensagens, ligo para ela e acabamos conversando por horas sobre coisas tolas como a diferença entre crescer em Nebraska e Beverly Hills. Percebo que ela nunca menciona sua família em termos específicos, sempre de forma vaga, como se não fizesse mais parte da vida dela. Estou desesperado por mais informações, mas sou cauteloso. Não pressiono. Só espero que ela confie em mim um dia para me contar sua verdade. Até então, uso a paciência que não sabia que tinha.

Com o filme finalizado e tempo livre antes de partirmos para L.A., meus amigos estão tendo uma semana louca na Quantum. Eles têm ligado e mandando mensagens sem parar, querendo que eu me junte a eles, mas fico afastado. Até que eu saiba como este fim de semana vai acontecer, resisto à tentação de gastar minha energia sexual reprimida com outra pessoa.

Estou comprometido com Natalie por enquanto. Se ela ficar comigo, esse compromisso vai muito além deste fim de semana. Mas isso vai ser visto.

Hayden é implacável, me mandando mensagens a cada meia hora sobre o idiota que sou por abandoná-los em um momento de comemoração. Ele faz com que Kristian, Jasper e Marlowe fiquem atrás de mim, mas ignoro todos e fico focado em Natalie.

Na sexta-feira à tarde, estou um desastre. Nunca estive mais nervoso com algo do que com esse fim de semana. Deixei Addie louca, micro gerenciando os detalhes para ter certeza de que tudo vai estar perfeito para Natalie. Eu deveria voar para Los Angeles com Hayden e os outros, mas fretei meu próprio avião. A última coisa que quero é compartilhar Natalie com qualquer um, especialmente amigos que questionaram a sabedoria de me envolver com ela. Recebi incontáveis insultos por SMS quando avisei que não ia me juntar a eles no voo, mas, como a maioria das merdas deles essa semana, eu ignoro.

Espere até que eles saibam que quero fazer a pós-produção do novo filme em Nova York e não em L.A., como planejado. Vou comprar uma briga com Hayden em particular. Mas vou lidar com isso na segunda-feira depois do Globo de Ouro.

Estou esperando do lado de fora da escola às três em ponto quando ela sai com a bolsa de trabalho pendurada no ombro e uma mala a tiracolo. Imaginei que Leah estaria com ela, mas está sozinha. Quando atravessa a rua na minha direção, quase posso sentir as emoções que vem dela: hesitação, excitação, cautela, medo, curiosidade e, talvez, apenas talvez, uma sugestão de prazer em me ver.

Prazer é uma palavra muito simples para descrever o que sinto ao vê-la. Alívio, ansiedade, alegria, desejo e excitação pela aventura que estou prestes a proporcionar a ela. Sinto tudo isso ao mesmo tempo. Sinto mais por ela do que por qualquer mulher e, em vez de fugir, quero me envolver nisso e nela.

— Oi — ela fala quando chega.

— Oi. — Pego sua bolsa e a jogo no banco de trás com a minha e depois a ajudo a entrar no carro. Não tenho certeza se devo, mas sinto que não a vejo há dias, então eu me inclino para beijá-la depois que a acomodo.

Ela me beija de volta, e entendo isso como um bom sinal.

— Senti sua falta.

Sorrindo, ela diz:

— Você me mandou mensagens sem parar.

— Não é um substituto para você em pessoa.

Quero enterrar meu rosto em seu cabelo, acariciar seu pescoço e sentir seu cheiro, mas não faço nenhuma dessas coisas. Espero poder fazer tudo isso no avião. Eu me afasto dela e fecho a porta. No segundo em que coloco o carro em movimento em direção ao nosso destino, em Teterboro, Nova Jersey, pego sua mão.

— Como foi o seu dia? — pergunto a ela.

— Bom, mas ocupado. Estamos fazendo alguns testes esta semana, e as crianças os odeiam, então estão tensos, o que significa que também estamos.

— Você tem três dias para relaxar.

— Acredite em mim, eu sei. Estou ansiosa por esses dias.

Fico tão feliz em ouvir isso que quero cantar *Aleluia* ou alguma outra canção comemorativa. Mas como todos os meus outros impulsos que se referem a ela, eu resisto. É muito cedo para comemorar, especialmente quando ela ainda está decidindo se vai me dar uma chance.

A viagem para fora da cidade é lenta graças ao tráfego da tarde de sexta-feira na Henry Hudson Parkway. Eu costumava pensar que não havia nada parecido com o tráfego de Los Angeles até passar algum tempo em Nova York. A maioria das pessoas não dirige na cidade, mas o transporte público pode ser um desafio para mim, então espero o trânsito. Hoje, fico aborrecido com qualquer coisa que me atrapalhe a chegar ao aeroporto e ao avião para poder ficar sozinho com Natalie e me concentrar completamente nela em vez de no trânsito.

— Estive pensando em *Wicked* o dia todo. Obrigada mais uma vez por isso.

— Por nada. Adorei que você tenha gostado tanto.

— Foi... preciso encontrar uma maneira de expandir o meu vocabulário no que se refere a você, mas continuo escolhendo a palavra *incrível*.

— Essa não é uma palavra ruim.

— Não, mas ensino aos meus alunos que qualquer palavra que é usada em excesso se torna um clichê depois de um tempo, e não quero me tornar um no que se refere a você.

— Impossível. — Aperto sua mão e desejo poder olhar para ela quando digo: — Tudo relacionado a você é estimulante, novo e interessante para mim. E essa coisa toda entre nós é a coisa mais distante de um clichê que já experimentei. Na verdade, é bem possível que minha vida inteira até uma semana atrás tenha sido um clichê gigantesco e você me salvou de todo esse ridículo.

Agora ela está rindo, o que me agrada muito. Adoro essa risada. É bem... incrível. Como já sei que ela não tem muito pelo que rir, é muito especial ser a pessoa que proporciona isso a ela, mesmo que dure apenas um minuto ou dois.

— De onde você tira essas coisas?

— Apesar do seu riso insultuoso, falei sério cada palavra.

Assim que passamos pela ponte George Washington, o tráfego para Nova Jersey começa a se mover. Finalmente.

— Estamos saindo por Newark?

— Não, Teterboro. É um pequeno aeroporto regional.

— Ah. As companhias aéreas voam de lá?

— Não vamos por companhias aéreas.

— Ah. *Ah!*

— A questão é: voos comerciais, assim como qualquer meio de transporte público, podem ser difíceis para mim e embora eu esteja ciente de que minha emissão de carbono é muito maior do que deveria, não tenho escolha. Não tenho medo de muitas coisas, mas multidões e grandes aglomerações de pessoas me assustam. Nunca se sabe quem está nessa multidão ou qual será a atitude delas.

— Compreendo totalmente. É uma questão de segurança mais do que qualquer outra coisa.

— Sim, de certa forma. Além disso — digo, tentando aliviar o clima —, dificilmente é ruim fazer um voo particular. Você verá o que quero dizer em alguns minutos.

Como saio daqui muitas vezes, tenho uma rotina com a empresa de fretamento. Eles estão esperando por mim e podemos ir direto à área de espera da *Gulfstream*. Se existe algum benefício para celebridades, são momentos como este, quando recebemos o tratamento VIP com o carro e as nossas malas transportadas de forma rápida e eficiente.

Os pilotos se apresentam, apertam minha mão e me dizem que são grandes fãs.

— Estamos esperando um voo relativamente tranquilo hoje, sr. Godfrey — o capitão diz. — Haverá alguns solavancos sobre as Montanhas Rochosas, como de costume, mas nada importante.

— Está ótimo, muito obrigado.

— Vejo vocês em L.A. — o primeiro oficial diz quando retornam à cabine para se prepararem para a partida.

O comissário de bordo, Jacob, pega nossos casacos e nos encoraja a nos acomodar nos assentos de couro lado a lado, onde eles nos querem para decolar. Depois, podemos passar para o sofá de couro macio e ficar realmente confortável.

— Isso é uma loucura — Natalie diz quando estamos sozinhos. — Aposto que ninguém reclamaria de viajar – nunca – se todos pudessem fazer isso dessa maneira. Sem filas, sem espera, sem segurança.

— Tem suas vantagens.

Logo após a decolagem, Jacob prova meu ponto ao sair da cozinha com taças de champanhe e uma bandeja de queijos, biscoitos, uvas, morangos e chocolates arrumados artisticamente.

— Você está nervoso com este fim de semana? — Natalie pergunta enquanto apreciamos o lanche e o champanhe gelado.

Olho para ela, sem estar totalmente certo do que ela está perguntando. Se estou nervoso em passar o final de semana com ela? Não, estou emocionado.

— Quero dizer, por causa do Globo de Ouro — ela fala, aparentemente sintonizada com o meu debate interno.

— Na verdade, não. Quer dizer, seria bom ganhar e ser reconhecido pelo trabalho, mas se não acontecer, a minha vida ainda será ótima na segunda-feira.

— Essa é uma boa maneira de ver isso.

— É a única maneira.

— Na minha opinião, acho que você deveria ganhar. *Camuflagem* é o seu melhor trabalho até agora. Não há dúvidas.

— Mesmo? Você acha?

— Acho. Foi brilhante.

— Posso ser completamente honesto e promete que nunca repetirá o que estou prestes a dizer?

Um sorriso ilumina seu lindo rosto.

— Com certeza.

— Concordo com você. É o melhor trabalho que já fiz e realmente quero ganhar esse Globo de Ouro.

— Ah, agora a verdade sai!

Interpretei um oficial das Forças Especiais que sofre ferimentos devastadores no Afeganistão e tem que reconstruir sua vida a partir do zero. É vagamente baseado em uma história real.

— Fazer esse filme foi a experiência de uma vida. Passar um tempo no hospital militar Walter Reed com membros feridos do serviço militar, testemunhando suas lutas para recuperar suas vidas, aprender a viver sem alguns dos elementos essenciais de quem eles eram antes... foi uma mudança de vida para todos nós.

— Eu amei. Cada segundo dele. Acho que vi cinco vezes.

— Sério? — Estou espantado e lisonjeado ao saber que o filme em que eu tinha colocado meu coração e alma durante dois anos tinha agradado a ela.

— Sério. Eu podia ver mais cem vezes e nunca me cansar. Foi lindo. Todo mundo merece prêmios, mas você... você estava simplesmente... — Ela balança a cabeça. — Extraordinário.

Sem dúvida, esse é o melhor elogio que recebi em uma carreira repleta de adulação sem propósito e estou tocado.

— Obrigado — digo com a voz rouca. — Significa muito para mim vindo de você.

— Você deve ouvir isso o tempo todo.

Dou de ombros.

— São apenas palavras vindas dos outros. As pessoas próximas a mim são aquelas que importam. Meus pais tiveram muito a dizer sobre esse filme também e não vou esquecer nada disso tão cedo.

— Eles devem estar muito orgulhosos — ela fala com uma nota de melancolia que não posso deixar de ouvir.

— Espero que sim. Suas vozes estão sempre na minha cabeça, isso é certo. Consultei meu pai em todos os projetos antes de concordar em fazê-los. Ele é minha referência.

— Estou muito animada em conhecê-los.

— Eles estão ansiosos para te conhecer também.

— Oh. Então eles sabem sobre mim?

— Sim — digo com uma risada suave —, eles sabem sobre você. E sabem que eu realmente gosto de você se estou te levando para casa para conhecê-los. Isso não aconteceu com muita frequência no passado.

— Ah — ela diz de novo e quase posso senti-la tentando processar o significado do que estou contando.

— Quer ficar confortável?

— Não estamos confortáveis agora?

— Mais confortável. — Aceno para o sofá, e ela o observa com o que pode ser um tremor. — Podemos nos esticar e assistir a um filme. Qualquer coisa que não seja *A noviça rebelde*.

Vejo a tensão deixar seus ombros quando ela percebe que não estou sugerindo uma sessão de amassos. Embora, se isso acontecesse... não. Isso não vai acontecer. Quero que ela confie em mim e se sinta confortável comigo, que é meu objetivo número um neste fim de semana.

— Parece uma boa ideia — ela fala.

Soltamos os cintos, tiramos os sapatos e nos dirigimos para o sofá largo e macio que nos acomoda com facilidade. Jacob aparece do nada com um cobertor de cashmere. Ele me dá uma rápida explicação sobre o controle das luzes da cabine e do sistema de entretenimento antes de pegar a bandeja e as taças vazias.

— Posso pegar mais alguma coisa para o momento?

Olho para Natalie, que balança a cabeça.

— Acho que estamos bem agora, Jacob. Obrigado.

— O prazer é meu. Se precisarem de mim, basta apertar este botão. Caso contrário, deixarei vocês relaxarem.

Adoro que ele nos permite saber que não voltará a menos que seja chamado. Ele garante uma grande gorjeta com essa atitude.

— Isso que é vida — Natalie declara enquanto se aconchega em mim.

Enquanto diminuo as luzes e folheio o catálogo de filmes, não poderia concordar mais. Bem aqui, nos meus braços, está tudo que preciso.

11

Natalie

Estou completamente encantada com o avião, o luxo e o conforto de estar com Flynn. Adoro o jeito que ele fala sobre seus pais e como confessou querer ganhar o Globo de Ouro no domingo. Ele realmente merece, depois da sua performance magnífica em *Camuflagem*. Não posso imaginar como será estar lá com ele, esperando para saber se ele vencerá ou não.

Tudo de novo que aprendo a seu respeito acaba com meu plano de deixá-lo. Ele não está facilitando, isso é certo. Tome como exemplo a maneira como ele me segura em seus braços, com carinho, mas de um jeito respeitoso. Sua mão acaricia meu cabelo de um jeito suave e pouco exigente.

Sinto sua afeição por mim em cada olhar e cada toque. Ele me fez lembrar como era ser amada por meus pais e irmãs antes que tudo mudasse e eu os perdesse. Estou tão sozinha no mundo desde então, que o carinho de Flynn é como um bálsamo na ferida que carrego comigo para todos os lugares que vou.

Mudar meu nome, aparência e reescrever minha história são coisas superficiais. Lá dentro, onde a April ainda vive e respira, a verdade de quem realmente sou também está sempre comigo. Cada minuto que passo com ele me faz querer ter uma chance que achei que nunca teria. Cada minuto que passo com ele é um risco para o futuro pelo qual lutei tanto.

Com os dedos deslizando pelo meu cabelo e a mão quente nas minhas costas, não me importo com nada disso.

— Flynn?

— Humm?

— Estava pensando...

— Sobre?

— O que aconteceu ontem à noite na sua casa. — Sinto seu corpo inteiro ficar tenso.

— O que tem?

— Estou tão envergonhada pela maneira como reagi. — Não falamos sobre isso novamente, mas está na minha cabeça.

— Não quero que você fique constrangida. — Ele se remexe e ficamos olhando diretamente um para o outro. Sua mão é quente e reconfortante na minha bochecha. — Tem alguma ideia do quanto valorizo a honestidade de qualquer tipo? Ou o quanto é raro eu testemunhar uma reação genuinamente honesta de uma mulher que não tem nada a ver com quem eu sou ou o que posso fazer para alavancar sua carreira?

— Não pensei nisso dessa maneira. — Olho para longe do seu olhar intenso por um momento antes de criar coragem para continuar. — Depois do que aconteceu ontem à noite, tudo em que conseguia pensar era como eu deveria terminar isso antes que fosse adiante.

Ele fecha os olhos e sua bochecha começa a tensionar. Depois de uma longa pausa, ele abre os olhos.

— E agora?

— Agora estou querendo saber se você vai me beijar de novo depois do que aconteceu.

— Natalie — ele diz em uma profunda expiração —, você não tem ideia do quanto quero te beijar, te abraçar e te tocar. Mas, mais do que tudo, quero que você confie em mim. Quero que me diga o que preciso saber, assim não vou fazer a coisa errada, nem tornar seja lá o que te incomoda pior do que já é.

Suas palavras são como uma chave na fechadura que guarda meus segredos. Ele é verdadeiro e gentil.

— Quero confiar em você.

— Você pode. Juro com tudo que tenho e o que sou, que você pode confiar em mim para te proteger e cuidar de você. Te conheço há uma semana e já te daria tudo se você permitisse.

Coloco a mão no rosto dele e o beijo. Posso dizer que o surpreendi e o agradei ao iniciar o beijo.

Ele retribui, mas não há urgência nem ponto de fulgor de desejo como aconteceu na noite passada. Este beijo representa segurança, conforto e darmos passos em frente juntos.

Encerro o beijo e fecho os olhos, precisando me distanciar um pouco para me preparar para o que estou prestes a dizer.

— Provavelmente, você já descobriu que fui violentada. Aconteceu quando eu tinha quinze anos. — As palavras, uma vez que decido liberá-las, saem rapidamente. — Foi um ataque particularmente cruel e brutal que acabou comigo de todas as maneiras possíveis. Há muito mais na história do que isso, mas o resto são coisas sobre as quais não falo. Nunca. Está no passado onde elas pertencem. — Levo outro minuto para conter minhas emoções antes de abrir os olhos para encontrar lágrimas nos seus.

— Eu... sinto muito que isso tenha acontecido com você, baby. — Ele respira fundo, balançando o peito, e posso dizer que está lutando para manter a compostura, o que só faz com que eu me apaixone mais rápida e intensamente por ele. — Nunca vou te pedir para compartilhar coisas que são muito dolorosas para você. — Com o toque suave dos seus dedos sobre a minha bochecha, ele me faz sorrir com ternura. — Obrigado por me contar. Não consigo sequer imaginar o quanto isso foi difícil para você.

— Queria que você soubesse... o que aconteceu ontem à noite não foi sua culpa.

— Não foi sua também — ele fala com ferocidade.

Eu o amo muito por dizer isso.

— Levou anos de terapia para eu reconhecer que não foi minha culpa. Não fiz nada de errado.

Ele se aproxima ainda mais de mim, seus braços apertados ao meu redor, e tudo que sinto é amor e proteção quando há apenas uma semana eu teria me assustado se um homem tivesse tentado me abraçar de forma tão possessiva. Não há lugar para medo quando estou em seus braços.

— Vamos resolver isso juntos. Um dia de cada vez, um passo de cada vez. Tudo o que você precisar, sempre que precisar. Estou por inteiro nisso, Nat.

— Eu também. Há uma semana... o pensamento de algo assim seria impossível de imaginar. E agora... agora tudo parece possível.

— Por favor, não me deixe. Não vá embora. Me dê uma chance. Dê a si mesma uma chance. Se alguém merece ser feliz e amada, é você.

Ele é um sonho que virou realidade. Ele é o meu sonho se tornando realidade. É o sonho que nunca ousei ter em um pacote irresistível e maravilhoso.

— Vai me beijar de novo? — pergunto a ele. — Por favor?

— Só porque você pediu com tanto carinho.

Estamos sorrindo quando nossos lábios se unem. Posso sentir sua cautela, sua hesitação. Ele está preocupado em me pressionar demais, em perder o controle de si mesmo e da situação. Já o conheço bem o suficiente para avaliar essas coisas apenas pelo jeito que ele me beija. Não há nada do calor que quase nos consumiu na noite passada e sinto falta disso. Apesar dos meus medos, quero aquilo de volta, mas sei que ele nunca tomará a iniciativa depois do que compartilhei com ele.

Criando a coragem de tomar o que tanto quero, passo a língua por seu lábio inferior e tenho o prazer imenso de sentir seu corpo inteiro reagir.

— O que você está fazendo comigo? — ele pergunta em um suspiro.

— Te beijando.

Uma risada ressoa em seu peito e faz seus lábios vibrarem contra os meus.

— Claro que está, sua danadinha.

Uso a língua novamente para provocá-lo e seduzi-lo.

— *Natalie.*

— Sim?

— Tenho muito medo de fazer a coisa errada aqui. Me ajude.

Ouvir esse homem forte, confiante e capaz me pedindo para ajudá-lo a me dar o que preciso é inspirador.

— Apenas me beije como me beijou ontem à noite. Você não pode errar. Agora estou preparada para o que vai acontecer.

— Me peça para parar a qualquer momento. Apenas me diga para parar, que interrompemos tudo.

— Ok.

Ele me olha por um longo e intenso momento, seus olhos ardendo com desejo, carinho e tantas outras coisas que não posso começar a processar. E então ele toma posse da minha boca. Não há outra palavra para isso além de posse. Completa e absoluta. Enquanto sua língua acaricia a minha, o fogo se inflama como antes e sou cercada por um mar de calor e desejo.

Ele segura meu cabelo para me manter no lugar, mas não me toca em nenhuma outra parte ainda. O foco do toque é apenas nos lábios, línguas, dentes e uma necessidade crua e desesperada. Sua perna se esgueira entre as minhas enquanto sua mão desce pelas minhas costas para me puxar para mais perto, tanto que meu sexo é pressionado contra sua perna musculosa.

Me contorço para me aproximar mais, para conseguir alívio da dor entre as pernas. Cada parte minha quer cada pedacinho dele, o que é uma descoberta surpreendente para alguém que evitou qualquer contato com homens nos últimos oito anos. Mas tudo o que ele faz é me beijar sem parar, até meus lábios formigarem e meus pulmões estarem prestes a explodir.

Quando não posso mais negar a necessidade de ar, interrompo o beijo e respiro profundamente enquanto ele volta sua atenção para o meu pescoço. O avião dá um solavanco que nos tira da névoa sensual em que entramos. Ele levanta a cabeça para encontrar o meu olhar e sorri para mim. Adoro aquele sorriso. É tão sexy e potente. Eu poderia olhar para ele o dia todo e nunca me cansar de vê-lo.

— Como você está? — Seu olhar é tão terno e totalmente focado em mim.

— Ótima. E você?

— Nunca estive melhor.

Dou uma gargalhada sem jeito.

— Claro que nunca esteve — falo, com ironia.

— Nat.

— Humm?

— Olhe para mim.

Faço o que ele pede e o que vejo... Deus. Tudo para mim.

— Nunca estive melhor do que estou neste momento com você.

Embora seja contra o meu melhor julgamento e meu lado cínico esteja clamando para ser ouvido, acredito nele. Se isso será um erro, ainda não sei.

— Você acha que poderíamos...

— O que, linda? O que você quer fazer?

— Estou me sentindo meio quente com esse suéter. — Estou usando um suéter preto com saia, esperando parecer sofisticada o suficiente para fazer esta viagem depois da escola.

Seu olhar se desloca para o meu peito. Quase posso dizer que ele está tentando avaliar se eu tenho alguma coisa por baixo. Não tenho, exceto um sutiã, é claro.

— Quer que eu faça algo com relação à temperatura da cabine?

Balanço a cabeça.

— Natalie... quero fazer a coisa certa aqui. Se começarmos a tirar a roupa, vai ficar ainda mais quente.

Posso ouvir em seu tom a tortura e o tumulto com que ele está lutando. É muito mais rígido que o normal, assim como os músculos que estão pressionados contra mim. Ele está esperando por algum sinal meu sobre o que vai acontecer. Alcançando a bainha do suéter, o tiro. Deixo apenas o sutiã preto que uso embaixo dele.

— Nossa, você é linda e essa é a coisa mais sexy que já vi.

Mais uma vez, meu primeiro pensamento é que isso não pode ser verdade, mas guardo para mim mesma dessa vez. Quero tanto acreditar nele. Quero *confiar*. Enfio a mão debaixo do seu suéter e encontro a pele quente.

— Tire o seu também.

Depois de uma ligeira hesitação, ele concorda.

Adoro sentir os pelos em seu peito contra a minha pele. Fecho os olhos enquanto tiro um momento para apreciar o simples prazer de estar perto dele desse jeito. Isso preenche um vazio dentro de mim que não sabia que existia até ele.

— Posso te perguntar uma coisa? — ele questiona, após um longo período de silêncio.

— Claro que pode. — Se vou responder é outra história.

— Já houve alguém desde que isso aconteceu?

Balanço a cabeça.

— Não.

— Eu me sinto como o cretino mais sortudo do mundo por você ter me escolhido para estar aqui, desse jeito. Mas também tenho muito medo de fazer algo para te aborrecer. Não vou suportar te ver chorar de novo. Isso quase me matou.

— Sinto muito...

— Não — ele diz, me beijando suavemente —, não se desculpe, baby. Você não fez nada de errado. Você é linda e perfeita em todos os sentidos. Sinto que você me deu um presente de valor incalculável me deixando entrar, e quero ser muito cuidadoso com você. Mas quando você me beija, eu me esqueço de ter cuidado.

— O que você pensa quando eu te beijo?

Sorrindo, ele balança a cabeça.

— Não posso te dizer. Se eu fizer isso, você vai encontrar o paraquedas de emergência e pular para fora desse avião.

Sei que estou brincando com fogo, balançando um pano vermelho na frente de um touro, mas não posso resistir à necessidade de saber mais.

— Me fale. Prometo, nada de paraquedas.

— Você não está pronta para ouvir esses pensamentos.

— Pode me dar uma dica? Uma amostrinha?

Gemendo, ele enterra o rosto no meu cabelo e seus lábios encontram meu pescoço.

— Penso sobre como seria estar completamente nu com você, ter suas pernas longas e suaves ao meu redor e seus lindos seios pressionados contra o meu peito enquanto faço amor com você. Penso em estar dentro de você, tão profundo que não há como dizer onde termino e você começa. Em como seria poder fazer isso todos os dias e todas as noites para saber que você é minha e eu sou seu, e que nunca mais haverá ninguém para nós.

Por um momento, estou muito atordoada com o desejo cru em sua voz para formular uma resposta. Mas então percebo que ele está esperando que eu diga alguma coisa.

— Tudo isso de um beijo?

Assentindo, ele toca seus lábios nos meus em uma carícia hesitante.

— E isso é só uma amostra. Há muito mais de onde veio esse.

— Quero isso. Tudo isso. Quero ser a mulher que você descreveu. Quero ser ela com você.

— Você pode ter o que quiser de mim. Qualquer coisa mesmo. Só precisa pedir.

— Essa é a parte difícil para mim.

— Me diga o que você quer, linda. Me diga para que eu possa te dar.

— O que fizemos na outra noite...

Ele cobre meu peito e passa o polegar sobre o mamilo.

— Isso?

Assinto, porque ele roubou minhas palavras com o gesto sutil que desencadeia uma tempestade de fogo dentro do meu corpo.

— Gostou?

— Sim — respondo, cobrindo a mão dele com a minha quando as sensações se tornam intensas demais. Depois de respirar fundo, removo a mão, esperando que ele continue.

— Mais?

— Sim. — Estou descobrindo que não possuo mais do que uma palavra para dizer a ele o que quero. Nunca tive que dizê-las antes.

Flynn passa o dedo pelos meus seios.

— Com ou sem sutiã?

Olho para cima para encontrá-lo me observando daquele jeito intenso que faz todas as minhas paredes desmoronarem.

— Sem.

Ele alcança a parte de trás do meu corpo para soltar os ganchos, e meus seios se libertam dos limites apertados das taças. Deixando um rastro de arrepios em seu caminho, Flynn empurra a alça pelo meu braço.

Meu único objetivo é passar por isso sem ter outro colapso. Quero ser como qualquer outra mulher sendo tocada por um homem com quem ela se importa. Não quero ser uma vítima. Não mais. Mas então ele segura meu seio, passando o polegar de um lado para o outro sobre a ponta sensível e todos os pensamentos que não envolvem as sublimes sensações que me atravessam se apagam. Eu me arqueio para ele, querendo estar mais perto.

Seus lábios se fecham sobre o mamilo, atraindo-o para o calor da sua boca enquanto a língua gira sobre ele. A sobrecarga sensorial é intensa, mas permaneço focada no presente em vez de mergulhar no passado, como fiz da última vez que chegamos tão longe. Quero mais. Quero tudo, mas tenho muito medo de não conseguir seguir adiante quando o momento chegar.

— Por que você ficou toda tensa? — ele pergunta.

— Eu... não quero que aquilo aconteça novamente.

— Você sente que vai?

Respiro fundo.

— Não, mas ainda estou com medo.

— Se isso acontecer uma centena de vezes, vamos continuar tentando até que não aconteça mais.

Aqui, em meus braços, olhando para mim com carinho, ternura e desejo, está o homem que nunca esperei encontrar. Ele é paciente, gentil e compreensivo. Apesar do meu intenso desejo de passar por isso sem elas, meus olhos se enchem de lágrimas.

— Ei! O que houve? O que aconteceu?

— É... é você. O que você disse. Foi perfeito.

— Então essas lágrimas são do tipo boas?

— Do melhor tipo. — Fecho os olhos, mantendo-os bem fechados até as lágrimas estarem contidas. E então eu os abro para encontrá-lo olhando para mim. — Poderíamos...

— O que, linda. Pode falar.

— Poderíamos continuar? — Disse a ele que não faria sexo a menos que fôssemos casados e falei sério. Essa tem sido minha regra por oito longos anos, uma regra que escondi, porque nunca esperei chegar perto o suficiente de qualquer homem para realmente considerar me casar com um. Mas agora... agora, tudo é diferente, e ele é o motivo.

— Me ajude aqui. De quão longe estamos falando?

— Um pouco mais longe?

— Posso fazer isso. — Ele me ajeita, me colocando deitada de costas e se acomoda entre as minhas pernas, se inclinando sobre meu outro seio, para lhe dar um pouco de atenção.

Seguro um punhado do seu cabelo, precisando me segurar em algo enquanto ele lança outra onda frenética de desejo. Sua mão está na minha perna, se movendo do meu joelho para a parte interna da coxa, me abrindo. Prendo a respiração, esperando para ver o que ele fará em seguida.

— Respire, querida. Tente relaxar. Juro que nunca vou te machucar. Nem em um milhão de anos.

Faço o que ele me diz, respirando de forma ofegante enquanto sua mão se aproxima do meu núcleo. Não sei se quero puxá-lo para mais perto ou afastá-lo. Enquanto sua mão me tortura com o toque lento, seus lábios puxam meu mamilo, dividindo meu foco ao meio. Suspeito que essa seja sua intenção, embaralhar completamente meu cérebro até que não haja possibilidade de ir para o lugar ruim. Há apenas prazer e desejo.

— Tudo bem? — ele pergunta com a voz rouca enquanto a língua acaricia meu mamilo.

— Humm.

— Palavras, Nat. Me dê as palavras.

— Sim! Estou bem. *Flynn*...

— O que, linda?

— Me toque. Por favor, me toque. — Nunca estive tão desesperada por algo quanto por seu toque.

Sua mão é quente e grande quando faz exatamente o que eu quero, pressionando os dedos contra o lugar que pulsa por ele, apenas com a seda fina da calcinha entre nós. Ele sabe exatamente onde mais preciso de sua atenção, e grito pelo prazer que me queima.

Levantando os quadris, peço, em silêncio, por mais, mas ele me distrai com outra mordiscada no mamilo. A combinação me faz subir para algum tipo de ápice, algo sombrio, misterioso e totalmente fora de alcance até agora. Ele não faz nada além de pressionar ritmicamente contra mim enquanto continua a acariciar meu mamilo. O prazer aumenta e cresce até que sinto que vou explodir por dentro.

— Flynn...

— Tudo bem, baby — ele sussurra. — Deixe acontecer. — Ele não para até que eu esteja gemendo pelo prazer esmagador que explode entre as minhas pernas e viaja através do meu corpo como um raio. — Uau, isso foi incrível. Você é tão linda. Mal posso esperar para estar dentro de você quando isso acontecer.

Eu me agarro a ele, respirando com dificuldade enquanto ele me faz relaxar com movimentos gentis dos seus dedos. Suas palavras permeiam o nevoeiro que invadiu meu cérebro e, pela primeira vez desde que fui atacada, o pensamento de permitir um homem dentro de mim não me faz tremer de horror ou desgosto. Me faz queimar com desejo, especialmente quando o sinto duro e latejando em minha perna.

— Fale comigo, linda. Me diga o que você está pensando. — Sua voz é rouca contra o meu ouvido, me fazendo tremer.

— Acho que você tirou do meu cérebro todos os pensamentos que não envolvem você.

— Excelente — ele fala, rindo. — Então meu trabalho aqui está terminado.

Empurro a pélvis contra o impulso duro da sua ereção.

— Nem todo mundo tem que terminar. — Passando a mão pelos

contornos musculosos do seu peito, crio coragem para pegar o que quero. — Eu poderia... estaria tudo bem...

— *Natalie* — ele fala com os dentes cerrados —, caramba, faça o que quiser comigo. Me toque em qualquer lugar. Quando você quiser.

— *Quando* eu quiser? — pergunto, sorrindo para ele.

Ele responde com um beijo selvagem, parecendo derramar cada gota de desejo reprimido em um beijo explosivo. Estou tão distraída que, por um segundo, quase esqueci o que o levou a me beijar dessa maneira. Então a pressão insistente da sua ereção contra a minha perna me lembra o que eu queria fazer. Sem interromper o beijo, deslizo a mão para baixo, na frente do jeans desgastado onde o encontro longo, duro e grosso.

Gemendo, ele está com uma expressão agonizante que nunca vi antes. Ele cobre minha mão com a sua e me mostra como tocá-lo, seus olhos reviram quando sigo sua liderança. Nunca toquei de bom grado em um homem lá antes e é uma revelação ver um cara tão forte se tornar impotente por minha causa.

Então ele puxa minha mão.

— Não posso.

— O que há de errado?

— Nada. Nada mesmo.

— Por que você me parou?

— Não aguento mais.

De repente, estou cheia de pesar e desânimo. Por quanto tempo um homem cheio de vida e viril como ele pode negar seus desejos? Quanto tempo antes de ele perder o interesse na mulher traumatizada que não pode dar o que ele precisa?

— Seja lá o que você está pensando agora, pare com isso.

Seu tom conciso me pega de surpresa, e tento me afastar dele.

Ele me segura mais perto.

— Sinto muito. Não deveria ter dito dessa forma. Posso dizer que você está colocando pensamentos na minha cabeça que simplesmente não estão lá. Não estou pensando em outra coisa além do quanto eu amo estar com você. Eu juro.

— Mas você quer mais.

— Claro que sim, Natalie. Você é doce, linda, sexy e inteligente. Sou humano. Te quero. Nunca vou negar isso. Mas estou seguindo o seu tempo.

— Quanto tempo você vai esperar para que eu supere meus problemas?

— Não espero que você supere completamente o que aconteceu. Quem iria? — Enquanto fala, ele passa um dedo na minha bochecha. — Não tem tempo. Nos conhecemos há uma semana, e amei cada segundo que passei com você. O lado físico é apenas parte disso. Gosto de conversar com você tanto quanto gosto de te beijar. Mal posso esperar para te apresentar para a minha família e passar este fim de semana com você. Mal posso esperar por tudo com você. Não importa se vai levar uma semana, um mês, um ano... não vou a lugar nenhum enquanto você quiser estar comigo.

Tenho tantas emoções girando dentro de mim — e tantas perguntas.

— Posso te perguntar uma coisa?

— Qualquer coisa.

— Você me disse para não acreditar em tudo que li, e estou tentando fazer isso.

— Mas?

— Você teve muitas namoradas, mulheres...

— Gosto de mulheres. Eu nunca negaria isso também.

— Você gosta de fazer sexo com mulheres.

— Sim.

— Muito sexo.

— Ás vezes.

— Mas não comigo?

Ele inclina a testa contra a minha, o pelo no peito fazendo cócegas em meus seios.

— Espero que algum dia você e eu façamos muito sexo. Que você e eu comecemos e terminemos todos os dias envolvidos nos braços um do outro. Que você possa fazer o que quiser comigo, quando quiser e saiba que será *sempre* bem-vinda e estará segura em meus braços, na minha cama, na minha vida. E como *sei* que quando tudo isso acontecer será extraordinário, para dizer o mínimo, estou disposto a esperar. Pelo tempo que for preciso, vou esperar. — Ele me beija. — Vou esperar por você.

— Flynn... como pode dizer isso? Você não tem ideia da confusão que eu sou.

— Você não é uma confusão. É linda, e eu te adoro. Algo terrível aconteceu com você, mas isso não te define.

— Foi o que aconteceu. Nos últimos oito anos, isso me definiu.

— Isso não significa que tem que ser assim para sempre. Há muito mais em você do que esse incidente, e vou te ajudar a ver isso. Se levar o resto da minha vida, você vai ver o que eu vejo quando te olho.

Me inclino para acariciar seu rosto barbeado.

— Te assusta se sentir assim em relação a alguém?

— Me assusta pra caramba, mas não pelas razões que você imagina. — Ele faz uma pausa antes de continuar. — Me amedronta pensar que você não se sinta do mesmo jeito, que você possa tentar me deixar em vez de confiar que estou sendo sincero quando digo que realmente me preocupo com você e posso ver minha vida se desdobrando com você ao meu lado. Posso ver isso.

— Eu me sinto do mesmo jeito e isso me assusta também. Como isso é possível quando nos conhecemos há seis dias? Se alguém tivesse me dito, na sexta-feira passada, que eu estaria em um avião particular, seminua com um cara – qualquer cara – eu diria que a pessoa estava louca. Mas agora... não parece tão louco.

— Não, não é. Às vezes, essas coisas acontecem, Natalie. Isso faz sentido? Não, não faz, mas importa se faz sentido quando é tão bom?

— Isso já aconteceu com você antes?

— Nunca. Não desse jeito.

Meu coração bate mais rápido com a sua confissão.

— O que mais você quer saber? — ele pergunta com uma pitada de diversão iluminando seus olhos.

— Quando foi a última vez que uma mulher te fez esperar para transar com ela?

— Além de hoje à noite?

Cutuco a sua barriga, fazendo-o rir.

— Sério.

— Já faz um tempo, mas uma pequena dose de humildade pode ser bom para mim.

— Ninguém te faz esperar por nada.

— Não, não faz, mas você não consegue ver como é gratificante ter que correr atrás para conseguir o que eu quero? Ter que dedicar tempo, esforço e cuidado para garantir que quando chegarmos lá, estejamos no lugar certo, na hora certa? — Ele me puxa para perto. — Pare de pensar tanto. Te abraçar desse jeito é melhor do que transar com outras mulheres que não significam nada para mim. Tente relaxar e seguir em frente. Quando for a hora certa para avançarmos, nós saberemos.

Suas palavras e a sinceridade por trás delas me trazem o tipo de paz que tem sido muito raro em minha vida desde que saí de casa. Fugir do passado é cansativo, especialmente quando nunca se pode correr rápido o suficiente para escapar dos seus demônios. Mas aqui, em seus braços, com o baixo zumbido dos motores do avião me embalando, posso fechar meus olhos com o conforto de saber que ele está lá e que não vai a lugar nenhum. Não agora, de qualquer maneira.

1 2

Flynn

Se um homem pudesse morrer do desejo não satisfeito, eu estaria no meu leito de morte. Vê-la desmoronar em meus braços foi a coisa mais erótica que já experimentei, principalmente por suspeitar que acabei de lhe proporcionar o primeiro orgasmo da sua vida. Me sinto honrado e emocionado por abraçá-la e sentir que ela está começando a confiar em mim.

Acaricio sua pele macia em pequenos círculos enquanto ela cai em um sono leve.

Fui sincero em cada palavra que disse, mas ela está certa sobre uma coisa: não estou acostumado a negar meu *desejo sexual*. Com a necessidade por ela ainda pulsando através do meu corpo, meu pau duro e latejante, tenho que me recompor.

Me movendo devagar para não perturbá-la, me levanto do sofá e a cubro com o cobertor. Seus lábios se movem enquanto ela se acomoda em seu cochilo. Ela é completamente adorável.

No pequeno banheiro, jogo água fria no rosto, tentando manter o controle que preciso. Pensar no que ela me disse antes, que foi atacada e estuprada quando tinha 15 anos, me deixa louco de raiva e com sede de vingança por ela. Quero encontrar o cara e causar a ele o dobro da dor que causou a ela. Quero saber se ele já pagou pelo que fez. Está apodrecendo na prisão ou vivendo sua vida como se nada tivesse acontecido?

A última possibilidade me faz ferver. Tenho muitas perguntas, mas não posso fazer sem me aventurar em um território que ela considera fora dos limites. Eu poderia contratar alguém e ter as respostas que desejo em dias, mas também não farei isso. Eu nunca violaria sua privacidade dessa maneira.

O pensamento dela se voltando contra mim é pior do que não saber. Mas me dói não saber a história completa. Como posso protegê-la se não conheço meu inimigo? Isso tudo é novidade para mim — esses sentimentos intensos por uma mulher e o conhecimento de que eu mataria para protegê-la.

Sempre fui o tipo de cara livre. Construí uma carreira de sucesso sem deixar inimigos. Meu pai me ensinou, desde cedo, que a nossa comunidade é pequena e com ótima memória.

— Seja um cavalheiro em todas as suas relações — ele aconselhou — e nunca se esqueça que o diretor que você despreza hoje pode ser o produtor que você vai cortejar amanhã.

Foi um bom conselho e palavras que levo a sério. Claro, tive caluniadores e pessoas que me olhavam com inveja enquanto a minha carreira decolava e a deles estava paralisada. Já tive colegas atores e outros no mercado insinuando que estou onde estou por causa dos meus pais. Sempre ignorei essa merda. Meus pais me deram uma vantagem quando me aventurei pela primeira vez? Sem dúvida. Mas fiz o resto e sei o quanto trabalhei para tudo o que aconteceu no meu caminho.

Mas já sei que nunca vou batalhar tanto por algo quanto pelo futuro que quero com a linda jovem que está dormindo no sofá. Seguro a borda da bancada enquanto tento manter o controle inato que preciso para administrar essa situação. Olho para o meu reflexo no espelho, surpreso ao perceber que o homem que me olha de volta parece pouco familiar em muitos aspectos.

Ele tem uma pontada de medo nos olhos e uma tensão incomum em sua mandíbula. Não deixo de perceber que sou o último cara do universo com quem Natalie deveria estar. Quando se envolve no tipo de sexo que quero e preciso, não há lugar para uma mulher traumatizada. É um testemunho do quanto é forte o que sinto por ela, já que estou disposto a deixar de lado minhas próprias necessidades. Mas poderei fazer isso para sempre? Não posso responder a essa pergunta e é por isso que temo estar nos direcionando para o desastre.

Meu celular tocando me tira dessa contemplação desconfortável. Surpreso por ter sinal no ar, retiro o telefone do bolso de trás e atendo a ligação de Hayden.

— E aí?

— Onde você está?

— No ar. E você?

— Acabei de aterrissar. Vamos ao clube esta noite. Vamos te ver?

— Hoje, não. Tenho algumas coisas para fazer quando aterrissar.

— Hoje, não, ontem também não, nem na semana passada. Qual é o problema, Flynn? Foi algo que dissemos?

Bem, mais ou menos... penso, mas nunca diria isso. Pelo seu jeito de ser, Hayden é meu amigo mais antigo e mais próximo.

— Não seja idiota. Não tem nada a ver com vocês. Mas escute, aproveitando que estamos nos falando, tenho pensado que gostaria de fazer pós-produção em Nova York em vez de L.A. — Uma longa pausa segue minha declaração. — Hayden?

— Estou aqui. Só estou me perguntando onde você está com a cabeça.

— O que isso deveria significar?

— Você odeia o frio, Flynn. Quase tanto quanto eu. No segundo em que termina um filme, você volta para L.A. Sempre. E agora está me dizendo que quer passar os próximos meses congelando nossos traseiros em Nova York quando poderíamos estar surfando em L.A.? E você se pergunta o que há de errado *comigo*?

Aperto a ponte do nariz, o que espero que evite que a minha cabeça exploda.

— Você sabe muito bem porque eu quero estar em Nova York agora.

— E você sabe muito bem porque não quero.

— Tudo bem, então vou e volto. Esqueça que falei qualquer coisa.

— Vamos lá, cara. Vamos, pelo menos, conversar sobre isso.

— O que há para conversar? Quero ficar em Nova York. Você, não. Nenhum de nós quer mudar de ideia, então vou tentar algo diferente.

— Você está realmente envolvido com essa garota?

— Ela não é uma garota. É uma mulher – uma mulher incrivelmente forte, resiliente e inteligente.

— Que também é gostosa pra caralho.

— Cale a boca, Hayden. Não fale sobre ela desse jeito.

— Nós *sempre* falamos sobre as mulheres desse jeito.

Tenho vergonha de admitir que ele está certo.

— Essa, não.

— Cara, nem sei o que te dizer ultimamente. Tudo o que faço está errado, e você tem andado todo nervoso. O que está acontecendo?

Ele tem razão. Não posso negar isso. Mudei depois que conheci Natalie e reconheci que ela poderia ser alguém especial. Não é culpa de Hayden que nossas regras habituais não estejam mais em vigor e não falei isso a ele.

— Só preciso de um pouco de tempo para lidar com algumas coisas que estão acontecendo agora. Não tem nada a ver com você. Estamos bem.

— Tem certeza? Porque não tenho recebido a vibe *estamos bem* vinda de você na última semana. Me parece mais que *Flynn está irritado comigo e não me diz porquê*. E um lado meu não dá a mínima, porque se você está chateado, vai superar. É o que sempre acontece. Mas isso parece diferente de alguma forma.

— É diferente. Ela é diferente. Preciso que você respeite isso e me dê um pouco de espaço.

— Quanto tempo e espaço você precisa?

— Não sei. Te aviso. Mas não estarei por perto na próxima semana.

— Achei que você ficaria em L.A. até a premiação do SAG — ele fala, se referindo à premiação do Sindicato dos Atores que acontece duas semanas depois do Globo de Ouro.

— Vou voltar para Nova York entre um evento e outro.

— Você é louco, cara, mas tanto faz. Faça o que tem que fazer.

Apenas se lembre que temos um filme para terminar e pouco tempo para isso.

— Estou bem ciente do momento.

— Posso te perguntar uma outra coisa?

— Claro.

— Você a preparou para o que vai acontecer depois que ela aparecer em público com você? Arranjou segurança e tudo mais?

— A Addie está vendo isso, mas obrigado por perguntar.

— Sem problemas. Bem, acho que te vejo no domingo.

— Nos vemos lá.

O clique no outro lado indica que Hayden desligou.

Estou brincando com fogo em todos os aspectos da minha vida, arriscando minha reputação por focar nas minhas prioridades quando se trata da minha carreira e das pessoas com quem trabalho, mas Natalie vale o risco.

A pergunta de Hayden sobre a segurança me coloca de volta no limite. Por causa do que ela sofreu no passado, tenho que avisá-la novamente sobre a cobertura que a imprensa vai fazer após a festa da premiação. Tenho que ter certeza de que não vai causar qualquer problema depois do tanto que ela se esforçou para reconstruir sua vida. Pelo que ela compartilhou comigo anteriormente, não deveria levá-la comigo no domingo. Tenho que dar a ela a chance de recusar e poupá-la da loucura.

Sendo o cretino egoísta que sou, odeio pensar que ela decida não vir. Mas ela já foi violada uma vez, e essa palavra descreve adequadamente o que acontecerá quando a imprensa perceber que tenho uma nova mulher na minha vida e que estou em um relacionamento sério com ela.

Respiro fundo, me preparando para lidar com a decepção que seguirá sua decisão. Mas isso não tem a ver com o que é melhor para mim. Tenho que pensar no que é melhor para *ela*. Farei a coisa certa por ela, não importa o que vai me custar — emocional e fisicamente.

Com a batida constante do desejo ecoando em minhas veias, me lembrando do que não posso ter, é difícil dizer o que vai me custar mais: o físico ou o emocional.

Natalie

Flynn me acorda com beijos que começam no ombro e terminam na ponta meus dedos, deixando um arrepio e uma sensação que desperta o desejo.

— Vamos pousar em cerca de uma hora, Bela Adormecida.

— Há quanto tempo estou dormindo?

— Umas três horas.

— Ah, meu Deus. Sinto muito. Você deve ter ficado entediado.

— Não foi tão ruim. Assisti a um filme quando não estava vendo você dormir.

Fico imediatamente envergonhada com o pensamento dele me vendo dormir.

Ele passa o dedo pela minha testa franzida.

— Você estava adorável. Como sempre.

Me mexo por baixo do cobertor e o toque da lã macia contra os meus seios me faz lembrar que estou seminua. Meus mamilos se eriçam sob o cobertor, e juro que ele sabe que meu corpo está reagindo à sua proximidade.

Como sempre, ele mostra moderação, mas posso dizer que não é natural para ele. Flynn é um homem que estende a mão e pega o que quer e, claramente, me quer. O fato de que não pode me ter, pelo menos, não do jeito que gostaria, não o afastou.

— Eu daria qualquer coisa para saber o que se passa na sua cabeça bonita quando você me olha desse jeito.

— Como estou te olhando?

— Como se tivesse um milhão de perguntas que está morrendo de vontade de fazer, mas não pode. — Ele se inclina sobre mim para esfregar o nariz no meu. — Eu gostaria que você perguntasse em vez de se preocupar com coisas que, provavelmente, não são nada demais.

— Essa coisa toda é um grande problema para mim. Uma grande coisa. Você não tem ideia do tamanho.

— Acho que tenho uma pequena ideia – e também é uma grande coisa para mim. Apenas no caso de você pensar o contrário.

— Me sinto como a Cinderela no baile, e que a qualquer momento o relógio vai bater à meia-noite e o belo príncipe vai desaparecer em uma cortina de fumaça para nunca mais ser visto ou ouvido de novo.

— Como você bem sabe, o príncipe apareceu no dia seguinte com o sapato e todos viveram felizes para sempre.

— É assim que funciona nos contos de fadas. Não na vida real.

— Não quero me dar mais crédito do que mereço, mas se estou fazendo o papel do príncipe neste seu conto de fadas, posso garantir que não vou a lugar nenhum. Nem uma cortina de fumaça, nem um bando de cavalos ou dez homens poderiam me arrastar para longe de você. Então, o que quer que esteja pensando, apenas diga. Coloque para fora e tenha uma preocupação a menos.

Ele torna muito fácil me expor diante dele. Não posso imaginar dizer a alguém, muito menos a ele, as palavras que me vêm à mente, mas como ele torna tudo mais fácil, me vejo falando.

— Vejo o jeito que você me olha.

— Como eu te olho?

— Como se estivesse morrendo de fome e eu fosse a única comida por quilômetros.

Um largo sorriso se abre em seu rosto pecaminoso e bonito.

— Você me deixa bastante voraz. Já mudamos da Cinderela para o Lobo Mau?

Rio do rosnado brincalhão que acompanha sua pergunta.

— Quero que você saiba... estou ciente de que você tem... necessidades... e se você quiser ir a outro lugar para isso...

— Natalie! Caramba. O que você acha que sou? Um animal no cio sem autocontrole? — Ele se levanta e passa as mãos pelos cabelos, o corpo inteiro rígido de impaciência e irritação.

— Não quis dizer assim. — Odeio que eu o tenha chateado.

— Você não se importaria se eu saísse e trepasse com alguém, porque você não está pronta para isso? É isso que está dizendo?

Sua linguagem grosseira me choca, mas não tanto quanto o lampejo de ciúme que ruge através de mim ao pensar nele transando com outra mulher. Claramente, não pensei nessa sugestão até o final.

Seu rosto relaxa em um sorriso cheio de satisfação masculina.

— Foi o que pensei.

— Você disse isso para me deixar com ciúmes?

Ele volta para o sofá, me abraçando.

— Não, garota boba, falei para te mostrar o quanto você está sendo ridícula. Eu *te* quero. Só você. Quando disse que ia esperar, não quis dizer até que uma vagina mais conveniente aparecesse.

— Isso é nojento! — Dou uma risada, embora ache ultrajante. — Não posso acreditar no que você acabou de dizer. Embora eu tenha certeza de que você conheceu muitas vaginas convenientes durante esses anos.

— Vaginas ficam prontamente disponíveis para grandes astros de cinema como eu.

Adoro saber que ele ri de si mesmo e do seu estilo de vida com tanta facilidade. Adoro que ele se importe o suficiente para me deixar com ciúmes.

— Você estava certo.

— Sobre?

— Fiquei com ciúmes ao pensar em você com outra pessoa.

— Que bom. Você deveria ficar. Sou todo seu. — Ele faz uma pausa e respira fundo. — E como você é toda minha, e eu quero te proteger, precisamos conversar novamente sobre o domingo. Enquanto você dormia, Hayden me ligou e quando conversamos sobre o Globo de Ouro, ele perguntou se arranjei segurança e te preparei adequadamente para o que acontecerá depois.

— Você arranjou segurança? Para mim?

— Claro que sim. A imprensa será implacável quando juntar dois e dois com você e eu. Já que não posso estar com você a cada minuto do dia, não vou arriscar que você seja ferida ou perseguida por eles.

Engulo em seco com o pensamento de ser perseguida.

— E — ele diz, hesitante —, por causa do que você me disse antes e a possibilidade de ganhar as manchetes dos jornais, estou me perguntando se devemos mudar nossos planos para o domingo.

— Não há chance disso. Está tão enterrado que nunca vão encontrar.

— Se há algo para ser encontrado, linda, eles irão.

— Não, não vão.

— Tem certeza?

— Absoluta. Mas entendo se você não quiser se preocupar com a segurança. Posso assistir na TV e torcer por você desse jeito.

— Não me importo menos com o custo da segurança ou com o problema. Te quero comigo, mas nunca faria nada para te causar mais dor. Você já teve o suficiente.

— Não vou mentir. Pensar em ser perseguida por repórteres é desencorajador, mas eu realmente gostaria de ir com você. Se estiver tudo bem.

— Está mais do que bem. Vamos ter uma noite fantástica.

Sorrio para ele, que se inclina para me beijar. Ele se remexe debaixo do cobertor até encontrar meu sutiã e suéter.

— Que tal um jantar?

— Acho boa ideia.

Sem fazer alarde, ele me ajuda a vestir minhas roupas. Não deixo de notar a pontada de desejo que o alcança ao ver meus seios nus. Saber que ele me quer tanto é uma emoção poderosa.

Uma vez que estou decente, ele chama Jacob e nós aproveitamos uma deliciosa refeição de filé mignon e batatas coradas.

— Essas batatas são a minha nova comida favorita — digo a ele.

— São muito boas. — Ele nos serve mais vinho.

Entre o fabuloso vinho tinto, a comida deliciosa, o homem sexy me fazendo companhia e a soneca restauradora, estou me sentindo mais relaxada do que em anos — um pensamento que compartilho por livre e espontânea vontade com ele, quando minha inclinação é manter a maior parte dos pensamentos para mim mesma.

— Estou muito feliz em ouvir isso. Quero que você relaxe e aproveite tudo neste fim de semana. Você merece ser mimada.

— Não sei se *mereço*, mas não vou recusar.

— Vamos nos divertir muito. Prometo.

A aproximação ao aeroporto LAX é irregular devido ao vento, e me agarro à mão de Flynn. Quando as rodas finalmente pousam na pista, posso respirar normalmente de novo.

— Você está bem?

— Muito melhor agora que estamos de volta ao chão.

— Eu também.

— Você não gosta de voar?

— Não é a minha coisa favorita de fazer, mas um mal necessário em minha vida.

Nos despedimos e agradecemos Jacob antes de desembarcarmos na pista, onde um carro está esperando por nós. Nos curtos minutos que ficamos do lado de fora, aprecio o calor depois do frio congelante de Nova York. Flynn me ajuda a entrar em outro carro esportivo preto enquanto outra pessoa cuida da nossa bagagem.

Estamos nos afastando do aeroporto minutos depois de chegarmos.

— Isso tudo é muito impressionante.

— O quê?

— A eficiência com a qual você viaja.

— Outro mal necessário. A última vez que voei comercialmente, a companhia aérea *me convidou* a não voar com eles novamente, porque minha presença causou um atraso de uma hora na partida *e* fui assediado no aeroporto, o que não é tão divertido quanto parece.

— Eles realmente te pediram para não voar com eles de novo?

— Não com tantas palavras, mas a mensagem foi recebida em alto e bom tom. Aparentemente, sou muito perturbador.

— Uau.

— Viu o que quero dizer quando falo que não é tudo champanhe e smoking?

— Estou começando a ver que há uma desvantagem definitiva para a fama.

— Não que eu tenha que reclamar da minha vida incrível.

— Você sempre tem que adicionar esse aviso, não é?

— A última coisa que quero é que alguém pense que sou ingrato pelo que tem sido uma carreira e uma vida realmente espantosas. A única desvantagem é a perda do anonimato e a capacidade de me movimentar livremente. Todo passeio tem que ser cuidadosamente coreografado e isso se torna cansativo. Mas, mais uma vez, não estou reclamando, apenas afirmando os fatos da minha realidade.

— Essa é outra coisa que os sites de entretenimento e revistas de fofocas não dizem quando se trata de celebridades.

— Exatamente. Isso porque se eles divulgam, precisam reconhecer seu papel na criação do desejo insaciável de informações pessoais sobre celebridades. Eles também teriam que assumir a responsabilidade pelo fato de, frequentemente, nos colocarem em perigo – e a si mesmos – na busca de uma grande história. É uma armadilha para eles.

— É muito interessante ver isso do seu ponto de vista.

— Entramos nesse mercado sabendo que é parte disso, mas até que se tenha vivido, não se pode imaginar o quanto pode ser invasivo. — Ele me olha.

É por isso que estou tão preocupado em te expor.

— Aprecio sua preocupação. De verdade. Mas se minhas escolhas forem aturar a atenção da imprensa ou nunca mais te ver, escolho aturar a imprensa.

Ele pega minha mão e a aperta.

— Vou te manter em segurança, linda. Prometo.

— Sei que vai. Então, que tipo de carro é esse? — pergunto, buscando levar a conversa em uma direção menos intensa.

— Esta beleza é um Aston Martin Vanquish.

— Você ama seus carros.

— É um dos meus dois vícios, nenhum deles ilegal.

Quando saímos da estrada, eu pergunto:

— Para onde estamos indo?

— Minha casa nas colinas hoje e amanhã à noite. Vamos ficar na cidade, no domingo. — Ele me olha de novo. — Tudo bem?

— Claro. Parece ótimo. — Embora ele tenha me dito repetidamente que não tem expectativas, o que aconteceu no avião mudou as minhas. Quero estar perto dele. Quero deixá-lo entrar. Desejo coisas que nunca quis antes. Estou preparada para lhe dar tudo? Não, ainda não. Mas quero mais do que qualquer coisa.

— O que você está pensando?

— Não sei como te dizer.

— Já te disse antes: apenas fale. Seja o que for, vamos resolver.

— Se lembra quando você me convidou para vir e prometeu quartos separados?

— Não esqueci. A casa tem quatro quartos extras. Você pode escolher.

— E se eu escolher o seu quarto?

— Tudo bem também. Posso dormir em qualquer lugar.

Quando percebo que ele não entendeu o que quis dizer, começo a rir. Seu olhar confuso só me faz rir mais.

— O que é tão engraçado?

— Você. Nós. Estou tentando te dizer que quero dormir com você e estou estragando tudo.

— Ah. Quer?

— Sim. Tudo bem?

— Baby, essa é a melhor notícia que recebi.

— Não estou dizendo que quero fazer tudo. Mas quero estar com você.

— Também quero estar com você e mal posso esperar para dormir com você em meus braços.

Tremo em antecipação por passar uma noite inteira com ele — algo que nunca pensei que fosse querer com qualquer homem até que este aparecesse e me mostrasse o que ainda é possível, apesar de tudo que passei. Também reconheço que estou me apaixonando por ele, um doce momento de cada vez. Ele parece me entender de uma maneira que ninguém nunca entendeu. E ele estar disposto a me deixar definir o ritmo entre nós é um presente de valor incalculável para mim.

A casa de Flynn fica na subida das colinas de Hollywood, em um lugar que eu nunca encontraria se precisasse. Ele digita um código que abre os grandes portões de ferro que protegem a propriedade e leva a uma entrada circular, estacionando perto da porta da frente.

Uma mulher jovem e com longos cabelos loiros vem correndo pela porta da frente para nos cumprimentar.

— Você está aqui! Bem-vindo ao lar. — Ela dá um grande abraço em Flynn antes de se virar para me dar a mesma saudação. — *É tão bom te conhecer, Natalie.*

— Hum, você também.

— Natalie, esta é a Addison, minha assistente.

Fico chocada com o quanto ela é jovem e bonita.

— Meus amigos me chamam de Addie.

— Prazer em conhecê-la, Addie. Flynn disse que estaria perdido sem você.

— É bom mesmo que ele diga isso.

— Só falo a verdade — Flynn responde, como o homem sábio que é.

Addie entrelaça o braço ao meu.

— Vamos nos divertir muito neste fim de semana. Tenho uma fila de estilistas ansiosos para ter uma chance de te vestir no domingo. E daqui a duas semanas também. Ela vem para o SAG, Flynn?

Ele nos segue até a casa, carregando a bagagem.

— Ainda não chegamos tão longe.

Olho para ele.

— SAG?

— É a premiação do sindicato dos atores. Acontece no fim do mês. É a temporada.

— Ah, bem, duvido que possa ficar fora dois finais de semana em um mês com o trabalho e tudo mais.

— Foi o que imaginei, mas estava planejando perguntar.

— Desculpe se fui mais rápida que você — Addie fala, brincando. — De qualquer forma, só queria estar aqui para dizer olá quando vocês chegassem em casa. Passei na mercearia, então a despensa está abastecida. Estarei aqui amanhã por volta das dez para que Natalie possa escolher seu vestido. Está bem?

— Ótimo. — Flynn a beija na testa. — Obrigado por tudo e por levar o carro para o aeroporto.

Ela descarta seu agradecimento.

— Johnny fez isso. — Em seguida, acrescenta para mim. — Ele não me deixa dirigir o Aston.

— Só estou protegendo o carro.

— Uma garota tem um ou três para-choques amassados em um ano e, de repente, ninguém a deixa dirigir seu carro de duzentos e cinquenta mil dólares. Não é justo.

Rio, porque como não poderia? Ela é hilária.

— É mais que justo. Agora saia daqui antes que eu te chute para fora.

— Sim, sim, estou indo. Tenho coisas melhores para fazer numa noite de sexta-feira do que te aturar.

Ao ouvi-los, sinto muito mais uma vibração de irmãos do que de amantes, o que me deixa aliviada.

Addie vai embora, me deixando sozinha na linda casa com Flynn.

— Que tal uma rápida tour?

— Eu adoraria.

Ele deixa nossas malas no *foyer* e segura a minha mão para me levar até uma cozinha quente e aconchegante pela qual, imediatamente, me apaixono.

— Isso é fabuloso! — É tudo de madeira escura e mármore, e passo a mão com reverência. Uma ilha central está cercada por banquetas, e posso imaginar encontros acontecendo ali mesmo.

— A cozinha é nova, mas eu deveria começar com sua história. Esta casa pertenceu a Marlena Davis. Ela a vendeu para Frank Thompson e seu espólio me vendeu.

— Isso que é história. Três das maiores estrelas de cinema foram os donos.

— Olhe a vista. — Ele me leva até as janelas, do chão ao teto, que dão para uma piscina com Los Angeles espalhada em toda a sua glória, muito abaixo de nós.

— É ainda melhor do que a de Nova York.

— Eu sei. Adoro isso. Durante o dia, podemos ver todo o caminho até o Pacífico a partir daqui. Venha e veja o resto.

Ele me mostra seu escritório bagunçado, o quarto que funciona como um cinema em casa, uma sala de jogos e os quatro quartos extras, todos limpos e bem decorados, cada um com banheiro privativo.

— Este é o meu quarto — ele fala, acendendo as luzes em um quarto espaçoso com a mesma vista das colinas de Hollywood como a sala de estar.

— Essa é a maior cama que já vi.

— É uma king.

— Só o melhor para vocês aqui.

— Tanto que eu poderia dizer isso.

— Mas não vai.

— Mas não vou. — Ele beija meu nariz e depois meus lábios. — A cama é tão grande que você nem vai saber que estou lá.

— Qual é o sentido disso?

Sua boca se abre e depois se fecha, como se ele estivesse pensando melhor no que quer que estava prestes a dizer.

— Que tal um mergulho?

— Agora?

— Por que não?

— Claro, podemos fazer isso.

— Aguente firme, vou pegar as malas.

Aproveito a oportunidade para dar uma olhada mais de perto em seu quarto, incluindo as fotos da família exibidas, com destaque, na cômoda e mesa de cabeceira. Ele está perto do seu bando de sobrinhos e sobrinhas, que estão pendurados em cima dele. Pego uma dele com três meninos loiros se contorcendo em seu colo, e o sorriso feliz em seu rosto me toca lá no fundo. Este é um homem que ama intensamente.

— Esses são os filhos da minha irmã, Annie: Connor, Mason e Garrett. Macaquinhos.

Devolvo a foto para a mesa de cabeceira.

— São adoráveis.

— Sim, eles são. — Flynn abre uma porta para um enorme closet. — Vou colocar sua bolsa aqui, ok?

— Perfeito.

— É demais esperar por um biquíni realmente minúsculo aí dentro? — ele pergunta com um sorriso sensual.

— Talvez, sim. Talvez, não. — Estou realmente feliz por ter comprado o que considero um biquíni muito sexy quando ele me disse para trazer roupa de banho na viagem e não tive coragem de dizer que não tinha. Comprei *on-line*, esperando que servisse e paguei mais caro para que fosse entregue a tempo da viagem.

— Humm, não me deixe em suspense por muito tempo. — Ele me deixa com um beijo. — Estarei lá fora quando você estiver pronta. A porta é saindo da sala de estar.

— Já vou lá.

Levo um minuto para pegar a bolsa de cosméticos e colocá-la no enorme banheiro que fica ao lado do quarto. Depois de escovar o cabelo e os dentes, pego a roupa de banho. Minhas mãos tremem de leve quando coloco o biquíni vermelho. Pelos padrões de Leah, seria considerado muito conservador. Pelos meus, é atrevido. Talvez até demais, mas é o único que tenho, então vou usar. Pensar em Leah me lembra que preciso checar Fluff, então envio um SMS rápido para minha colega de apartamento que, graciosamente, concordou em cuidar dela neste fim de semana.

Leah me responde:

Está tudo bem aqui. Ela decidiu que quer dormir comigo, já que você não está disponível.

Ahhh, ela te ama.

Não, ela TE ama, mas você a trocou por Hollywood. Como estão as coisas? Aposto que é incrível.

É muito legal. Estamos na casa dele em L.A., prestes a entrar na piscina.

Odeio sua coragem. Já te disse isso ultimamente?

Ha! Mencionei o jato particular que nos trouxe até aqui?

Não, eu realmente te odeio.

Também te amo. Beijinhos para você e Fluff. Cuide bem do meu bebê.

Pode deixar. Mande fotos e SE DIVIRTA.

BJKAS

1 3

Natalie

isto a saída de praia que comprei para combinar com o biquíni, grata por ter gasto um dinheiro extra nisso. Pensar em desfilar pela casa usando só um biquíni me assusta. Então as palavras que ele me disse no avião voltam para me lembrar do que é possível com ele.

Espero que algum dia você e eu façamos muito sexo. Que você e eu comecemos e terminemos todos os dias envolvidos nos braços um do outro. Que você possa fazer o que quiser comigo, quando quiser e saiba que será sempre bem-vinda e estará segura em meus braços, na minha cama, na minha vida. E como sei que quando tudo isso acontecer será extraordinário, para dizer o mínimo, estou disposto a esperar. Pelo tempo que for preciso, vou esperar. Vou esperar por você.

Estremeço por dentro da mesma forma que quando ele me disse essas palavras. Apesar da minha inclinação a sempre ser cética, com ele não sou. Acredito quando ele diz que vai esperar por mim, não importa quanto tempo eu leve para chegar lá. Ele vai esperar. Saber disso tira a pressão e me permite relaxar o suficiente para aproveitar esta aventura na qual ele está me levando.

Ando pela casa até a sala e percebo que ele deixou a porta aberta para mim. As luzes agora estão acesas dentro da piscina, lançando um

175

brilho sobre o deque, onde Flynn espera por mim, usando uma bermuda. Ele está de costas, mas posso dizer que está checando o celular enquanto espera.

— Oi.

Ele se vira e, mais uma vez, sua boca se abre e se fecha. Depois de uma pequena pausa em que apenas olha para mim, ele diz:

— Você é tão linda, Nat. Você, literalmente, me rouba o ar.

Igualmente absorvida por ele, atravesso o deque da piscina.

— Você também é muito bonito. — Seu peito e abdômen são tão bem definidos que me fazem querer passar os dedos – e a língua – sobre eles.

— Não me comparo a você.

— Conheço milhares de mulheres que discordam.

Ele me envolve com os braços e me puxa para perto.

— A única que importa está bem aqui.

Fico na ponta dos pés para beijá-lo.

— O que fiz para merecer isso?

— Você é muito fofo.

Ele faz cara feia com o termo.

— Não sou mesmo.

— Sim, é.

— Natalie... — Ele parece atormentado enquanto pesa se quer dizer algo mais.

— O que foi?

— Nada, linda. — Ele beija minha testa. — Vamos nadar.

Apesar do que ele diz, posso ver que algo o está incomodando. Decido esperar por outra oportunidade para perguntar sobre isso.

Nadamos, namoramos debaixo d'água e rimos muito quando não estávamos nos beijando, o que acontece a maior parte do tempo. Como prometido, ele é um perfeito cavalheiro. Suas mãos nunca saem dos meus quadris ou costas. No momento em que saímos da piscina, mais de uma hora depois, minha pele está arrepiada e meu corpo está desejando mais do que ele me deu no avião.

Meu primeiro orgasmo. É muito embaraçoso admitir, mesmo para mim mesma e, especialmente para ele que, aos quase 24 anos, nunca senti essa felicidade especial até que ele me levasse. Estou tão acostumada a guardar tudo para mim que compartilhar algo assim exigirá uma coragem que ainda não tenho.

No entanto, estou começando a acreditar que vou chegar lá. Mais cedo ou mais tarde. Estou começando a acreditar que chegará o dia em que compartilharei a maioria dos meus pensamentos com ele.

Como o sol já havia se posto há muito tempo, o ar da noite está frio. Flynn envolve uma grande toalha ao meu redor e me leva direto para o enorme chuveiro no banheiro principal. Há botões, torneiras e uma grande variedade de chuveiros, bem como espaço para uma família de seis pessoas.

— Vou precisar de um tutorial para tomar banho aqui.

— Eu te ajudo. — Ele liga a água e programa para cair do chuveiro que está sobre mim.

— Deixei meu shampoo e outras coisas na bancada. Se importa de pegar?

— Sem problemas. — Ele retorna com o shampoo e o frasco de condicionador que abre para cheirar. — Humm, então essa é a fonte do perfume incrível.

Pego as embalagens da mão dele, que não demonstra sinais de sair.

— Quer ajuda com o shampoo?

— Isso é uma metáfora?

Sua risada ecoa pelo banheiro.

— Não, essa é minha verdadeira tentativa de colocar as mãos no seu lindo cabelo.

— Nesse caso, entre.

Ainda usando a bermuda, ele entra no box e pega o shampoo da minha mão. Massageia meu couro cabeludo devagar, passando os dedos pelo comprimento do meu cabelo. Quando termina de usar o condicionador, estou encostada nele, porque minhas pernas não estão estáveis.

A nuvem de vapor ao nosso redor aumenta a atmosfera erótica. Cada toque e carinho me deixa em chamas por coisas que eu pensava que nunca iria querer de qualquer homem. Mas em seus braços, descobri que sob o trauma e as cicatrizes na minha alma, está uma jovem normal, com os mesmos desejos que as outras mulheres têm.

Eu me viro para ele, desloco as mãos do seu peito para os ombros e inclino a cabeça para um beijo.

— Flynn?

— Hummm? — Seus olhos estão fechados e a mandíbula, tensionada.

— Toda vez que você me toca, você me desmonta, pedaço por pedaço. Em seguida, você me beija e me encaixa toda de volta.

— Deus, Natalie... você faz o mesmo comigo. Você descreveu perfeitamente como me sinto. — Ele emoldura meu rosto e me beija novamente. — Estou me apaixonando demais e muito rápido por você.

— Também estou.

— Você está assustada?

— Apavorada.

— Não fique. Você está segura comigo. Juro. — Ele me abraça enquanto a água quente cai sobre nós. Sua ereção pressiona o meu ventre de forma insistente, me lembrando do que ele quer de mim. O que teria me apavorado há uma semana, agora me intriga. Quero tocá-lo lá. Quero tocá-lo em todos os lugares.

Com um beijo carinhoso na minha testa, ele me libera para que eu termine o banho. Quando saio, alguns minutos depois, encontro uma pilha de toalhas secas e um roupão. Ele é atencioso, fofo e sexy pra caramba. Embora eu não queira ficar nervosa em dormir com ele, estou. Principalmente, estou preocupada de não estar sendo justa ao dormirmos juntos sem permitir que ele vá mais longe.

O roupão é tão grande que poderia me envolver duas vezes. Amarro o cinto com firmeza e penduro as toalhas para secar. Me aventuro em seu quarto, onde ele está deitado na cama, apoiado em uma montanha de travesseiros e usando só uma calça de pijama e óculos de armação preta enquanto seus dedos digitam no celular. O visual com óculos é sexy. Demais. Ele me pega olhando e sorri.

— Óculos?

— Tirei as lentes de contato.

— Ahh. Gosto deles.

— É?

Assentindo, vou até o armário, onde pego o secador de cabelo e algo para dormir. Depois que me visto, seco o cabelo e volto para o quarto. Ele trocou o celular por um leitor de e-books. Ao me ver entrar, puxa as cobertas do outro lado da cama, me convidando para me juntar a ele.

Deslizo entre os lençóis macios e frios. Me sinto desconfortável e insegura sobre onde devo colocar minhas mãos e o que vai acontecer agora que estamos juntos em uma cama grande e confortável.

Ele abaixa o leitor de e-books, tira os óculos e se aproxima de mim, cobrindo minhas mãos inquietas com uma das suas.

— Não fique nervosa, Nat. Somos só nós dois, e estou muito feliz por você estar aqui.

Me virando para encará-lo, aperto sua mão.

— Como você sempre sabe o que me dizer?

— Não sei de nada. Estou sempre com medo de dizer ou fazer algo que vai te assustar e te afastar de mim. — Ele estende o braço, me convidando para me aproximar.

Me acomodo entre o lençol de seda e suspiro de prazer quando seus braços me cercam.

— A última coisa em que estou pensando agora é fugir de você. — Ele está se tornando essencial para mim a cada minuto, e os pensamentos que tive há alguns dias sobre desistir disso parecem tolos agora.

— Você deve estar bem cansada — ele fala, seus lábios roçando no meu cabelo. — Em Nova York, passa da uma.

— Tirei uma soneca de três horas.

— Isso é verdade. — Ele me libera para apagar a luz, mas em seguida volta a me abraçar.

— Está cansado? — pergunto a ele.

— Na verdade, não. Sou meio que uma coruja.

— Não temos que ir para a cama ainda, se você não quiser.

— Natalie — ele diz, rindo baixinho —, você acha que cavalos selvagens poderiam me arrastar para fora desta cama agora?

— Essa é a sua maneira encantadora de dizer que você gosta de me ter em sua cama?

— Adoro ter você na minha cama, no meu banheiro e na minha piscina. Mas, principalmente, na minha vida.

Levanto a mão para o braço dele e começo a conhecer os contornos de seus músculos.

— Me conte sobre sua família — ele fala.

O pedido me pega desprevenida e despreparada. Como responder sem falar demais...

— Está tudo bem perguntar sobre eles?

— Sim, claro. Tenho duas irmãs mais novas: Candace e Olivia. — Não menciono que não as vejo há oito anos, que sinto falta delas todos os dias, que Candace teria se formado no ensino médio no ano passado, e eu não estava presente para comemorar com ela. Ainda eram menininhas quando fui embora, quando me sacrifiquei para salvá-las.

— E os seus pais?

— Meu pai trabalha no governo do estado. — Ou trabalhava, na última vez que me preocupei em verificar, há três anos. — A minha mãe trabalha para uma companhia de seguros.

— Você é próxima deles?

— Na verdade, não. Tivemos... alguns problemas quando eu era mais jovem e não os vejo muito. — Não posso dizer que meus pais me decepcionaram quando mais precisei deles e que me deixaram sozinha e com o coração partido. Não quero que ele saiba que venho de pessoas assim.

— Sinto muito. Não quero tocar em algo doloroso.

— Você não está fazendo isso. É uma questão justa.

Ele leva a mão até meu rosto antes de me beijar.

— Você não está mais sozinha, Natalie. Espero que saiba disso.

— Sei e isso ajuda. Obrigada.

— Não me agradeça, doce garota. Estar com você me deixa muito feliz. Mais do que já fui.

— Ainda não consigo acreditar que você se sente assim por mim.

— Acredite. Fica mais forte a cada dia. — Ele me beija de novo, mais intensamente desta vez, e abro meus lábios para sua língua. Seus beijos me desnudam e fazem com que fique me recuperando do poderoso golpe de desejo que experimento toda vez.

Flynn encerra o beijo de repente.

— Me desculpe — ele murmura. — Não queria ficar tão empolgado de novo.

— Gosto quando você se empolga.

— *Natalie*... — Ele geme. — Você está me matando. Sabe disso, não sabe?

— Gostaria de poder ser como as outras mulheres e dar o que você quer, mas...

Seu dedo pousam sobre meus lábios e me impedem de continuar.

— Por favor, nunca diga isso. Você é perfeita do jeito que é e não quero que seja como qualquer outra pessoa. Feche os olhos e relaxe. Estou com você e está tudo bem.

Ele nunca saberá o quanto significa para mim ouvi-lo dizer isso, há quanto tempo anseio que alguém me diga que está tudo bem. Apesar do constante movimento de desejo que passa pelas minhas veias, me vejo mergulhando no sono.

14

Flynn

Estou tão tenso que receio me quebrar ao meio se eu mexer. Abraçar Natalie enquanto ela dorme é, ao mesmo tempo, o céu e o inferno. Eu a quero tanto, mas não só fisicamente. Quero possuir seu coração e alma. Desejo compartilhar sua vida e sua paixão. Quero tudo isso e é por esse motivo que me forcei a terminar um beijo que estava fora de controle.

Sei quanta coragem ela precisou para me dizer que queria dormir comigo. Não quero me aproveitar da sua proximidade para pressioná-la a fazer coisas que ela me disse que não está pronta para fazer.

Estou inquieto e a tensão, impulsionada pelo desejo que envolve meu corpo, me faz zumbir como se eu tivesse ingerido a quantidade de cafeína de uma semana. Com Natalie quente e suave em meus braços, meus pensamentos estão livres para vagar. A última vez que tentei um relacionamento semelhante ao que está acontecendo com ela foi com minha ex-mulher, Valerie. Nos casamos dois anos antes de eu deixá-la conhecer toda a extensão dos meus desejos sexuais. Eu era incapaz de negar esse meu lado por mais tempo. Quando disse a ela o que eu queria — o que eu realmente queria — ela ficou horrorizada e disse que eu era depravado. Logo depois, conseguiu que eu a pegasse fazendo sexo com outro homem, que foi seu jeito de me dizer que estávamos terminados.

Nosso casamento foi um desastre e é por isso que eu disse publicamente que nunca me casaria de novo. Apesar dos sentimentos intensos que já tenho por Natalie, ainda acredito que é melhor não ser casado. O que a doce, adorável e magoada Natalie pensaria se eu dissesse que quero amarrá-la, colocar grampos em seus mamilos, bater em seu traseiro gostoso e depois vê-la receber um plug grosso lá? Que quero transar loucamente com ela e vê-la chupar meu pau enquanto eu a açoito?

Sim, só posso imaginar como seria essa conversa. Frustrado e excitado graças à direção que meus pensamentos tomaram, passo a mão pelo cabelo. Hayden está certo a meu respeito. Quando tento negar quem e o que sou, geralmente fica ruim para mim e para as mulheres que têm a infelicidade de se envolver comigo. A maioria delas nunca soube por que eu não estava satisfeito com o que fazíamos juntos, só que estava acabado entre nós.

Mesmo sabendo porque é uma péssima ideia deixar isso continuar, já não consigo imaginar um dia sem Natalie. Tento me imaginar dizendo a ela, depois de tudo o que já compartilhamos, que mudei de ideia, que decidi que não somos compatíveis. Aquelas palavras a machucariam talvez tão profundamente que ela nunca mais se arriscaria com um homem. Esse pensamento me machuca.

Sou um filho da mãe sem coração, porque sei que nunca vou deixá-la, apesar de todas as razões pelas quais eu deveria.

Luto contra o sono que tenta me envolver, porque não quero perder um segundo do doce prazer de abraçá-la enquanto dorme. Quando não posso mais lutar, caio em um descanso desconfortável, cheio de sonhos em que persigo algo que não posso ter. Toda vez que me aproximo, ele se afasta novamente. Não posso ver ou tocar o que eu estou procurando, mas posso senti-lo tão intensamente que me pergunto como posso respirar através da onda dolorosa de desejo.

Então estou no clube em Nova York. Está escuro, exceto pela luz que ilumina a mesa onde Natalie está, ainda usando o roupão que dei a ela e com medo do que vou fazer. Gosto que ela esteja com medo.

Embora tenha vindo aqui voluntariamente, seu medo profundo desperta meu desejo.

Aqui nos meus sonhos, ela não é a sobrevivente de um estupro. Não está arrasada por dentro. Nem é frágil ou hesitante. Estou confiante de que ela pode lidar com o que planejei fazer.

— Tire o roupão — digo a ela, meu tom não deixando espaço para negociação. Ela é minha submissa, e estou no comando.

Ela olha ao redor da grande sala cheia de pessoas, muitas das quais estão olhando ansiosas para a nossa cena, que tem sido construída há meses. Passamos horas jogando em casa até chegarmos a esse momento, a noite em que estaríamos em público na Quantum. Trazê-la aqui, para a minha casa, com meus amigos nos apoiando e assistindo é a realização de todos os sonhos que tive.

Suas mãos tremem quando ela puxa o nó e o roupão se abre para revelar a pele macia que tem sido a fonte de todas as minhas fantasias desde que coloquei os olhos nela pela primeira vez. Meu olhar cai para sua boceta e a fina faixa de pelos claros que a cobre. Eu a prefiro nua, então minha primeira ordem será depilá-la. Disse a ela que quero fazer isso, mas não falei que vai acontecer hoje à noite.

— O roupão — digo novamente, observando-a de perto enquanto ela dá de ombros e pausa por um longo momento antes de deixá-lo cair aos seus pés.

Ela é extraordinária. Seus seios são grandes e cheios, os mamilos são como frutos vermelhos escuros e eriçados. Em sua cintura, seus dedos se abrem e fecham em uma demonstração inconsciente de nervosismo.

— Na mesa, linda.

Ela me dá um olhar incerto antes de fazer, com hesitação, o que pedi.

— Me diga sua palavra segura. — Negociamos isso com antecedência, junto com seus limites rígidos e flexíveis. Sei até onde posso pressioná-la, o que vai machucá-la e o que não vai. Não estou interessado nisso. Meu interesse é em adorá-la da melhor maneira que conheço.

— Fluff — ela diz suavemente.

— E quando você deve usá-la?

— Se algo for demais para mim ou se doer.

— E o que acontecerá se você disser essa palavra?

— Tudo para.

— Bom. — Dou-lhe um beijo suave e reconfortante e a ajudo a se deitar na mesa, observando o profundo tremor que atingiu suas coxas.

Ver isso me deixa excitado e mais duro do que já estive na vida. Trazer Natalie para o meu mundo e mostrar a ela o meu eu interior é o ponto culminante de todas as fantasias que já tive sobre como seria o amor verdadeiro. Não há segredo, mentiras ou negação. Eu a tenho e tudo o que mais eu quero também. Antes de Natalie, parecia que eu nunca teria tudo e agora tenho.

Me preparei antecipadamente para a nossa cena, então estou pronto para ela. Abro suas pernas e coloco os pés em estribos que puxo de debaixo da mesa. Trago seu traseiro para a borda. A tigela de água morna, o creme de barbear e a navalha estão esperando por mim. Enquanto eu a ensaboo, ela levanta a cabeça para dar uma olhada.

— O que... o que você está fazendo?

— Deixando você pronta. — Arrasto a navalha sobre sua pele mais sensível, e ela geme. O som viaja como uma corrente elétrica direto para o meu pau, já duro. Eu a depilo completamente com movimentos lentos e uniformes.

Enquanto trabalho, noto que o tremor em suas coxas se tornou mais intenso, me forçando a colocar a mão livre sobre seu baixo ventre para impedi-la de se mover. A última coisa que quero é cortá-la ou causar dor verdadeira. Esse não é o objetivo aqui.

Quando termino, seus olhos estão fechados e seus lábios entreabertos, o que faz meu pau pulsar em antecipação. Limpo o restante creme de barbear com um pano quente e alcanço um tubo de lubrificante. Com os dedos indicador e médio lambuzados, pressiono contra a entrada do seu traseiro, preparando-a para receber um plug.

Ela luta, resistindo à intrusão.

— Não — ela ofega. — Aí não.

— Aqui, sim. Fique quieta. — Empurro contra os músculos que estão determinados a me manter do lado fora, soltando um gemido de protesto dela, mas nenhuma palavra segura. Esta é a primeira vez que a toco ali, e posso dizer que ela está chocada e excitada. É uma batalha, mas, eventualmente, ela cede e me deixa entrar. Seus gemidos e grunhidos alimentam a fera dentro de mim, me deixando faminto por ela e me satisfazendo de maneiras que nada mais poderia fazer. Mantenho meus dedos enterrados profundamente em seu traseiro enquanto me inclino para lamber sua boceta, acariciando a língua sobre seu clitóris até que ela esteja se contorcendo pela necessidade de liberação.

— Não goze — digo de forma dura. — Eu possuo seu orgasmo e digo quando.

— Flynn...

— Esse não é o meu nome aqui.

— Senhor... por favor... me deixe gozar.

— Não até que eu diga que pode.

Tudo ao nosso redor parou, e somos a principal atração no clube. Quero que ela veja isso, então ordeno que abra os olhos e olhe em volta. Quando ela percebe que todo mundo está me olhando foder seu traseiro com os dedos enquanto nego o seu orgasmo, seu corpo inteiro fica vermelho de calor.

— Minha garota gosta de ser olhada?

— Não.

— Você está mentindo pra mim?

Ela se contorce, tentando desalojar meus dedos. Eu os pressiono mais fundo e as costas dela se arqueiam em resposta.

— *Não.*

Coloco a mão livre entre suas pernas, onde está muito molhada.

— Descobri evidências que dizem o contrário.

Natalie estremece com a necessidade de gozar, uma necessidade que não vou satisfazer até que eu esteja bem e pronto.

— Sabe o que acontece com garotas más que mentem para seu Dom?

— Não — ela diz com um gemido.

— Seus traseiros são espancados até ficarem tão quentes e rosados que elas não podem se sentar por uma semana sem lembrar como ficaram tão doloridas. — Minhas palavras trazem uma nova onda de umidade à sua vagina. — Humm, esse pensamento te excita também, não é?

— Não!

Bato em sua bunda com força — provocando um grito agudo e outro jorro entre suas pernas. Caramba, ela é perfeita. Responde a mim como ninguém nunca respondeu. Puxo meus dedos para fora, quase ao ponto de removê-los. Natalie sustenta a respiração enquanto espera para ver o que vou fazer. Não a deixo em espera por muito tempo. Eu os conduzo de volta para ela e sugo seu clitóris ao mesmo tempo, mandando-a em um orgasmo que faz com que seu traseiro aperte meus dedos com força.

Mal posso esperar para sentir aquele aperto firme em volta do meu pau.

— Não me lembro de te dar permissão para gozar — digo enquanto ela flutua de volta à realidade após o gozo escaldante. — Sabe o que isso significa, não sabe?

Ela umedece os lábios secos.

— Não. O quê?

— Que você deve ser punida por seu mau comportamento. — Tiro os dedos do seu traseiro tão rápido que ela ofega. Depois que limpo a mão com uma toalha, alcanço uma das joias que fica na bandeja. Me inclinando, lambo e sugo o mamilo esquerdo até que ele esteja bem duro, ereto e orgulhoso, então fixo o grampo antes que ela tenha tempo de processar o que pretendo fazer.

Ela grita com o aperto do acessório.

Dou o mesmo tratamento ao outro seio e depois enxugo suas lágrimas.

— Precisa da sua palavra segura, linda?

Ela morde o lábio e balança a cabeça. Ela é tão corajosa e disposta, a mulher dos meus sonhos. Aquela que pensei que nunca teria a sorte de encontrar. Eu a amo mais que a própria vida.

— Vire-se. — Quando ela atende à minha ordem, se movendo com cuidado para não testar os grampos, eu a ajusto de modo que seus pés fiquem no chão e a parte superior do corpo esteja apoiada sobre a mesa. Aperto sua bunda, testando sua flexibilidade.

Ela apoia a cabeça nos braços enquanto as pernas continuam a tremer.

Dou um golpe firme do lado esquerdo, exatamente onde a perna e o traseiro se encontram.

Além de uma ingestão aguda de ar e o tremor das nádegas, ela não reage. Repito o gesto do outro lado, esperando o tempo todo pela palavra segura, que não vem. Eu bato até sua bunda ficar rosada e depois a acaricio até que o calor do seu traseiro se espalhe pelo resto do corpo.

Separo seu traseiro e volto para o ânus, que ainda brilha do lubrificante que apliquei anteriormente. Pego o plug que escolhi e pressiono contra sua entrada. É grande, mas sigo em frente. Quero prepará-la para mim. Eventualmente.

— Caramba, Flynn... não posso.

— Como você me chama aqui?

— *Senhor...* por favor, senhor... não posso aceitar isso.

— Pode, sim.

— *Não.*

— Vou ouvir sua palavra segura, Natalie?

Quando ela permanece em silêncio, sorrio com satisfação e continuo a penetrar o plug nela, o tempo todo acariciando a pele quente do seu traseiro e fazendo-a se contorcer.

— Esta é a parte maior — digo a ela. — Empurre e o deixe entrar.

— *Não posso.*

Dou outro tapa forte, e ela imediatamente cede, gritando enquanto o objeto se fixa no lugar.

— Essa é a minha garota corajosa. — Beijo dos seus ombros, passando pelas costas até sua bunda, que brilha com a atenção que dei. Seguro seu traseiro, lambo sua boceta e volto para onde o plug estica sua pele de forma obscena. Ela está muito molhada e pronta. Como esse é o meu sonho, e estamos em um relacionamento totalmente comprometido, não me preocupo com preservativo antes de empurrar meu pau na sua boceta, devagar e com cuidado, já que o espaço está apertado devido ao plug.

Ela grunhe, geme e grita, sua entrada apertada ondulando ao redor do meu pênis no que parece um orgasmo constante.

— Fale comigo, baby. Como está?

— Muito apertado.

— Humm, muito bom. — Empurro o plug para lembrá-la que ela está sendo preenchida nas duas entradas e sua boceta aperta meu pau de forma tão implacável que eu quase gozo. Segurando seus quadris enquanto a como com força e profundamente, me perco nela de um jeito que nunca me perdi com mais ninguém. Sou transportado desta sala direto para o paraíso, Minhas bolas se apertam e minha coluna se arrepia. Quando me aproximo do gozo, aumento o ritmo, entrando e saindo intensamente. Como eu quero que ela goze junto comigo, me remexo para encontrar seu clitóris. Eu o acaricio sem parar.

Posso dizer que ela está à beira de um orgasmo épico, então uso a outra mão para remover os grampos, fazendo-a gritar enquanto o sangue flui de volta para os mamilos torturados no mesmo segundo em que ela goza. O aperto no meu pau é tão intenso que vejo estrelas enquanto gozo dentro dela.

Acordo percebendo que gozei de verdade, como no meu sonho. Meu pau está latejando, minha calça está molhada e eu estou suando muito. Ao meu lado, Natalie dorme, sem ser perturbada. Estou confuso, mortificado e chocado. Não tenho um sonho assim desde a adolescência e, mesmo assim, foi uma ocorrência rara.

O sonho volta para mim em pedaços eróticos... Natalie está nua no meio da Quantum. A pele clara do seu traseiro está avermelhada do golpe da minha mão. Meus dedos deslizando em sua bunda em preparação para o plug.

Meu pau endurece de novo com as lembranças que voltam, uma atrás da outra para me torturar como se eu não tivesse tido o orgasmo mais explosivo da minha vida. Me movendo devagar para não perturbá-la, saio da cama e vou ao banheiro, onde tiro a calça suja.

— Caramba — sussurro para mim mesmo. *O que aconteceu?* Jogo água fria no rosto até que minha respiração se acalma e meu coração pare de bater forte. Estou envergonhado e chocado por ter tido um sonho assim com Natalie, mas por trás disso tudo, estou muito excitado com a ideia de compartilhar com ela uma experiência assim.

E então, fico rapidamente desanimado com o conhecimento de que isso nunca vai acontecer. Ela vai fazer tudo que puder para lidar com o sexo normal, sem embarcar nas minhas preferências. Digo a mim mesmo que posso conviver com isso desde que esteja com ela, mas dúvidas profundas e dilacerantes me atormentam mesmo assim.

Tomo um longo banho enquanto as imagens do sonho continuam a me provocar e me excitar. Estou como um fio ligado quando saio do chuveiro e visto uma calça de pijama limpa. Se eu estivesse aqui sozinho, não usaria nada. Mas por respeito a Natalie, visto a calça. Eu me aventuro na sala de estar, me sirvo de alguns dedos de Bowmore e o levo comigo para as janelas que têm vista para as luzes brilhantes de Hollywood.

Estou atormentado pelo que devo fazer a respeito dela. O sonho ajudou a solidificar o quanto esse relacionamento é impossivelmente fora de alcance. Tenho que deixá-la ir embora enquanto ainda posso. Depois desse final de semana, farei o que deveria ter feito desde os primeiros minutos no parque.

Vou deixá-la, mesmo que isso me mate. É o melhor para ela.

15

Natalie

Acordo sozinha, o que é bem decepcionante depois de dar o importante passo de dormir com ele pela primeira vez. O roupão que ele me emprestou na noite passada está nos pés da cama. Eu o visto e amarro o cinto. Uso o banheiro e escovo os dentes e cabelos antes de ir para o corredor para procurar Flynn.

Ele não está no escritório, mas aproveito a luz do dia para conferir as fotos emolduradas que cobrem as paredes. Há fotos dele com alguns dos maiores nomes do cinema. Nelas, ele sempre está com aquele sorriso largo e atraente do qual eu gosto tanto.

Como a sua escrivaninha em Nova York, essa também está repleta de roteiros e outras pilhas de papéis e pastas. Enquanto estou me perguntando por que ele não tem alguém para organizar seu escritório, Addie aparece na porta.

— Ele não me deixa tocar em nada aqui — ela fala enquanto me entrega uma caneca de café fumegante. — Achei que você ia gostar de creme e açúcar.

— Está perfeito, obrigada.

— Sem problemas. Bem, quanto a esse escritório... desastre total, não é?

— Está uma bagunça.

— Ele diz que tem um sistema e que não posso tocar em uma única partícula de poeira daqui. — Ela dá de ombros. — Se há um sistema, ainda não descobri.

— Onde ele está?

— Foi dar uma corrida. Deve voltar em uma hora, mais ou menos.

Estou surpresa que ele tenha saído sem me avisar e que Addie esteja aqui mais cedo do que o esperado, mas não divido esses pensamentos com sua assistente.

— Como vocês se conheceram?

Se inclinando contra o batente da porta e segurando sua própria caneca, ela pergunta:

— Ele não te contou? Bem, a minha mãe morreu quando eu tinha 12 anos, me deixando com um pai que não tinha ideia do que fazer comigo. Ele é cinegrafista e trabalhou muito para a Quantum, a empresa de produção do Flynn. A amiga dele, Marlowe Sloane, se interessou por mim, me levou para comprar vestidos de formatura e se tornou uma espécie de fada madrinha.

Ela respira fundo e continua.

— Quando me formei na UCLA e não consegui encontrar um emprego, ela sugeriu que Flynn me contratasse para cuidar dele. Estou com ele há 5 anos, e é o trabalho mais legal de todos. Nunca sei o que vai acontecer em um determinado dia. Como quando ele me ligou para dizer que ia trazer alguém para o Globo de Ouro e que precisava de um estilista para vesti-la. Então bastou dizer que Flynn teria uma acompanhante que precisava de um estilista, que todos os de Hollywood – até do universo – estão puxando o meu saco a semana toda. Viu o que quero dizer? Eu amo o meu trabalho!

Ela é tão adorável e encantadora que não posso deixar de rir do seu entusiasmo. Ela é vários anos mais velha do que eu, mas me sinto como a adulta aqui por qualquer motivo. Há uma leveza nela que é contagiante. Eu me sinto iluminada e ficando mais animada com os estilistas.

— *Entãoooo*, quer ver alguns vestidos?

— Agora?

— Agora mesmo.

— Sim!

— Por aqui.

Eu a sigo até a sala de estar, que foi convertida em uma loja de roupas enquanto eu dormia. Levo as mãos à boca para abafar o suspiro de prazer ao ver vestidos em todas as cores imagináveis pendurados em araras que foram dispostas de forma artística por toda a sala.

Estou tão chocada que não tenho ideia de por onde começar.

— Não se estresse. Tenley está a caminho. Ela é a melhor *stylist* de Hollywood e Flynn me disse para conseguir o melhor para você.

Ouvir isso me faz sorrir, mesmo que eu esteja um pouco irritada por ele ter me deixado sozinha com pessoas que não conheço na nossa primeira manhã em L.A. Tento não deixar isso estragar a minha alegria com os vestidos, mas me incomoda mesmo assim.

A campainha toca, e Addie vai atender enquanto amarro o roupão com mais firmeza. Se eu soubesse que isso aconteceria tão cedo, teria me levantado antes e me arrumado.

Addie retorna com uma mulher alta com cabelos longos e olhos escuros que, imediatamente, se aproxima de mim. Ela está usando uma calça jeans super-skinny com salto alto e um blazer azul sobre uma camiseta justa. A mulher carrega uma enorme bolsa de couro que parece ser *Louis Vuitton*. Me sinto imediatamente intimidada.

— Ah, ele não estava brincando. Você é impressionante. — Tenley se aproxima de mim com um olhar quase perturbado que me faz dar um passo para trás.

— Não tenha medo — Addie fala, rindo. — Ela não morde.

— Você é impecável. Espero que esteja preparada para ser a próxima *It Girl*, porque no minuto em que os paparazzi te olharem, ficarão famintos.

— Não a assuste, Tenley — Addie pede. — Flynn quer que ela aproveite isso.

— Ah, mas vamos aproveitar. Vamos aproveitar muito.

APESAR DA MINHA impressão inicial a seu respeito, Tenley é inteligente e perspicaz. Ela analisa cada vestido com um olhar crítico e reduz as escolhas para dois que acha que melhor se adequam a mim. Um deles é um incrível cor de ameixa que se ajusta ao meu corpo, sem deixar nada para a imaginação. É sexy e recatado ao mesmo tempo. Adorei.

Addie me dá um sinal de positivo quando saio do quarto com ele.

— É incrível.

— Concordo — Tenley fala, puxando o corpete e verificando o ajuste nos quadris. — Mas quero ver o preto também. — Ela pega o que quer. — Você vai precisar de ajuda para entrar neste.

Nunca participei de festas do pijama. Não tive a chance de praticar esportes coletivos. Passei um ano inteiro focada no ensino médio. Além da única vez que eu gostaria de esquecer, mas nunca vou, não tenho nenhuma experiência em mostrar meu corpo para estranhos e hesito agora.

Tenley imediatamente sente minha hesitação e suaviza.

— Este é meu trabalho, querida. Serei discreta. Eu juro.

Por acreditar que Flynn tem direito à sua privacidade, eu a levo para um dos quartos de hóspedes em vez do dele. Ela me coloca rapidamente no vestido. Este mostra muito mais dos meus seios e da minha perna esquerda, graças a uma abertura que se estende quase até a cintura.

Puxo o corpete que se recusa a subir mais.

— Não estou certa quanto a esse.

— Saia e olhe no espelho. Você pode se sentir diferente.

Duvido que vá, mas eu a sigo de qualquer maneira.

Addie ofega.

— Ah, uau, Natalie... o outro é bonito, mas esse é um nocaute. Esse é *o* vestido.

Estou diante dos espelhos duplos que apareceram aqui com os vestidos e, imediatamente, vejo o mesmo que elas. Este é especial. Mal pareço comigo mesma. Pareço alguém corajosa e destemida, alguém que talvez esteja à beira de uma vida totalmente nova que nunca poderia ter imaginado para si mesma.

— Vai se sentir confortável nele, Natalie? — Tenley pergunta. — Se não, o ameixa está perfeito em você também.

— O ameixa é a escolha segura. — Não consigo parar de me olhar no espelho. Não posso acreditar que sou eu. Me pareço com as mulheres nas revistas após as premiações.

— Este é um pouco mais arriscado.

— É — Tenley concorda —, mas ainda é elegante e sexy.

— De quem é? — Addie pergunta.

— Gucci Couture.

— Gucci — sussurro. — Sério?

— Seríssimo. E, aparentemente, feito para você.

— O que acontece à meia-noite? — pergunto a elas.

No espelho, as vejo trocar olhares perplexos.

— Você quer dizer amanhã à noite? — Addie pergunta.

— Estou pensando na Cinderela e no que acontece quando o relógio bate à meia-noite.

— Em Hollywood — Tenley fala —, é quando as coisas começam a ficar interessantes. — Ela abre o zíper do vestido. — Você vai acabar com eles.

— Você vai acabar *com ele* — Addie acrescenta.

Gosto dessa ideia.

— Muito bem, garotas. Gucci, então.

— Fantástico — Tenley fala, sua satisfação aparente. — Agora, os sapatos.

16

Natalie

Tenley e Addie estão muito longe quando Flynn, finalmente, retorna. Ele está suando muito e respirando com dificuldade quando entra na casa. Suor nunca pareceu tão sexy para mim.

— Ah, oi, você está de pé. — Ele vai direto para a geladeira em busca de uma garrafa de água que engole em três grandes goles.

— Estou de pé e já escolhi o vestido.

— A Tenley já esteve aqui?

— Sim. Está tudo certo.

— Qual você escolheu?

— Vou deixar você ver por si mesmo amanhã. Elas o levaram para fazer alguns ajustes, e ela nos encontrará na cidade amanhã para dar os toques finais.

— Ficou feliz com ele?

A pergunta me faz rir.

— Sim, Flynn, estou feliz com o vestido Gucci Couture que vou usar no Globo de Ouro amanhã à noite. E estou *muito feliz* com as sandálias Valentino que vou usar com o vestido escolhido.

— Que bom. Enquanto você estiver feliz, também estou.

Ele diz as palavras do jeito que sempre faz, mas algo está diferente.

— Você está bem?

— Sim. Por quê?

— Você parece... não sei... distraído ou algo assim.

— Me desculpe por isso. Estou com algumas coisas de trabalho desde cedo na cabeça. Vou tomar um banho e depois fazer o café da manhã para você. O que acha?

— Ou eu poderia fazer o café da manhã enquanto você está no chuveiro.

— Só se eu lavar os pratos.

— Combinado.

— Serei rápido.

Quero saber o que aconteceu, o que o deixou tão distraído, mas acho que ele vai me contar se quiser. Não quero, mas estou desapontada por algo ter mudado desde a nossa maravilhosa tarde e noite juntos ontem.

Quando retiro uma caixa de ovos da geladeira e começo a fazer uma omelete com queijo, tomate e pimentão que corto em tiras finas, me pergunto se fiz alguma coisa errada. Mas o que eu poderia ter feito enquanto dormia?

Oh, Deus... eu *disse* alguma coisa? Falei sobre o ataque? Hesito no meio do corte e uma dor lancinante no dedo requer toda a minha atenção. O sangue escorre do corte na ponta do indicador. Coloco debaixo da água fria, mas continua sangrando. Mal posso me incomodar em focar no corte com a possibilidade de ter dito algo que não pretendia enquanto dormia.

Flynn volta para a cozinha, onde estou pressionando o corte com uma toalha de papel enrolada no dedo.

— O que aconteceu? — Ele está usando bermuda de ginástica e uma camiseta cinza.

— Me cortei com a faca. Eu não estava prestando atenção. — Não posso nem olhar para ele enquanto o medo pulsa através de mim como um batimento cardíaco, me deixando tonta e em pânico. Por mais que eu não queira saber, tenho que perguntar. — Eu fiz ou disse algo enquanto dormia?

Ele afasta os olhos do corte que estava examinando. Sua expressão é confusa.

— O quê?

— Algo aconteceu. Você está diferente. Quero saber se fui eu. Eu disse alguma coisa ou...

— Não, Deus. não, Natalie.

— Então o que há de errado? Você veio da corrida e tudo parece diferente. Mudou de ideia sobre me querer aqui? Porque se você tiver...

— Não. — Ele passa os braços ao meu redor e me abraça. Sou imediatamente envolvida no cheiro limpo e fresco que ele trouxe do chuveiro. — Não mudei de ideia. Tive um sonho que me chateou. Fiquei acordado a maior parte da noite. Me desculpe por não estar aqui quando você acordou. Esperava que você dormisse mais, então fui correr. Vi que a Addie estava chegando quando eu estava saindo, então soube que ela estaria aqui quando Tenley viesse.

— Você... quer falar sobre o seu sonho?

— Eu... não, prefiro não falar.

— Sabe quando você me diz que posso confiar em você? — Ele assente. Você também pode confiar em mim. Espero que saiba disso.

— Eu sei, linda. Confio em você. Se não confiasse, você não estaria aqui.

— Você confia em mim com a sua casa, e me sinto honrada por isso. Mas isso é só uma propriedade. Se você não confia em mim com o que está aqui — falo enquanto coloco a mão sobre seu coração —, o resto não significa muito.

Ele me olha daquele jeito intenso e que me consome.

— Sabe as coisas que você me disse que nunca vai falar a respeito?

— Sim.

— Tenho algumas coisas que se enquadram nessa categoria também.

— Justo.

— Talvez um dia possamos ter uma conversa para *compartilharmos nossos segredos.*

— Talvez.

— Enquanto isso, estou morrendo de fome.

— Eu também.

Ele cuida do meu dedo cortado com pomada antibacteriana e um curativo antes de apreciarmos as omeletes e torradas, bem como a fruta fresca que ele diz que come todos os dias no café da manhã. Descobrimos que gostamos do nosso café exatamente do mesmo jeito: com creme e um quarto de colher de chá de açúcar. Açúcar de verdade. Nada de outros tipos de adoçantes. Depois de comer, visto short e camiseta.

Flynn me entrega um tubo de protetor solar.

— Vai precisar disso. E disso. — Ele coloca um boné na minha cabeça.

— Por quê?

— Vamos passear com um conversível.

Outro carro nos espera na frente da casa. Ele me diz que esse é um Porsche Boxster. É de um lindo tom vermelho brilhante.

— É novo?

— Não. É de 96. Boxster primeira geração. É meio que de colecionador.

— Então essa coisa do carro já vem de um tempo, hein?

Ele abre a porta do passageiro para mim.

— Hum, sim.

— Talvez suas irmãs tenham razão quanto ao programa de doze passos.

— Mais uma vez, te lembro que há vícios piores que eu poderia ter. Há heroína, cocaína, metanfetamina, bebida alcoólica, pílulas, mulheres e...

— Certo. Entendi.

Ele liga o carro e acelera, nos colocando em movimento.

— Não gosto de pensar nisso como um vício, é mais como uma *coleção*.

— E quantos carros compõem esta *coleção*?

— Você quer um número?

— Sim — digo, rindo do seu óbvio desconforto —, um número seria bom.

— Não sei. Algo em torno de sessenta, talvez?

— *Você possui sessenta carros?*

— É uma *coleção*. Muitas vezes, quando você coleciona coisas, tem muitas delas.

— Você tem sessenta carros.

— Isso é uma estimativa.

— Então poderia ser mais?

— Ou menos.

Começo a rir e não consigo parar. Ele está muito fofo, engraçado e envergonhado.

— Dou muito dinheiro para instituições de caridade de todos os tipos, especialmente para crianças com fome, então não me diga que há muitas crianças famintas por aí que poderiam se beneficiar do dinheiro que gasto em carros. Cuido delas primeiro.

Enxugo as lágrimas de riso dos olhos.

— Parece que você precisou dessa defesa no passado.

— Todo o tempo com minhas irmãs, que acham que a minha coleção é "obscena". Elas também gostam de me lembrar que aquele que morre com mais brinquedos ainda está morto.

— Acho que vou gostar delas.

— Elas ajudam a manter o irmão mais novo com o pé no chão — ele diz com uma risada. — Não tenho muito para onde fugir quando estou perto delas. E, sério, crianças com fome é uma causa importante para mim.

— Eu já sabia disso a seu respeito.

— É uma coisa que a imprensa publica a meu respeito que você pode acreditar. Odeio saber que há tantas crianças passando fome. Me surpreende que um país com nossos recursos ainda possa ter problemas desse tipo. Então faço o que posso para ajudar.

— Tenho alunos que vêm à escola sem ter nada para comer. Mantenho barras de cereal e suco na gaveta da minha escrivaninha. Todos sabem que podem pegar e que não precisam pedir. Parte meu coração cada vez que um deles mexe naquela gaveta. Mesmo tão novos, eles ficam envergonhados.

Ele agarra o volante com tanta força que os nós dos dedos ficam brancos.

— Deus, eu odeio isso. Me deixa furioso saber que a fome é um problema neste país.

— Eu também.

— O lado bom de ser uma celebridade é para coisas assim. Nunca perco a chance de arrecadar dinheiro ou chamar a atenção para o fato de que enquanto estamos vivendo uma vida de luxo, existem crianças passando fome de costa a costa. — Ele me olha. — Estou começando uma fundação para ajudar nesta questão.

Fico imediatamente intrigada.

— Sério?

Assentindo, ele diz:

— Detesto que tanto do que eu doo para outras organizações, vai para despesas gerais. Odeio ir a festas extravagantes e caras para arrecadar dinheiro para problemas de fome. Detesto isso. As pessoas famintas não precisam que celebridades façam eventos *black-tie* em seu nome. Eles precisam de *comida*. Agora. Quero trabalhar para que isso aconteça de forma mais eficiente. Desenvolver redes em todo o país, acessar minha própria rede para financiamento. Esse tipo de coisa.

— Adoro essa ideia.

— Está começando a parecer que pode acontecer. Tive algumas reuniões recentes com pessoas em L.A. e Nova York sobre o que seria necessário para fazer isso. Estamos planejando começar nos maiores centros populacionais e seguir daí. Teremos outra reunião em breve.

— Muitas pessoas se beneficiariam desse tipo de projeto.

— Esse é o objetivo. Então, estou perdoado pela minha coleção de carros?

— Você não acabou de inventar isso esperando que eu esquecesse os carros, não é?

Sua gargalhada me faz sorrir.

— Não mesmo. Posso oferecer testemunhas de que a fundação estava em andamento muito antes de hoje.

— É realmente admirável, Flynn. Deixando a brincadeira de lado, adorei a ideia.

— Estou feliz que você goste. Me sinto bem com isso.

— Você tem motivo para se sentir assim. Quando me mudei para Nova York, dei dinheiro a todos os sem-teto que encontrei na rua até que a Leah disse que eu precisava parar ou iria à falência. Me mata toda vez que tenho que passar por alguém que mora na rua, especialmente no inverno.

— Eu costumava fazer a mesma coisa quando podia andar pelas cidades.

Sorrio para ele quando descobrimos outro traço que temos em comum.

— Então, aonde você está me levando?

— Imaginei que como você nunca esteve em L.A. antes, poderíamos fazer uma pequena excursão, começando com Beverly Hills e Rodeo Drive. Depois vamos para a costa e veremos Santa Monica e Malibu. O que acha?

— Parece ótimo. São lugares que ouvi falar durante toda a minha vida, mas nunca vi.

— A única coisa é — ele fala, hesitante —, não podemos sair do carro. Não costumo sair em público com frequência sem segurança. É por isso que entramos no *Wicked* depois que as luzes se apagaram e saímos antes de acenderem. Depois do que aconteceu em Londres no ano passado...

— O que aconteceu?

Ele suspira profundamente.

— Eu estava na fila para entrar na pré-estreia de *Camuflagem* no Reino Unido quando um cara enfiou uma faca em mim. Ele me cortou na altura das costelas antes que a segurança chegasse e o derrubasse. Tudo aconteceu muito rápido. Mas me assustou pra caramba.

— Como não vi nada sobre isso?

— Mantivemos em segredo. O cara é mentalmente doente e não vi nenhum motivo para tornar sua vida um inferno maior do que já é. Felizmente, só cortei a pele, então a equipe médica me enfaixou, me deram outra camisa e me mandaram de volta para a pré-estreia. Mas minhas mãos tremeram a noite toda.

— Jesus. Você poderia ter morrido.

— Isso realmente me assustou e não costumo sentir medo com

facilidade. Desde então, grandes multidões me assustam e não vou a muitos lugares sem segurança, exceto em um carro. É o único momento em que fico totalmente livre, sabe?

— E eu te provocando com a sua obsessão por carros. Tudo faz sentido agora.

— Está tudo bem me provocar. Minha obsessão é bem exagerada, e eu sei disso.

Seguimos por Beverly Hills e ele me mostra a imponente casa onde cresceu. É uma construção de dois andares de arenito branco com persianas pretas e um portão de ferro preto.

— Meus pais têm compromisso para o almoço, se não tivessem, poderíamos parar para visitá-los. Vamos encontrá-los à noite.

— Não estou vestida para encontrar Max Godfrey e Estelle Flynn.

Ele ri disso.

— Eles não são pretensiosos, então não precisa se preocupar com o que está vestindo quando os conhecer.

— Certo. Até parece. Você é filho deles. É claro que importa o que uso para conhecê-los.

— Estou te dizendo, eles não se ligam a essas porcarias superficiais. Você não precisa se preocupar em relação a eles. Eles vão te amar.

— Já gosto deles pela maneira como você os descreveu.

— Também gosto. Aproveito cada minuto que passo com eles e minhas irmãs, mesmo que as garotas me deixem louco.

— Elas te mantêm humilde.

— É verdade.

Passamos pela sua famosa escola secundária antes de dar um passeio lento pela Rodeo Drive, onde todos os principais designers têm lojas. A rua é de alto padrão, desde as construções, os carros, as mulheres na calçada, e eu me sinto hipnotizada.

— Sinto muito não podermos parar e andar por aí.

Ele soa verdadeiramente pesaroso e sinto por ele.

— Tudo bem. Estou feliz só de ver tudo.

Saímos para a Pacific Coast Highway e vemos Santa Monica e a famosa roda-gigante no píer antes de seguirmos para o norte até Malibu. Olho com ansiedade para a praia e posso ver que está lotada neste dia particularmente quente. O Pacífico se estende diante de mim, enorme, azul e cintilante ao sol.

— O que acha da sua primeira visão do Pacífico?

— É lindo.

— Cresci nessas praias, surfando, indo a festas e aproveitando a vida.

— Acredita que nunca pisei em uma praia?

— *Sério?*

— Acredite ou não, não há muitas praias em Nebraska.

— Bem, temos que consertar isso. Imediatamente. — Alcançando o celular, ele faz uma ligação. — Você está decente? — ele pergunta. — Vou dar uma passada e estou levando uma amiga que nunca foi à praia. — Depois de uma pausa, ele diz: — Eu sei. Disse a ela que temos que consertar isso imediatamente. Te vejo já, Mo.

Estou praticamente pulando no banco do carro com entusiasmo ao pensar em ir à praia. Pouco tempo depois, entramos em uma garagem, e Flynn digita um código para abrir os portões.

— De quem é essa casa?

— Marlowe Sloane — ele diz de forma casual, como se não estivesse falando de uma das maiores estrelas de cinema do mundo.

— *A* Marlowe Sloane?

— A própria. Ela é uma das minhas melhores amigas. — Ele desliga o carro em frente a um bangalô de madeira escura que é muito menor do que o que eu esperaria de uma estrela do calibre de Marlowe. Mas, novamente, o que sei sobre as estrelas de cinema e onde elas moram? — Vamos lá. Vamos dar uma olhada no pedaço de paraíso da Marlowe.

Com uma batida rápida, Flynn caminha direto para a casa de Marlowe. Sigo, me sentindo hesitante e preocupada por a estarmos incomodando. Aparentemente, ele não tem essas preocupações.

— Mo! Onde você está?

— Aqui atrás. Entre.

A casa de um só andar é muito maior do que parece da entrada de carros, e a vista da praia é simplesmente deslumbrante. Encontramos Marlowe no deck dos fundos, deitada em uma espreguiçadeira, tomando uma xícara de café. Ela está usando óculos aviador e biquíni preto. Seu lindo cabelo vermelho está preso em um coque bagunçado no alto da cabeça.

Ela se levanta para cumprimentar Flynn com um abraço entusiasmado.

— Que surpresa boa.

— Mo, esta é a Natalie. Natalie, Marlowe, mas nós a chamamos de Mo.

Ela levanta os óculos escuros para o alto da cabeça, expondo olhos verdes calorosos. O sorriso que ajudou a torná-la uma estrela está em plena exibição enquanto me abraça. — É tão bom te conhecer. Todos nós já estávamos falando sobre a nova namorada do Flynn, e eu estava ansiosa para te conhecer esse fim de semana.

— Obrigada. — Estou tão chocada que mal consigo pronunciar as palavras ou processar o fato de que Marlowe Sloane me considera a namorada de Flynn Godfrey. — Sou uma grande fã.

— Ahh, é tão bom ouvir isso. Venha, sente-se, sinta-se em casa.

— Sua casa é incrível — eu digo, imediatamente me sentindo tola por dizer o óbvio. Como se ela já não soubesse disso.

— Não é? É o meu lugar favorito no planeta. Qualquer dia que eu passe nesse deck é a minha ideia de paraíso.

— Tem certeza de que não estamos te incomodando? — Flynn pergunta enquanto se prepara para se acomodar, conforme as orientações dela. Ele pega garrafas de água de um frigobar e me entrega uma. Nos sentamos em espreguiçadeiras ao lado de Marlowe. Gostaria de poder enviar uma mensagem para Leah e dizer que estou n na sua casa em Malibu. Ela ia ficar louca. Talvez eu possa tirar algumas fotos para ela antes de irmos embora.

— Vocês não estão me incomodando. Estou feliz que tenham vindo. — Com os óculos escuros de volta sobre os olhos, ela se recosta em sua espreguiçadeira. — Como está se sentindo quanto amanhã à noite?

— Surpreendentemente nervoso — Flynn confessa. Se virando para mim, ele acrescenta: — Fui indicado cinco vezes, mas nunca ganhei.

— Ele é o favorito desta vez e com razão — Marlowe diz. — Se ele não vencer...

Flynn levanta a mão para detê-la.

— Não levante mau auguro.

— Bata na madeira se quiser, mas estou prevendo que você vai fazer a limpa esse ano... Globo de Ouro, SAG, Oscar.

— Pelo amor de Deus, Marlowe — ele resmunga.

Ela solta uma risada alta que me faz sorrir. É tão contagiante. Ela faz um grande show batendo no braço de madeira da sua espreguiçadeira.

— Melhor?

— Muito.

Estou surpresa e feliz por descobrir o lado supersticioso de Flynn. Eu não suspeitaria disso. Ele sempre parece tão confiante e no controle.

— Então, Natalie, me conte tudo a seu respeito — Marlowe fala. — Soube que você é professora.

— Sim, do terceiro ano, em Nova York.

— Bom Deus, mulher. Como você aguenta ficar com crianças durante o dia todo?

Eu rio da sua franqueza.

— Tive muita sorte com uma ótima turma este ano. Eu os adoro. Estou tendo um ótimo momento. Soube que não posso contar com isso todos os anos, então estou aproveitando enquanto dura.

— Todos deveríamos ser gratos por professores como a Natalie — Flynn fala, dirigindo um sorriso caloroso para mim. — Eles estão garantindo que a próxima geração não cresça para se tornar idiotas ignorantes.

— Essa é uma maneira de descrever — digo, fazendo os dois rirem.

— É verdade que você nunca esteve na praia? — Marlowe pergunta.

— Sim. Como eu disse a Flynn, não há muitas praias em Nebraska, onde cresci.

— Bem, vamos levá-la até a praia! — Ela pula de novo e vai até um armário de onde pega toalhas para cada um de nós. — Quer um biquíni emprestado para poder nadar? Tenho toneladas deles, e você pode usar o que quiser.

— É muito gentil da sua parte, mas terei prazer só em colocar os pés na água.

— Bom o bastante. Vamos lá.

Ela abre um portão no deck que leva às escadas que dão na praia.

Estou tão tonta de excitação que tento esconder deles para que não pensem que sou uma imbecil idiota. Mas quando Flynn sorri para mim, percebo que não estou escondendo minha animação. Ele consegue ver através de mim.

Pela primeira vez o dia todo, ele segura minha mão enquanto caminhamos na areia quente e tiramos nossos sapatos.

— Pode deixá-los aí — Marlowe diz. — Ninguém vai pegá-los.

Fico imediatamente apaixonada pela sensação da areia entre os dedos dos pés, o cheiro de ar fresco e outros aromas que nunca senti antes. No alto, gaivotas pontilham o céu sem nuvens.

— Está um dia perfeito para ver L.A. — Marlowe fala. — O tempo em janeiro pode estar alguma coisa entre dezoito e vinte e sete graus. Você está no melhor.

— É lindo e um alívio muito bom do frio congelante em Nova York.

— Estive lá na semana passada e morri de frio. Não sei como as pessoas podem suportar o inverno inteiro lá.

— Você vai achar que sou esquisita, mas eu amo o inverno de Nova York.

— Tem razão, você é esquisita.

Eu rio enquanto me encanto um pouco mais por essa mulher incrivelmente bem-sucedida que é tão real que sinto como se a conhecesse há mais de meia hora. Ela me deixa imediatamente à vontade e aprecio isso mais do que ela jamais saberá.

Caminhamos até a beira da água, onde pulo alegremente nas ondas geladas. Está tão fria que meus pés entorpecem rapidamente. Mas não me importo enquanto observo a solidez do Pacífico. Ondas leves alcançam suavemente a praia, outra visão que me deixa hipnotizada.

Flynn vem atrás de mim, apoiando as mãos nos meus ombros.

— O que acha?

— Estou encantada – pela praia e por Marlowe. — Olho para ele. — Obrigada por isso.

— O prazer é meu.

— Está sendo uma semana incrível, Flynn. Obrigada por tudo isso.

— Está sendo incrível para mim também. Eu que deveria estar te agradecendo. — Ele envolve seus braços ao meu redor, e eu me inclino para trás de encontro a ele, aproveitando o sol, a água e a sensação de serenidade que tem sido tão rara em minha vida.

17

Flynn

A quem estou tentando enganar pensando que posso terminar essa coisa com Natalie depois do fim de semana? Cada segundo que passo com ela me faz querer uma vida inteira da sua doçura e alegria contagiante. Observá-la brincar no mar pela primeira vez me tocou emocionalmente por saber que eu havia proporcionado isso a ela. Que eu lhe dei uma nova experiência maravilhosa.

Agora, segurando-a em meus braços enquanto olhamos para o infinito oceano azul, o pensamento de não estar mais com ela me faz sentir mal e suar. O medo me faz lembrar das consequências do ataque à faca em Londres no ano passado, como se algo tivesse mudado e nunca pudesse ser desfeito.

Sou atormentado pelo debate interno sobre o que é melhor para ela *versus* o que eu quero mais que qualquer coisa no mundo. Eu a quero feroz e desesperadamente. Conversar com ela sobre minha fundação contra a fome e ouvir seus pensamentos alimentou minha alma, que está sedenta por uma mulher que sinta a mesma compaixão por pessoas necessitadas que eu. Tive muitas mulheres inexpressivas, interesseiras e escaladoras de carreira passando pela minha vida para não reconhecer uma verdadeira joia quando a encontro.

E Natalie é a pedra preciosa mais perfeita de todas.

Ela estava sintonizada com a minha inquietação esta manhã, me chamando a atenção ao fato de que é diferente. Ela presta atenção em mim — o meu verdadeiro eu — de uma maneira que ninguém antes dela jamais prestou, nem mesmo a mulher com quem me casei.

Quando Natalie se cansa do frio do Pacífico, subimos para nos juntar a Marlowe nas toalhas que ela estendeu na areia. O sol quente bate em nós, mas a brisa fresca que sai da água contribui para uma temperatura confortável.

Gosto de observar as duas mulheres conversarem como se fossem velhas amigas em vez de novas conhecidas. Adoro que Marlowe é tão calorosa e nada afetada por sua fama enorme. Gostamos um do outro e apesar de termos ficados juntos há muito tempo, por um breve período, descobrimos rapidamente que somos muito melhores como amigos do que amantes.

Eu me pergunto se Natalie ficaria aborrecida ao saber que Marlowe e eu fomos mais do que amigos no passado. Ninguém sabe disso. Aconteceu no início das nossas carreiras, muito antes de sermos perseguidos por repórteres. Fizemos grandes esforços para manter nosso relacionamento particular, mas algumas pessoas descobriram mesmo assim. Os paparazzi especulam de forma incessante sobre o que realmente acontece entre nós.

— O que você está pensando aí, Flynn? — Marlowe me pergunta.

— Estou curtindo a praia, mas devemos voltar em breve. Vamos levar meus pais para jantar em comemoração ao aniversário deles, hoje à noite. — Me ocorreu que eu deveria ter convidado Marlowe, que ama minha família e não tem a própria. — Quer vir?

— Não quero me intrometer em uma festa de família.

— Você *é* da família, Mo. Por favor, venha se quiser. Eu deveria ter pensado nisso antes.

— Claro, eu adoraria ajudar meus pais adotivos a comemorarem mais um ano de felicidade conjugal. Obrigada pelo convite.

— Vou pedir a Addie para adicionar à reserva. — Pego o celular e envio um SMS. Addie responde: *Pode deixar!* — Tudo certo.

— Sinto tanta inveja da sua Addie que estou arrasada —Marlowe fala para Natalie. — Ele te contou que eu basicamente a dei para ele?

— Não, mas ela contou — Natalie responde.

— Você precisa arranjar uma Addie por conta própria — digo a ela. Temos essa discussão há anos.

— Eu sei, eu sei. Qualquer dia desses.

Sacudimos as toalhas e voltamos para casa. Natalie pede para usar o banheiro e Marlowe indica onde fica.

— Volto logo — Natalie fala quando sai da sala.

No momento em que estamos sozinhos, olho para minha amiga de longa data para ver o que ela acha de Natalie.

— Impressionante e deliciosa — Mo fala com calma.

Um nó no meu peito parece se desfazer com sua aprovação e com o fato de que ela vê o mesmo que eu.

— Ela é jovem, mas surpreendentemente madura — Marlowe acrescenta.

— Ela passou por muita coisa. Não tenho certeza se sou bom para ela.

— Ainda assim, você está apaixonado.

Dou de ombros.

— Acho que desde o segundo em que a vi pela primeira vez há uma semana.

Mo aperta meu braço.

— Nada precisa ser decidido agora. Só faz uma semana.

— Eu sei. — Concordo com ela, apesar das minhas dúvidas. Quanto mais tempo passo com Natalie, mais profundos meus sentimentos por ela se tornam – e suspeito que ela diria o mesmo sobre mim. Apesar de nos conhecemos há apenas uma semana, muita coisa aconteceu nesse período. Tenho idade e experiência suficientes para saber que isso é diferente. — Já sinto algo maior por ela do que senti pela Val.

A boca de Marlowe se abre, mas antes que ela possa responder, Natalie retorna.

Sei que deixei cair uma bomba na minha amiga, mas toda a minha atenção está em Natalie.

— Pronta?

— Quando você estiver.

Beijo a bochecha de Mo.

— Obrigado por nos receber.

— O prazer foi meu. E foi ótimo te conhecer, Natalie.

— A emoção foi toda minha — ela responde com aquele sorriso adorável que eu adoro cada vez mais.

Marlowe ri e a abraça.

— Vejo vocês no jantar.

Quando estamos de volta ao carro e no caminho para casa, Natalie pergunta:

— Vocês conversaram sobre mim enquanto eu estava no banheiro?

— Só um pouco. Ela gostou mesmo de você.

— Ela é tão legal. Estava tentando não bancar a boba ao lado dela.

— Eu nunca imaginaria que você estava nervosa lá dentro. Você parecia muito composta.

— Foi tudo encenação.

— Você deve estar na profissão errada com essas habilidades. — Posso pensar em um milhão de lugares que eu gostaria de levá-la para um almoço tardio, mas o incômodo potencial me faz ir para casa. Fazemos sanduíches, que levamos para a piscina, e passamos uma tarde relaxante aproveitando o sol e um ao outro.

A decisão tomada no meio da noite de terminar as coisas com ela parece ridícula agora. Prefiro viver sem as coisas com que sonhei do que sem ela. Natalie se tornou tão essencial para mim quanto o ar que eu respiro.

— Abra espaço. Estou chegando.

Abro espaço para permitir que Flynn se junte a mim na espreguiçadeira. O que quer que o estivesse incomodando mais cedo parece ter passado. Ele querer estar perto de mim me enche de alívio e de excitação, que costumo antecipar quando ele está por perto. Ele é muito suave enquanto arruma as coisas, então estou deitada em seus braços, nossas pernas entrelaçadas e seus lábios a poucos centímetros dos meus.

— Oi — ele diz com o sorriso sexy que me deixa fraca.

— Como está indo?

— Nunca estive melhor. Este foi o dia mais legal que tive em muito tempo.

— Eu também. O melhor dia de todos.

— Estou morrendo de vontade de te beijar.

— Estou morrendo de vontade de te beijar.

— Mesmo?

Mordisco o lábio inferior e concordo.

Ele emoldura minha bochecha quando traz seus lábios nos meus. O beijo começa devagar, apenas com o suave deslizar dos lábios, mas o fogo que queima entre nós explode como sempre acontece. Suas mãos estão em toda parte enquanto sua língua toma posse da minha boca. Ele se mexe um pouco, me movendo, fazendo com que eu fique em cima dele.

A posição é nova para mim, mas ele sabe exatamente o que fazer. Com as mãos no meu traseiro, ele me puxa com força contra o comprimento duro da sua ereção.

Tento me aproximar, e ele geme, um estrondo profundo que vibra contra meus lábios.

Então suas mãos estão em meus seios, acariciando meus mamilos. Meu biquíni desaparece enquanto estou perdida nas sensações.

Flynn encerra o beijo e mordisca meu mamilo, sugando-o até que estou quase delirando com o desejo que me pressiona contra ele, tentando me aproximar. Tudo o que me importa é estar o mais perto dele que posso.

— Flynn... — Minhas mãos estão enterradas em seu cabelo, segurando-o contra meu peito enquanto ele continua a sugar meu mamilo.

— O que, querida?

— Quero...

— Me diga. Qualquer coisa. Vou te dar o que você quiser.

— Mais. Quero mais.

— Quero tocar em você. — Sua mão se move do meu traseiro para a frente, pressionando entre as minhas pernas. — Aqui.

— Sim. *Sim.*

Ele puxa o laço que segura a parte de baixo do biquíni e o tecido cai, me deixando à mostra.

— Você é uma deusa, Natalie. A porra de uma deusa. — Seus dedos deslizam na umidade entre as minhas pernas, e ele sabe exatamente onde preciso que me toque. Sinto que vou me quebrar em um milhão de pedaços.

— Natalie... quero colocar meus dedos dentro de você. Posso fazer isso?

— Sim. — Amo o fato de que ele perguntou primeiro, que é cuidadoso comigo. Isso me mostra o quanto se importa.

Seus dedos deslizam dentro de mim, e quero gritar com o prazer que me envolve. Ele me acaricia em um lugar que eu nem sabia que existia. Explodo, quase arrancando o cabelo da sua cabeça quando me aproximo do clímax. Flutuo do gozo incrível para perceber que ele está tremendo e seus dedos ainda estão enterrados dentro de mim.

— Flynn... — Umedeço os lábios que estão seco. Apoiando as mãos contra seu peito, sinto seu coração batendo forte. Seus olhos estão fechados e a mandíbula está fazendo aquela coisa pulsante que ele faz quando está tentando se controlar. — Você está me fazendo esquecer tudo sobre minha promessa de nunca fazer nada disso até que eu esteja casada.

— Você está me fazendo pensar em Vegas.

— Vegas? — Não tenho ideia do que ele quer dizer. — O que tem lá?

— Capelas de casamento. Existem muitas lá.

Como é possível rir quando estou nua nos braços de um homem — de bom grado — pela primeira vez na vida, com seus dedos ainda dentro de mim?

— Natalie... — Seus olhos ainda estão fechados. — Eu te quero tanto. Sei que isso aconteceu muito rápido e preciso ter cuidado com você.

— Você tem. — Eu o beijo, e seus olhos se abrem para encontrar o meu olhar.

— Estou com medo de pedir mais do que você quer dar e te assustar de alguma forma. Você me deixa muito nervoso.

— Estou sendo terrivelmente injusta com você.

Ele retira seus dedos, me fazendo ofegar pelo prazer do seu toque e então me choca quando os leva à boca para lambê-los. Nunca teste-munhei nada tão sensual ou sugestivo.

— Não, você não está. Está me ensinando que esperar pelo que quero constrói o caráter. Está me mostrando que vale a pena esperar por algo valioso. E está me mostrando que é possível cuidar de alguém mais do que de mim mesmo.

Suas palavras me tocam profundamente.

— Flynn... gosto tanto de você. Espero que saiba o quanto eu quero o mesmo que você.

Um olhar estranho cruza seu rosto, mas desaparece tão rapida-mente quanto veio.

— Devemos nos arrumar para o jantar. — Ele me ajuda a vestir o biquíni, seus dedos deslizando sobre a minha pele repetidamente até que eu esteja coberta de arrepios.

Entramos juntos, e ele prepara o banho, mas não se junta a mim neste momento. Enquanto lavo e condiciono meu cabelo, penso no que aconteceu agora e como me senti ao ser tocada e abraçada por ele. Não havia demônios, medos ou preocupações. Havia apenas um prazer diferente de tudo que eu poderia imaginar antes dele.

Estou oficialmente vacilando. Meu plano para evitar homens e sexo foi destruído por um homem incrivelmente bonito, sexy, gentil e doce, mas não consigo superar o fato de que só o conheço há uma semana. Como poderiam anos de determinação resoluta serem desfeitos tão rapidamente?

Preciso de Leah, mas ela está trabalhando no bar. Quando saio do chuveiro, pego o celular para enviar uma mensagem para ela.

Você pode falar?

Sim, está parado aqui. Me liga.

— Oi — digo quando ela atende.

— Como está L.A.? Me conte tudo.

— Vou te contar tudo assim que você me disser como está a minha bebê.

— Ela está uma cadela furiosa o dia todo, porque sua mãe foi embora e a deixou.

— Não fale assim dela!

— Ela está em seu humor irritadiço habitual, mas estamos nos entendendo. Agora me conte sobre L.A.!

— Está sendo incrível. Conheci a Marlowe Sloane hoje.

Tenho que segurar o telefone longe da orelha quando ela grita.

— *Não acredito*! Como ela é?

— Imagine a pessoa mais legal que você já conheceu.

— Ah, meu Deus, estou com tanta inveja que estou fervendo. Primeiro o Flynn e agora a *Marlowe*. Isso é muito louco. Você está se divertindo?

— Estamos. Tem sido... Leah, estou tão confusa.

— Por quê?

— Quero transar com ele.

— *Até que enfim*! Já tem um tempão!

— Só faz uma semana, Leah.

— Ele é o *Flynn Godfrey*, Natalie.

— Não tem nada a ver com isso. Não me importo com o que ele faz para viver. Eu gosto *dele*.

— Se você gosta dele, Nat, não há nada de errado em dormir com ele.

Eu não me preocupo em mencionar que já dormi com ele, porque sei que não é o que ela quer dizer.

— Nat?

— Estou aqui.

— Olha, não conheço toda a sua história, mas juntei dois e dois e cheguei à conclusão de que você passou por algum tipo de trauma. Sinto muito pelo que aconteceu com você. Mas se você gosta desse cara, gosta mesmo, e ele gosta de você, não há nada de errado em ficar com ele. Você sabe disso, certo?

— Sim. Eu sei. — Por algum motivo, lágrimas rolam pelo meu rosto. Frustrada, eu as afasto.

— Você está bem?

— Sim, acho que estou.

— Estou aqui se você precisar de uma amiga.

— Obrigada. Você disse exatamente o que eu precisava ouvir.

— Aquele pobre coitado não vai nem saber o que o atingiu quando a Natalie contida estiver em sua cama.

— Acho que chegou a hora de desligar...

Sua risada ressoa pelo telefone e me faz sorrir.

— Vamos jantar com a família dele.

— Meu Deus! *Você vai conhecer Max e Estelle?*

— Sim — digo, rindo da sua reação. — É o aniversário de casamento deles.

— Acho que acabei de desmaiar por aqui. Tenha uma noite fantástica e não faça nada que eu não faria, o que te dá permissão para fazer qualquer coisa e tudo mais.

Ainda estou rindo enquanto nos despedimos. Ela promete dar muitos beijos em Fluff por mim. Seco meu cabelo e aproveito para aplicar delineador, sombra e máscara para cílios antes de terminar com gloss. Coloquei o mesmo vestido preto que usei há uma semana para o meu primeiro encontro com Flynn. Quando dou uma olhada final no espelho, penso em como pude pedir a ele que me levasse para casa depois que saímos do bar de Leah.

Estou agradecida por ele ter me convencido do contrário, porque eu odiaria perder o que aconteceu desde então.

Uma batida suave na porta me faz respirar fundo para me preparar para a noite.

— Entre.

Ele entra no quarto usando um lindo terno cinza com camisa preta de botões e sem gravata. Ele está tão lindo

— Natalie... você está linda.

— Engraçado, eu estava pensando a mesma coisa sobre você.

Ele estende a mão para mim.

— Podemos ir?

Seguro a sua mão.

— Flynn.

— O que foi, querida?

— Mais tarde, depois que voltarmos, acho que posso querer tentar.

Seu corpo fica rígido de tensão.

— Por *tentar*, você quer dizer...

— Quero fazer sexo. Com você. Esta noite.

Flynn solta uma respiração profunda.

— E você espera que eu seja capaz de agir normalmente esta noite depois de me dizer isso? — Ele coloca os braços ao meu redor e me traz para perto, tão perto que posso sentir o quanto ele está excitado.

— Não sei se posso.

— Linda. — Ele apoia a cabeça no meu ombro. — Por favor, não faça isso porque acha que precisa. Você não tem que fazer coisa alguma. Falei sério quando disse que não estou com pressa. Na verdade, acho que devemos esperar. Mais do que tudo, quero que você tenha certeza.

— Tenho certeza.

— Posso dizer que estou doente para o meu próprio jantar?

— Claro que não. Vamos lá.

Natalie

Eu o pego pela mão e o puxo atrás de mim quando saio do quarto.

Lá fora, descubro que o carro desta noite é um Mercedes Sedan prateado.

— Você tem um carro para cada ocasião? — pergunto quando estamos a caminho.

— Quase.

— De onde eles vêm?

— Tenho uma garagem nas proximidades e outra na cidade. Além dos carros em Nova York.

Passo a mão sobre o couro preto na porta do carona.

— Gosto deste.

— Considere seu sempre que você estiver em L.A.

— Não tenho carteira de motorista.

— *O quê?* — Ele quase sai da estrada.

— Flynn! Olhe para onde está indo!

— Você não sabe mesmo dirigir?

— Tenho certeza de que poderia, se eu tivesse, mas não tenho habilitação. Nunca tive. — Não digo a ele que saí de casa antes de conseguir tirar a carteira de motorista e que depois estive muito ocupada tentando me sustentar e terminar os estudos para me incomodar com algo como dirigir.

— Quer tirar a habilitação?

— Acho que em algum momento, sim. Mas não preciso disso por enquanto. Posso caminhar ou pegar o metrô.

— Vou te ensinar a dirigir. Sabe disso, não sabe?

— Vai, é?

— Vou.

— Posso concordar, mas só se eu puder dirigir o Bugatti.

— Ah, hum, bem...

Dou uma gargalhada da sua resposta gaguejante.

— Relaxe. Só estou brincando. Provavelmente eu ia molhar as calças de medo de destruir aquele carro lindo.

— Ah! Graças a Deus. Estava tentando descobrir como dizer não.

— Tudo o que você quiser, Natalie — digo em tom de brincadeira.

— Qualquer coisa, exceto o meu precioso Bugatti.

— Você é engraçadinha — ele fala, gargalhando.

— Pelo menos você não está pensando sobre o que eu disse antes.

Ele respira profundamente.

— Como fui acabar superado por você, Natalie Bryant?

Deliciada por ter ganho vantagem, por um minuto ou dois de qualquer maneira, tento me preparar para conhecer sua família.

Sintonizado comigo como sempre, ele segura a minha mão.

— Não fique nervosa. Eles vão te adorar.

Não tenho certeza do que eu estava esperando quando Flynn pediu a Addie para preparar um jantar para a família, mas, definitivamente, não era algo como o Frankie's Steakhouse.

— Bem-vindo de volta, sr. Godfrey — o manobrista fala. — É bom te ver de novo.

Flynn aperta a mão dele.

— Você também, Anton. — Eu o vejo dar uma nota ao jovem. — Cuide bem do meu bebê.

— Sempre cuido. Como está o Bugatti?

— Adorando a vida em Nova York.

— Ah, cara. Isso fica longe demais. Tenham um bom jantar.

— Obrigado novamente. — Flynn apoia uma mão na parte inferior das minhas costas e me leva para o restaurante.

Não há nada particularmente elegante no lugar, mas a atmosfera é calorosa e acolhedora. Um homem mais velho, com cabelos brancos e finos, e usando uma bengala se aproxima para nos cumprimentar.

— Flynn, é tão bom te ver, filho.

Flynn o abraça.

— Igualmente, Frankie. Obrigado por organizar isso para nós.

— É sempre um prazer ter a sua família aqui.

— Esta é a minha amiga, Natalie. Nat, este é o Frankie, uma lenda de Hollywood.

Ele se curva de forma galante.

— Não sei nada sobre a parte da lenda, mas faço um bife espetacular.

— Faz mesmo — Flynn fala. — Todo mundo já chegou?

— Estão todos no salão dos fundos te esperando.

— Vai se juntar a nós para o jantar?

— Não perderia isso por nada. Conte comigo.

Mantendo a mão nas minhas costas, Flynn não parece notar todas as pessoas que o observam enquanto atravessamos o restaurante.

— Meus pais tiveram seu primeiro encontro aqui. É o lugar deles desde então. Todos os eventos importantes da família Godfrey são celebrados no Frankie's.

Por serem fiéis às suas tradições e aos amigos, seus pais já são bons para mim antes mesmo de eu conhecê-los.

— Frankie é um dos melhores amigos do meu pai. Eles participam de um jogo de pôquer com um monte de outros caras há cinquenta anos. Sua esposa morreu há um ano mais ou menos, e ele não está indo muito bem. Meu pai está preocupado com ele.

— Estar com amigos vai ajudar a animá-lo.

— Espero que sim. — Ele abre uma porta para uma sala cheia de pessoas, que se viram para cumprimentá-lo em massa. Um bando de crianças o cerca, forçando-o a soltar minha mão. — Uau! Se acalmem, seus selvagens. Vocês vão assustar a minha amiga.

— Tio Flynn, me pega — um menino loiro exige.

Tio Flynn faz o que ele pede, apoiando o menino em seus ombros.

— Natalie, esse é o Mason. Ele tem 4 anos.

O garotinho levanta quatro dedos, e eu me apaixono por seu rostinho adorável. A visão de Flynn carregando-o nos ombros provoca coisas malucas dentro de mim. Ele vai ser um pai maravilhoso algum dia. Caramba! De onde veio esse pensamento?

Antes que eu possa processar a direção estranha que meu cérebro tomou, estamos cercados por mulheres lindas, todas altas, loiras e atléticas. Nenhuma delas se parece com o irmão.

— Natalie, essas selvagens são as minhas irmãs: Aimee, Ellie e Annie. Garotas, esta é a Natalie. Tentem não agir como vocês mesmas e assustá-la.

— Cale a boca, Flynn, e saia do nosso caminho — Annie fala.

Cada uma delas me abraça e me dá boas-vindas, e uma — pode ser Ellie —pergunta o que uma garota legal como eu está fazendo com um idiota como Flynn.

— Bom, El — Flynn fala com uma risada. — Muito obrigado.

Todas falam de uma vez, me sobrecarregando com perguntas, animação e um sentimento de pertencimento que eu não esperava sentir.

— Garotas — uma voz feminina severa soa por trás delas —, se afastem e me deixem cumprimentar a Natalie.

Eles se afastam e lá está Estelle Flynn. Meu cérebro fica completamente vazio quando ela se aproxima de mim.

— Mãe, esta é a Natalie. Nat, minha mãe, Estelle.

Ela me abraça em uma nuvem de perfume delicioso.

— É ótimo te conhecer, Natalie. Estamos muito felizes que você possa se juntar a nós hoje à noite.

Sei que deveria dizer alguma coisa, qualquer coisa, mas estou completamente chocada.

A mão de Flynn nas minhas costas me estabiliza, e eu encontro minha voz.

— É um prazer te conhecer, sra. Flynn. Obrigada por me receber.

— O prazer é nosso e, por favor, me chame de Stella.

Vou desmaiar. Certamente não posso ficar de pé na presença de uma mulher tão incrivelmente talentosa. Ela é linda demais, com o cabelo loiro claro que está muito bem arrumado em um penteado que realça seu lindo rosto. Tento não encará-la, mas é difícil não olhar. Ela é magnética, calorosa e sorridente enquanto abraça seu filho.

— Que bom te ver, meu amor.

— Você também, mãe. Feliz aniversário.

— Obrigada por isso e por organizar tudo.

— O crédito é todo da Addie.

— Sim, eu sei — Addie diz de onde ela está com Marlowe.

— Me deixe ver meu filho. — A voz estrondosa antecede Max Godfrey quando ele se aproxima de Flynn e o cumprimenta com um abraço de esmagar os ossos, que Flynn retribui com entusiasmo. Max tem quase a mesma altura do filho, uma cabeleira grisalha e os lindos olhos castanhos de Flynn. Ele é tão bonito quanto o filho, que se parece muito com ele. Olhar para ele é como ver Flynn daqui trinta anos.

— Oi, pai.

Max solta Flynn e coloca as duas mãos no rosto.

— Você está meio feio, garoto. Com o que estão te alimentando em Nova York?

Como não há nada em Flynn que seja feio, não posso deixar de rir de seu comentário .

— Pai, esta é a Natalie. Nat, meu pai, Max, nunca mede palavras.

Sou recebida com o mesmo tipo de abraço que ele deu ao filho, mas não exatamente de esmagar os ossos. Rapidamente descobri que uma coisa é ver fotos de Max Godfrey em revistas. Outra é encontrá-lo. Nunca conheci ninguém mais carismático em minha vida, exceto, talvez, seu filho.

— Natalie — ele fala com as mãos nos meus ombros —, bem-vinda à nossa família.

— Pai...

— Quieto, filho. Me deixe falar com a sua garota. — Ele desliza o braço ao meu redor e habilmente me afasta de Flynn.

Apesar da minha habitual cautela com estranhos, não há como

estar outra coisa senão encantada por Max Godfrey, que me leva ao bar.

— O que posso pedir para você, querida?

— Vinho branco seria ótimo.

Ele pede uísque para ele e, com nossas bebidas na mão, pede:

— Me conte tudo a seu respeito.

— Não há muito a dizer além de que sou de Nebraska e que agora dou aulas para a terceira série em Nova York.

— E como você conheceu Flynn?

Conto a história do nosso encontro no parque no último final de semana, e ele morre de rir da parte em que Fluff mordeu seu filho.

— Na verdade, não foi engraçado.

— Ah, foi sim. — Ele enxuga os olhos. — Provavelmente, você já viu o jeito que as pessoas o bajulam, então pensar em um cachorro de nove quilos levando a melhor sobre ele, definitivamente, é engraçado.

— Bem, como mãe da Fluff, não me diverti com seu mau comportamento. Felizmente, Flynn não se machucou muito.

— Pai, pare de monopolizar a minha acompanhante — Flynn reclama quando se junta a nós.

— Só estamos nos conhecendo. Nos deixe em paz.

Flynn coloca o braço ao meu redor.

— Sem chance.

— Ele estraga toda a minha diversão.

Estou absolutamente apaixonada por Max Godfrey e posso ver de onde vem o charme considerável e bom humor do filho.

Conheço os cunhados de Flynn: Trent, que é casado com Aimee, e Hugh, que é casado com Annie. Descubro que Ellie, que é solteira, trabalha como executiva para a Quantum, a produtora de Flynn. Annie é advogada. E Aimee é dona de um estúdio de dança. Sou apresentada ao sobrinho de Flynn, Ian, que tem 11 anos e uma notável semelhança com seu tio famoso, assim como as sobrinhas India e Ivy, de 7 e 9 anos, todos filhos de Aimee. Ao contrário dos primos, eles têm cabelos e olhos escuros.

Nos sentamos para o jantar, e Hugh acaba à minha esquerda e Flynn à direita, focado em uma conversa com seus pais. Do meu lado estão Addie e Marlowe, e fico grata por ter rostos familiares por perto.

— Não deixe os Godfrey te assustarem — Hugh diz em um sussurro conspiratório. — Apesar de tudo, eles são inofensivos.

— É bom saber, obrigada.

Sem perder o ritmo da conversa, Flynn encontra minha mão debaixo da mesa e a aperta. O gesto me enche de calor e uma sensação de segurança que não experimentei desde que saí de casa. Está começando a parecer que pertenço a ele e ele a mim, e gosto desse sentimento. Gosto muito.

Uma sensação de serenidade me toma quando me sento e vejo essa incrível família interagir. Há muitas risadas, brincadeiras e conversa sobre a fundação de Flynn. Aparentemente, cada uma das irmãs planeja desempenhar um papel, assim como seus pais, o que parece agradá-lo muito.

Enquanto nos servimos de uma deliciosa salada Caesar feita na mesa, a conversa se volta para o Globo de Ouro.

— Você vai ganhar — Ellie diz sem rodeios, ganhando uma careta do irmão. — O quê? Só estou declarando os fatos. Ninguém mais chegou perto do que você fez em *Camuflagem,* e todo mundo sabe disso.

— Eu concordo — Max fala.

— Eu também — Frankie acrescenta quando se junta ao grupo.

— Assim como eu — Marlowe fala, sorrindo enquanto levanta sua taça em homenagem a Flynn.

Ele cobre os ouvidos e finge que não consegue ouvi-los. Adoro esse seu lado supersticioso.

O jantar é composto por costela, enormes batatas assadas e aspargos que derretem na boca. É a refeição mais deliciosa que já comi, um pensamento que compartilho com Frankie, que sorri com prazer.

— Obrigado, querida. — Para Flynn, ele acrescenta: — Você precisa ficar com ela. Ela é maravilhosa.

— Eu não poderia concordar mais — ele responde com um sorriso caloroso para mim que faz o meu interior tremer com a consciência.

— Ele nunca traz ninguém para encontros de família — Hugh fala só para os meus ouvidos. — Nunca.

Enquanto sorrio para ele, decido que Hugh é meu novo melhor amigo.

Depois que a equipe atenciosa de Frankie retira os pratos do jantar, Flynn solta minha mão e fica de pé, com a taça na mão.

Suas irmãs gemem em uníssono.

— Aqui vamos nós — Annie fala.

Ignorando-as, Flynn se concentra em seus pais.

— Só quero desejar feliz aniversário a Max e Stella. Vocês fizeram o casamento parecer fácil por 44 anos, e todos nós esperamos ter a sorte de ter o que vocês têm. Amamos muito vocês dois.

— Ele é bom — Annie diz a contragosto quando levanta a taça para os pais, que estão radiantes após o brinde do filho. — Temos que dar esse crédito a ele.

— Ele é um *profissional* — Aimee diz, provocando o riso das irmãs.

Flynn apenas revira os olhos para as provocações enquanto retoma seu lugar e alcança minha mão imediatamente.

— Isso foi adorável — digo a ele.

— Obrigado.

— *Obrigada*, filho — Stella fala. — Concordo com a Natalie. Foi adorável.

— Ele te contou que é o favorito da mamãe? — Ellie pergunta. — O bebezinho Flynn não pode errar aos olhos da mamãe.

— Isso é porque ele foi bem comportado e fofo desde o segundo que nasceu — Stella responde com um sorriso atrevido. — Todas vocês poderiam aprender com ele.

Enquanto suas irmãs fazem barulhos que deixam as crianças rindo, Flynn sorri para suas palhaçadas.

— Sim, vocês deveriam aprender comigo.

Guardanapos de pano voam pela mesa, todos apontados para sua cabeça.

— Garotas! — Stella me olha, se desculpando. — Temos uma convidada esta noite e estamos mostrando a ela o nosso pior.

— Isso é verdade — Max concorda. Obviamente, ele está aproveitando cada segundo com sua família barulhenta. — Basta perguntar ao Frankie. Ele nos viu no nosso melhor e pior.

Frankie levanta as mãos.

— Não vejo mal, não falo mal.

— Um homem sábio — Flynn fala, com o braço em volta de sua sobrinha, India, que subiu em seu colo.

Comemos um delicioso bolo de chocolate e tomamos café com licor após o jantar.

Flynn pede bebidas à base de café para nós dois.

— Você vai adorar isso — ele me garante.

E está certo: adoro o calor suave do Bailey's, algo que nunca senti com café antes.

A festa começa a terminar quando Annie diz que está na hora de levar os filhos para a cama. O menor, Garrett, está dormindo no ombro de Hugh. O adorável garoto loiro está com o polegar enfiado na boca enquanto seu pai esfrega suas costas.

— Isso está longe de ser tão ruim quanto podemos chegar — Aimee fala, fazendo todo mundo rir.

Olhando para eles, sinto um anseio inegável. Como seria observar o homem que amo segurar meu filho dormindo? Nunca desejei ter meus próprios filhos. Ando muito ocupada tentando seguir em frente e ganhar a vida para pensar tão a frente.

Mas agora...

O braço de Flynn me envolve, e me viro para ele.

— Pronta para ir? — ele me pergunta.

— Quando você quiser. — Meu coração bate acelerado com o pensamento do que vai acontecer quando voltarmos para sua casa.

Nos despedimos, e seus pais me dizem que vão me ver amanhã no Globo de Ouro. Fico feliz em saber que os veremos novamente em breve.

— Obrigada por me incluir esta noite. Sua família é maravilhosa.

— Eles têm seus momentos — Stella diz enquanto me abraça. — Estamos muito felizes em conhecê-la, Natalie. Espero que a gente se encontre muitas vezes.

— Mãe...

— O quê? Só falo a verdade. — Ela beija o filho na bochecha. — E não me venha com esse *mãe* para mim.

— Vamos sair daqui antes que eles façam você mudar de ideia a meu respeito.

— Obrigada pela noite maravilhosa — eu digo quando ele me leva para fora da sala.

— O prazer foi nosso, querida — Max fala.

Mais uma vez, Flynn faz cabeças se virarem enquanto atravessamos o restaurante a caminho da saída. Seu carro está esperando do lado de fora, e ele me ajuda a entrar. Eu o vejo colocar outra nota na mão de Anton. Tudo é tratado de forma tão suave e eficiente que não posso deixar de ficar impressionada.

— Espero que você tenha se divertido — Flynn fala quando estamos a caminho de casa. Ele segurou a minha mão no segundo em que nos afastamos do restaurante.

— Foi ótimo. Sua família é incrível, mas é claro que você sabe disso.

— Sim, eu sei, mesmo que eles me deixem maluco às vezes.

— Gostei do Hugh. Ele parece muito legal.

— Ele é um ótimo cara. Assim como o Trent. Nós jogamos muito basquete quando estou em L.A. Digo às minhas irmãs que elas finalmente se tornaram úteis quando me deram irmãos, além de sobrinhos.

— Elas devem amar isso.

— Você sabe que tudo isso é brincadeira, né? Não há nada - e quero dizer n*ada mesmo* - que eu não faria por qualquer uma delas e vice-versa. As três matariam por mim e, algumas vezes quase o fizeram.

— Claro. Vocês podem brincar assim porque a base do relacionamento de vocês é o amor e respeito que vem diretamente dos seus pais.

— Sim — ele fala em tom áspero, me olhando com uma expressão estranha.

— O quê? Eu disse a coisa errada?

— Não, linda, você disse exatamente a coisa certa. A última mulher com quem saí... encontrou Annie e Aimee uma vez e as achou grosseiras pela forma como elas falam comigo. Ela não entendeu, e você entende. Você entende.

Com certeza eu compreendo bem como a dinâmica familiar pode te formar ou te destruir. Ele tem a primeira opção, eu, a última. Mas estar com os Godfrey esta noite restaurou minha fé na instituição da família, mesmo que eu tenha tido momentos ruins com a minha.

A volta para casa é tranquila, mas existe um pequeno zumbido de tensão entre nós, agora que estamos sozinhos de novo. No momento em que chegamos em casa, estou nervosa e apavorada de novo. E se eu não puder fazer isso? E se eu surtar ou tiver um ataque de pânico ou...

— Ei, Nat — ele diz suavemente. — Venha até aqui e converse comigo por um minuto. — Ele me leva para o sofá e se senta ao meu lado, virando para mim.

— Algo errado?

— Não, linda, tudo está perfeito. Esta noite foi muito especial para mim, poder te apresentar as pessoas que mais amo e ver você se encaixar com elas como se pertencesse a nossa família. Meus pais te adoraram, assim como eu sabia que iriam. — Ele desliza os dedos pelo meu cabelo, fazendo eu me inclinar para me aproximar dele. — Durante a noite toda, estive pensando sobre o que você me disse mais cedo. É uma maravilha eu poder falar duas palavras com coerência.

— Não queria te distrair.

— Sim — ele diz com uma risada baixa —, acho que você quis me distrair e conseguiu. Mas aqui está a questão... acho que devemos esperar um pouco antes de fazermos amor. Há uma semana, você estava muito decidida quanto aos seus sentimentos sobre o assunto, e eu odiaria ser responsável por você fazer algo que não está pronta só porque acha que é o que eu quero.

— Também quero. Não é só você.

— Eu sei, linda, mas ainda assim... acho que devemos esperar. Pude sentir seu nervosismo tomar conta no segundo que entramos no carro a caminho de casa.

— Estou nervosa. Não nego isso, mas não significa que eu não queira.

— Há muitas coisas realmente divertidas que podemos fazer sem ir até o fim. Quero que você tenha certeza, e prometi que respeitaria seus limites. Tenho muito medo de fazer algo para te assustar, Natalie. Você não tem ideia de como estou com medo. Quanto mais tempo passo com você, mais essencial você se torna para mim. — Ele me abraça. — Não vou a lugar algum. Temos todo o tempo do mundo para deixar as coisas acontecerem quando nós dois estivermos prontos.

— Quero ser normal — sussurro. — Quero ser como qualquer outra mulher que encontrou um homem de quem ela gosta.

— Você é perfeita exatamente do jeito que é. Tudo pelo que você passou te tornou forte, resiliente e incrivelmente madura para a sua idade. Admiro muito essas coisas em você. E quando for a hora certa, nós saberemos. Não haverá medo, nervosismo ou preocupações com o passado. Será apenas nós dois e tudo o que sentimos um pelo outro.

— Sinto que isso é um sonho. Nunca esperei encontrar alguém como você, que me entende tão profundamente.

— Sinto exatamente o mesmo. Depois de estar com muitas mulheres muito mais interessadas no que eu poderia fazer por elas do que em mim, é maravilhoso encontrar alguém como você e me sentir compreendido.

— Se vamos esperar, isso significa que você não quer dormir comigo?

— Eu adoraria dormir com você, se você me quiser.

— Sim, Flynn, eu quero. — Sorrio para ele, surpreendentemente aliviada pelo adiamento. Ainda que eu esteja determinada a tentar, estou bem com a espera também.

Ele me beija e posso sentir o controle que está exercendo sobre si mesmo enquanto mantém o beijo doce e pouco exigente.

— Vamos para a cama e assistir a um filme.

— Tá bom.

Arrumamos a cama e nos acomodamos no centro do grande colchão. Ele está usando uma calça de pijama que parece nova, me levando a imaginar o que ele, normalmente, usa na cama. Estou vestindo uma camiseta com calça de pijama. Levei um tempo escovando meu cabelo até que ele estivesse liso e sedoso.

Ele passa os dedos pelas mechas com apreciação.

Meu corpo inteiro está vivo com a consciência dele.

— Achei que íamos assistir a um filme.

— Vamos.

— Humm, bem...

— Prefiro muito mais olhar para você do que para um filme.

Coloco os braços ao redor dele e aprofundo o beijo que começa lento e se transforma em quente e excitante em questão de segundos. Quando nos afastamos para respirar, nossas pernas estão entrelaçadas, sua mão segura meu seio e sua ereção lateja contra a minha barriga.

Ele se afasta de mim, parecendo enojado consigo mesmo.

— Flynn?

— Sinto muito. Fiz todo aquele discurso sobre esperar e depois praticamente te ataquei.

— Hum, acredito que nós nos atacamos.

— Ainda assim...

— Sei que você é mais velho e muito mais experiente do que eu e tudo mais, mas tudo o que acontece entre nós é porque nós dois queremos. Não apenas você. Também quero. Eu te quero.

— Também te quero, Nat. Muito. Nunca desejei alguém tanto quanto você. Mas não te quero só na cama. Quero você por inteiro. Quero que as coisas deem certo com você. Conosco.

— Eu também quero. Tudo isso.

— Talvez eu não devesse dormir com você se não posso manter as mãos longe.

— Você mencionou que havia outras maneiras de nos divertirmos sem chegarmos até o fim.

— Eu disse isso, não é?

— Aham. — Passo o dedo sobre os músculos bem definidos em seu abdômen e assisto com fascínio enquanto eles tremem sob o meu toque. Adoro que eu possa fazer isso acontecer.

— O que você quis dizer?

Ele respira profundamente, seu tormento aparente.

— Tenho que ser honesto com você.

— Não quero você de outra maneira.

— Tenho medo de te tocar do jeito que eu quero. Tenho medo de me empolgar e esquecer o que nós concordamos. — Ele enterra o rosto na curva do meu pescoço. — Você me deixa louco, Natalie.

Envolvo meus braços ao seu redor e descubro que todo o seu corpo está tremendo.

— Eu poderia te tocar?

— Você pode fazer o que quiser comigo, quando quiser.

Começo passando as mãos nas costas dele, esperando acalmá-lo e relaxá-lo. Mas a julgar pela maneira como seus dedos apertam os músculos das minhas costas, estou fracassando de forma espetacular.

Me curvando sobre ele, beijo seu peito. Suas mãos se enterram no meu cabelo, seu aperto causa uma pontada de dor que me faz estremecer de desejo. Mesmo nessa posição, à minha mercê, posso senti-lo lutar para manter o controle de si mesmo. Eu o beijo até o estômago, passando a língua pelos contornos afiados de seus músculos abdominais.

— *Natalie...*

— Sim?

— Venha aqui em cima.

— Estou gostando daqui de baixo.

— *Puta merda.*

Sorrio enquanto continuo a beijá-lo e a lambê-lo. Não tenho ideia do que estou fazendo, mas como ele parece estar reagindo positivamente, continuo até que eu esteja pairando acima do cós da calça do pijama, onde o contorno da sua ereção tem toda a minha atenção. Enquanto tento criar coragem para dar o próximo passo, ele segura a minha mão e a coloca em cima do seu comprimento duro.

— Me mostre como te tocar — peço.

Gemendo, ele move nossas mãos para cima e para baixo, mais rápido e com mais força do que eu faria sozinha. Então ele empurra a calça, se libertando do tecido.

Caramba, ele é enorme, e me sinto imediatamente intimidada, curiosa e tomada pela ideia de levá-lo para dentro de mim.

— Puta merda — ele murmura enquanto nossas mãos se movem juntas.

A pele lá é surpreendentemente suave e minha curiosidade aumenta quando ele endurece e se alonga diante dos meus olhos. Estou curiosa sobre coisas que me aterrorizam há anos. Quero conhecê-lo de todas as maneiras possíveis e esse pensamento me deixaria doente há apenas uma semana.

Antes que eu possa pensar demais, me inclino sobre ele, empurro sua mão e o levo para dentro da boca.

— *Puta que pariu* — ele sussurra de forma dura. — Natalie, você não pode... ahhh, nossa.

Mais uma vez, não tenho a menor ideia do que estou fazendo, mas o aperto forte dele no meu cabelo me diz que estou fazendo algo certo.

— Use a língua — ele pede.

Passo a língua ao redor da cabeça.

— Assim?

— Sim. Caramba, *sim*. Nat...

— Me diga o que fazer. Me mostre como.

Seu peito está ofegante enquanto ele me olha.

— Abra mais a boca. Tome o máximo que puder. — Ele envolve minha mão ao redor da base. — Me acaricie ao mesmo tempo.

Apesar dos meus melhores esforços, só consigo tomar metade dele, o que me faz pensar em como vou acomodá-lo quando realmente fizermos sexo.

Do nada, tenho um flashback. De ser forçado a realizar esse ato. De estar chocada e sufocada e... recuo de Flynn, cobrindo a boca para reprimir um soluço. Meu peito dói quando tento apagar as lembranças do passado do meu presente, que nada tem a ver com esse horror.

Flynn se senta e coloca os braços ao meu redor.

— Respire, linda. Vamos lá. — Ele me dá uma pequena sacudida que me desperta do pântano de lembranças dolorosas. — Respire.

Respiro fundo, estremecendo.

— Sinto muito.

— Nunca sinta que você tem que se desculpar comigo por qualquer coisa. — Ele me pega e me acomoda em seu colo, apoiando a minha cabeça em seu ombro.

Me ressinto profundamente das lágrimas que rolam pelas minhas bochechas. Odeio que o passado ainda consiga erguer sua cabeça feia para me lembrar que estou quebrada por dentro, mesmo quando acho que estou curada. Estou desesperada para encontrar o contrário oito longos anos depois.

Flynn me balança suavemente, seus lábios macios contra a minha testa.

— Natalie, por favor, não chore. Está tudo bem.

— Não, não está! Você não vê? Se eu não puder fazer isso, como vou fazer mais alguma coisa?

— Nat... esta é a primeira vez que você tentou. Talvez não tenha funcionado desta vez. Talvez esteja tudo bem na próxima ou daqui a algum tempo.

— E se nunca ficar bem? E se eu não puder ficar com você desse jeito?

Ele segura meu queixo, implorando para que eu olhe para ele.

— Eu te amo. Estou loucamente apaixonado por você. Vamos chegar lá juntos. Um dia de cada vez, até que os fantasmas do passado tenham sido exorcizados e haja apenas você e eu.

Já faz muito tempo desde que alguém disse essas palavras para mim. No começo, só consigo chorar mais quando suas palavras preenchem os lugares vazios dentro de mim.

— Eu te amo, Natalie. Te amei desde o primeiro segundo em que você me olhou, do chão. Te amei desde que a Fluff me mordeu e que eu te levei para fora do parque. E se isso levar o resto de nossas vidas, chegaremos lá. Não tenho dúvidas sobre isso.

— Você não tem como saber. — Enxugo mais lágrimas. — Você nem sabe o que aconteceu comigo.

— Não, não sei. Se você quiser me contar, vou te ouvir, me magoar e me enfurecer, mas nada vai mudar para mim, exceto que, provavelmente, vou te amar mais do que já amo.

— Não quero contar. Não quero falar sobre isso nunca mais.

— Tudo bem. — Ele beija minha testa, meu nariz e depois meus lábios. — A razão pela qual não tenho dúvidas de que chegaremos lá é porque já chegamos perto. O que estávamos fazendo desta vez foi diferente, e isso desencadeou alguma lembrança para você.

— Eu queria fazer isso. Queria te proporcionar algo especial.

— Você me proporciona algo especial só por estar aqui comigo. Você me proporciona algo especial a cada minuto que passo com você.

— Quero ser o que você precisa.

— Você é, linda. Você é absolutamente perfeita para mim. — Ele se deita, me trazendo com ele. Sua mão desliza pelo meu cabelo. — Você é muito forte e resiliente. Tenho fé total em você. Tudo vai ficar bem.

Suas palavras aquietam e me acalmam. Elas me dão esperança.

— Feche os olhos e durma um pouco. Teremos um grande dia amanhã.

— Flynn?

— Sim?

— Eu também te amo.

Seus braços se apertam ao meu redor.

— Lá vai você, me dando algo especial novamente.

19

Flynn

Eu a abraço enquanto ela dorme, mas o descanso é difícil para mim. Estou sobrecarregado com milhares de emoções diferentes que me agitam de forma implacável. Me sinto aliviado por poder compartilhar meus sentimentos com ela e enfurecido com o que ela foi forçada a suportar. Se o homem que a machucou ainda estiver vivo, quero encontrá-lo e matá-lo com minhas próprias mãos.

Nesse momento, reconheço que não há nada que eu não faria por ela, incluindo cometer assassinato, se isso lhe trouxesse a paz que ela tanto merece. Também sou forçado a reconhecer que, embora tenha dito as palavras antes, nunca estive verdadeiramente apaixonado. Não assim, de qualquer maneira. Isso é diferente de qualquer coisa que já senti. É mais profundo e valioso.

Penso em algumas das falas de filmes em que interpretei um homem apaixonado e como elas me pareceram tolas na época. Agora eu as vejo sob uma nova perspectiva, porque não há nada de bobo nos meus sentimentos por Natalie. E percebo que tenho que agradecer a um cãozinho malcriado de nove quilos por tê-la trazido à minha vida. Que ela poderia ter passado pelo parque naquele dia, e eu nunca saberia que tudo que eu sempre quis estava passando por mim...

Ela também me ama. Estou aliviado e atormentado pelo que estou escondendo dela. Mas o que isso importa? Se estou disposto a viver sem algumas coisas para ter outras, bem, que assim seja. A vida é sobre compromisso e encontrar meio termo. Posso fazer isso por ela, é o que digo a mim mesmo.

Na verdade, sinceramente não sei se posso viver permanentemente fora do estilo de vida que escolhi para mim há mais de uma década. Mas estou disposto a tentar, se isso significa ter uma chance com Natalie. Depois do que aconteceu hoje à noite, fica claro para mim que não há como compartilhar essa vida com ela.

E se a escolha é viver sem o estilo de vida ou viver sem ela, bem, não há escolha. Ela é essencial para mim de uma forma que nada nem ninguém jamais foi. Farei o que for preciso para que isso dê certo, mesmo que signifique abrir mão de algo que tenha muita importância para mim.

Não será como foi com Val. Eu era novo no estilo de vida e ainda testava meus próprios limites. Eu a pressionei demais. Sei disso agora. Ela impôs sua vingança dormindo com o diretor do filme que estávamos gravando na época. Eu impus a minha, dormindo com sua amiga. Todo o incidente foi feio e infeliz. Em retrospecto, posso reconhecer minha parte da culpa pelo desastre que nosso casamento se tornou no final.

Será diferente com Natalie, porque já a amo mais do que amei Val, que era ambiciosa demais, disposta a não parar por nada até conseguir o que queria, que era o estrelato. Certamente, ela o conseguiu, mas a que custo? Pelo menos, não vendi minha alma pela carreira do jeito que ela fez.

Não gosto de pensar nela ou no final difícil e humilhante do nosso casamento. O divórcio foi tão feio que renunciei publicamente à instituição do casamento, uma mudança que minha mãe me disse, mais tarde, tê-la magoado profundamente. Esses foram alguns dos dias mais sombrios da minha vida, e Hayden tem razão em me lembrar de como foi ruim.

Não quero passar por algo assim de novo e é por isso que eu desistiria do estilo de vida antes de tentar forçá-lo a Natalie, que não seria capaz de lidar com isso. Com ela em meus braços no escuro da noite, minha decisão é tomada e sou capaz de relaxar o suficiente para dormir.

Sou torturado em meu sono novamente, com sonhos eróticos que me colocam no calabouço com Natalie, onde ela é uma parceira disposta em todos os cenários que eu sonho. Ela adora tanto quanto eu. Gosta de ser dominada e forçada a reter seu prazer até que eu lhe dê permissão para senti-lo.

Ela está inclinada sobre o banco, com as mãos amarradas e seu traseiro erguido, me tentando a fazer qualquer coisa que eu queira — e há muitas coisas que quero fazer. Ela é minha, completa e totalmente. Ela confia em mim implicitamente. Eu a amo muito. Anseio por seu corpo doce e quero esticar os limites da minha própria imaginação criativa para nos levar a lugares que nunca estive com qualquer outra parceira.

Desço a mão até sua pele macia e branca, e o som da batida ressoa pela sala. Natalie suspira e depois geme quando esfrego a marca vermelha. A dor se torna prazer com o golpe de uma mão. Faço isso várias vezes, até que seu traseiro fique vermelho e sua respiração irregular. Sua vagina brilha e a umidade reveste a parte interna das suas coxas, o que me diz que ela está gostando tanto quanto eu.

Após revestir os dedos com lubrificante, acaricio sua entrada de trás, provocando um longo gemido dela.

— Qual é a sua palavra segura?

— Fluff — ela responde sem fôlego.

— Fluff o quê?

— Senhor. Fluff, senhor.

Engulo a emoção que provoca um nó em minha garganta quando a ouço me chamar assim, sabendo que possuo seu corpo e alma. É o maior presente que alguém já me deu.

— Essa é a minha garota. — Penetro seu traseiro com os dedos e os removo com a mesma rapidez, substituindo-os com o maior plug que possuo. Quando ela resiste à intrusão, a espanco novamente, o que a distrai tempo suficiente para pressionar a parte mais larga do plug por seus músculos resistentes.

Ela grita com o prazer da dor, e eu acaricio seu clitóris para tirar sua atenção da pressão do enorme plug em sua bunda.

Dou a ela um minuto para respirar e se ajustar, mas não muito tempo para sair da cena. Tomando-a pelos quadris, dirijo meu pau em sua boceta e tenho que me dar um momento no qual seus músculos se contraem e minhas bolas se apertam com força. Fecho os olhos, convocando o controle de que me orgulho, querendo ver isso até o fim, sabendo que nenhum de nós jamais esquecerá.

O encaixe é apertado graças ao grande plug em seu traseiro. É o último passo antes de levá-la com meu pau. O prazer é sublime. É sexy, emocionante e profundamente gratificante, porque eu a amo mais do que a minha própria vida. Meus movimentos são fortes e rápidos, forçando-a a tomar tudo de mim. Em seguida, dou um puxão rápido no plug, e ela grita.

Sua boceta se contrai ao redor do meu pau quando ela goza forte, tão forte que vejo as estrelas do poder do seu clímax. Saber que eu proporcionei isso é tudo o que preciso para me deixar levar, para encontrar o meu próprio prazer, apesar de essa ser uma descrição muito insípida de como me sinto neste momento com a mulher que eu amo.

Acordo e percebo que aconteceu novamente. Sonhei até atingir o orgasmo. Estou suando e tremendo com o enorme poder da conexão que encontrei com ela em meus sonhos. Me movendo com cuidado, me afasto sem acordá-la.

Por um longo tempo, me sento na beira da cama, passando os dedos pelos cabelos repetidamente, tentando encontrar algum sentido no que está acontecendo. Estou apavorado de que esta seja a minha nova realidade: sonhos eróticos sobre o que não posso ter, que me levam ao orgasmo à noite enquanto a mulher dos meus sonhos dorme em meus braços.

O dia seguinte se revela como algo saído de um conto de fadas que começa com o despertar nos braços de Flynn e continua quando Addie chega com cabelereira e maquiadora que me tratam como uma princesa pelas próximas horas. Elas parecem ter bom gosto, então deixo que façam o que querem e tento relaxar.

Flynn está no limite, então eu o encorajo a sair para uma longa corrida. Ele volta e encontra meu cabelo em enormes rolos que o fazem rir quando pega o telefone.

— Flynn! Nada de fotos!

— Por que não? Você está muito fofa.

— Nada de fotos.

— Desmancha-prazeres.

Levamos almoço para o deck da piscina enquanto Addie e as outras comem lá dentro.

— Nenhuma mulher deveria deixar o homem em sua vida ver a preparação para um evento como este — digo entre garfadas da deliciosa salada de frango que Addie pediu para entregarem.

Ele fica completamente imóvel e me dá aquele olhar intenso que sempre provoca uma forte reação dentro de mim.

— Eu sou o homem em sua vida, Natalie?

— Acredito que você tem sido desde que me perseguiu no último sábado e insistiu para que eu saísse com você.

Seu sorriso é cheio de satisfação masculina.

— Fiz isso, não é?

— Você foi muito insistente, e eu aproveitei cada minuto.

— Eu também. — Ele se inclina para me beijar e um dos rolinhos bate contra o seu rosto, fazendo-o rir. — Isso é muito sexy, linda.

— Fui informada que o resultado final valerá a pena.

— Humm — ele diz contra meus lábios. — Mal posso esperar.

Flynn

Nunca estive tão deslumbrado com ninguém quanto estou com Natalie no sexy e sensual vestido Gucci Couture, com os cabelos caindo em cachos grandes e sensuais pelas costas — e só posso ver a parte de trás dela. Sinto uma pontada de medo em meu estômago quando me dou conta de que os paparazzi irão devorá-la.

Pedi à minha relações públicas, Liza, que fornecesse apenas o seu primeiro nome e nenhuma outra informação sobre ela para quem perguntasse — e eles perguntariam. Farei o que puder para proteger a privacidade dela, mas isso não me impede de me sentir um cretino egoísta por querer tanto que ela esteja comigo no que poderia ser a maior noite da minha carreira.

Quando eu entro no quarto principal, Addie e Tenley ainda a estão arrumando.

— Como estão indo, garotas?

Natalie se vira e fico sem fôlego ao vê-la. Ela está radiante e linda demais.

Tenley abraça Natalie com cuidado e sussurra algumas palavras que a deixam sorrindo.

— Obrigado, Tenley — eu digo quando ela passa por mim ao sair.

— O prazer é meu. Inteiramente meu prazer.

— Você está fantástica — Addie diz para Natalie. — Uma visão em preto. Você estará em todas as listas das mais bem vestidas.

— Graças a você, Tenley e as outras.

— Tenha a melhor noite de todas.

— Obrigada mais uma vez, Addie. Por tudo.

Dou um sorriso caloroso para minha assistente quando ela vem em minha direção.

— Ela é maravilhosa — Addie sussurra enquanto passa por mim e sai pela porta.

Claro que já sei disso. Soube desde o começo. Quando me aproximo dela, posso ver que seus olhos estão brilhando com a emoção.

— Simplesmente não há palavras para dizer o quanto você está linda.

— Você também. — Suas mãos apoiam nas lapelas do meu smoking.

— Estou com medo de te tocar. Você é uma deusa que ganhou vida diante dos meus olhos.

— Você me faria um favor?

— Qualquer coisa.

— Tire uma foto para Leah? Prometi a ela que enviaria.

— Eu ficaria feliz, mas primeiro você precisa dos últimos retoques.

— Que últimos retoques? — Ela se vira para olhar o espelho. — A Tenley disse que eu estava pronta para sair.

Tiro uma caixa de veludo azul do bolso do paletó e me aproximo dela com o objeto na mão.

— Ela não sabia sobre *esses* últimos retoques.

— *Flynn!* O que é isso?

— Abra e descubra.

— Não posso. Minhas mãos estão tremendo.

— Então me permita.

Ela se vira para mim, observando enquanto eu abro a caixa para revelar o elaborado colar de diamantes e brincos combinando, cortesia do meu cunhado Hugh, um joalheiro exclusivo de Beverly Hills.

— Você... eles... não são verdadeiros, não é?

— Linda... — Eu rio da sua doce inocência. — Claro que são.

Natalie dá um passo atrás.

— Não posso usá-los. E se eu os perder?

— Você não vai perdê-los. Agora fique parada e me deixe colocar o colar em você.

— Flynn, sério... não preciso disso.

Ela poderia ser mais adorável e doce?

— Sei que não, mas eu preciso dar a você.

Seguro o colar e dou um beijo na parte de trás do seu ombro, que está nu.

— Você coloca os brincos. — Eu os entrego para ela e vejo seus dedos tremerem enquanto ela os coloca. — Agora, deixe-me ver.

Ela baixa as mãos, e eu admiro meu trabalho.

— Absolutamente perfeito. Serei invejado por todos os caras esta noite.

— Este já é o dia mais emocionante da minha vida. Obrigada.

— Obrigado a *você*. Estou muito feliz em ter você aqui comigo.

— Como você está?

— Bem. Acho. Odeio o fato de que realmente quero ganhar desta vez. Isso me faz sentir tão superficial, quando há problemas muito maiores no mundo do que se Flynn Godfrey vai finalmente ganhar um grande prêmio de atuação. Eu os tenho por produzir, mas não atuar.

— Que tal deixarmos de lado todos esses outros problemas no mundo e dar a Flynn Godfrey uma noite para ser um astro de cinema autocentrado, que merece muito ganhar seu prêmio?

— Bem, quando se coloca dessa forma... suas coisas estão arrumadas? — Eu havia avisado a ela que não voltaríamos para cá esta noite.

— Sim. A minha bolsa está no seu quarto.

— Vou pegar.

— Flynn?

— Sim?

— O colar e os brincos são adoráveis. Muito obrigada.

— O prazer foi meu, linda. Volto logo.

20

Natalie

Por todo o caminho até a cidade, na parte de trás de uma limusine que Flynn me assegurou que não possui, fico checando constantemente para ter certeza de que o inestimável colar ainda está lá. Não posso acreditar que ele fez isso.

— Está tudo bem. Ele não vai a lugar nenhum e se isso acontecer, tem seguro, então não se preocupe.

— Se é tão valioso que precisa ser assegurado, vou me preocupar.

Ele segura minhas mãos para me impedir de continuar as verificações regulares do colar.

— Quando chegarmos lá, os repórteres vão me parar para dar entrevistas e fazer as filmagens de bastidores. Quando me perguntarem a seu respeito, vou apenas dizer que você é minha amiga Natalie, ok?

— Claro, tudo bem.

— Você é muito mais do que isso para mim, mas eles não precisam saber. Ainda não, de qualquer maneira. Eles vão perguntar quem você está vestindo e não há problema em responder, mas você pode ignorar o restante das perguntas que serão feitas durante a nossa passagem.

— Certo.

— Estarei lá com você o tempo todo, então não deixe isso te assustar.

— Não vou. — Liberto as mãos do seu aperto e as envolvo ao redor do seu braço, apoiando a cabeça com cuidado em seu ombro. — Não se preocupe comigo. Estou planejando aproveitar cada segundo.

— Você enviou a foto para Leah?

— Aham. Ela quer ver uma com você também.

— Tire uma *selfie*.

— Boa ideia. — Retiro o telefone da bolsa que Tenley escolheu para combinar com o vestido e configuro a *selfie*. — Pronto?

— Quando você estiver.

Rimos o tempo todo durante uma série de *selfies* até que, finalmente, conseguimos tirar uma que não parece horrível. Envio para Leah.

Ela responde. *Você está incrível e vou assistir na TV. Boa sorte para o Flynn!*

— Leah te desejou boa sorte esta noite.

— Isso é gentil da parte dela. Que tal mandar a foto para sua família? — ele pergunta. — Eles não gostariam de ver o que você está fazendo?

Digo a primeira coisa que me vem à mente.

— Eles não têm smartphones. — Na verdade, não sei que tipo de telefones eles têm atualmente, mas sei, com certeza, que eles não se importariam com quem estou ou o que estou fazendo. Não depois que arruinei suas vidas.

Rezando para que ele acredite, olho pela janela enquanto o cenário passa correndo. Adoro as palmeiras e o céu azul. Addie e Tenley estavam conversando sobre como o tempo estava ruim no dia do Globo de Ouro do ano passado, e que a chuva foi um desafio para os astros do cinema chegarem ao evento sem parecerem ratos afogados.

— Eu disse a coisa errada ao mencionar sua família? — ele pergunta baixinho.

— Não... eu... nós... eu não falo com eles.

— Nunca?

Esta é a última coisa sobre a qual quero falar agora ou em qualquer momento, mas suponho que seja inevitável.

— Não.

— Há quanto tempo?

— Oito anos.

— Você teria quinze anos nessa época, Natalie.

— Sei disso. — Eu me viro e posso ver que ele está agitado com essa informação. — Podemos, por favor, não falar sobre isso?

— Natalie...

— Por favor, Flynn. Eu realmente não quero falar sobre isso. É parte das coisas sobre as quais nunca falo. — Posso vê-lo lutando com a necessidade de continuar com a conversa. — Por favor?

— Certo, mas espero que você saiba que não há nada que você possa me dizer que mudaria o que sinto por você.

— Eu sei e agradeço mais do que posso expressar, mas deixei tudo isso para trás há muito tempo. É onde quero que fique.

Um silêncio desconfortável se instala entre nós quando nos juntamos à fila de limusines em direção ao The Beverly Hilton. Detesto que meu passado infeliz tenha voltado para assombrar a noite mais importante para ele.

Seguro sua mão.

— Ei.

Ele sorri para mim, mas não é aquele grande sorriso de Hollywood que eu amo tanto.

— Boa sorte esta noite. Não importa o que aconteça, acho que você foi o melhor dos melhores. De longe.

Ele se inclina sobre o banco para me beijar.

— Obrigado por isso e por estar aqui comigo.

— Obrigada por me trazer. Nunca vou esquecer nada disso.

— Espero que esta seja apenas a primeira de muitas noites para nós.

— Isso seria bom. — Ainda não posso conceber como essa vida que ele tem em mente para nós iria funcionar, mas não preciso descobrir isso agora, não quando há um tapete vermelho para cruzar, nos braços do homem por quem me apaixonei.

A gritaria da multidão reunida do lado de fora do hotel cumprimenta Flynn quando ele sai da limusine. Ele se aproxima de mim e me ajuda antes de acenar para agradecer aos fãs.

— Nós te amamos, Flynn!

Ele sorri e acena um pouco mais antes de seguirmos em direção ao hotel, parando para conversar com os repórteres de TV.

Uma delas, uma loira esbelta, o cumprimenta com um beijo na bochecha.

— Estamos aqui com o indicado ao Globo de Ouro, Flynn Godfrey. Como você está se sentindo esta noite, Flynn?

— Estou ótimo. É sempre bom ser indicado pela Associação de Imprensa Estrangeira de Hollywood.

Enquanto ele fala com ela, fico ao seu lado, absorvendo tudo enquanto as estrelas que reconheço da TV e dos filmes passam. Tento não olhar como a novata desajeitada que sou, mas não é fácil.

— Dizem que este será o seu ano. Algo a dizer sobre isso?

— Tive um ótimo ano. Não importa o que aconteça hoje à noite ou nas próximas duas semanas, não tenho queixas.

— Quem está com você esta noite?

— Meus pais estão aqui em algum lugar e esta é minha amiga, Natalie.

— Prazer em conhecê-la, Natalie.

— O prazer é meu.

— Quem você está vestindo esta noite?

— Gucci Couture.

— Bem, boa sorte para você esta noite, Flynn. Estaremos na torcida.

— Obrigado, Debra. Foi bom te ver.

Repórteres cobrindo o tapete vermelho nos param mais quatro vezes, cada um deles fazendo perguntas semelhantes. O último tenta fazer com que Flynn fale detalhes sobre nós, mas ele desvia da pergunta com seu tipo habitual de charme e humor. Enquanto nos afastamos, posso dizer que ele está aborrecido.

— Desculpe por isso — ele fala.

— Tudo bem. Você lidou com a situação perfeitamente.

— Eles acham que têm algum tipo de direito aos detalhes da minha vida particular só porque meu trabalho é público.

— Ah, meu Deus — sussurro. — Aquele é o Johnny Depp!

Seu riso baixo afasta a tensão do rosto.

— Devo ficar com ciúme?

— Nem um pouco, mas é o *Johnny Depp.* — Com certeza gostaria de poder compartilhar esta noite com minhas irmãs, que nunca acreditariam que estou vendo vários artistas pessoalmente. São os ricos e famosos de Hollywood em um só lugar. E estou bem no meio deles, usando Gucci Couture e diamantes, caminhando de braço dado com Flynn Godfrey, que me ama. Alguém por favor me belisque, assim terei certeza de que isso está realmente acontecendo.

Flynn acena para Johnny, e eles se cumprimentam com um abraço.

— Esta é minha namorada, Natalie. Ela é uma grande fã.

Para minha profunda surpresa, Johnny Depp também me abraça. Vou desmaiar. Sério. Não sei ao certo o que é mais excitante: conhecê-lo ou ouvir Flynn me apresentar como sua namorada.

— Chega — Flynn grunhe quando Johnny não mostra nenhum sinal de terminar o abraço.

— Ele é um valentão, não é, amor? — Johnny pergunta.

— Hum, neste caso em particular, sim, ele é.

Os dois homens riem e apertam as mãos antes de Johnny beijar minha bochecha.

— Você é sortudo, Godfrey. Boa sorte esta noite.

— Obrigado, Johnny. Vejo você lá dentro.

— Essa foi a segunda coisa mais legal que já aconteceu comigo

— digo a Flynn quando continuamos o caminho para o hotel.

— Posso perguntar o que ganhou o primeiro lugar?

— Te conhecer, é claro.

— Essa é uma resposta muito boa, linda.

— Você me chamou de sua namorada agora.

— Chamei?

— Você sabe que chamou.

— Eu realmente devo te amar se estou dizendo às pessoas que você é minha namorada. — Ele coloca o braço ao meu redor e beija minha testa.

Sinto como se estivesse flutuando em um sonho enquanto entramos em um enorme salão de baile lotado de celebridades de Hollywood. Onde quer que eu olhe, vejo alguém que reconheço e, em muitos casos, pessoas que admirei a maior parte da vida. É surreal em todos os sentidos da palavra.

Flynn é recebido calorosamente por todos e é óbvio que ele é querido por seus colegas, a maioria dos quais lhe deseja boa sorte. Ele me apresenta a todos como Natalie, apenas Natalie. Quando Meryl Streep me cumprimenta pelo vestido, fico tão chocada que mal posso murmurar um agradecimento.

Nosso lugar é na frente, com os outros indicados. Como produtores do filme *Camuflagem*, Marlowe Sloane e Hayden Roth estão na nossa mesa. Não me esqueci do jeito que Hayden falou comigo no dia em que nos conhecemos, mas ele parece um pouco menos assustador de smoking, com os cabelos castanhos escuros penteados. Ele é tão bonito quanto Flynn, mas não sinto nenhuma atração por ele. As primeiras impressões são duradouras, e ele terá que se esforçar muito para me convencer de que vale meu tempo.

Marlowe me abraça como se fôssemos velhas amigas e elogia meu vestido. Ela está de branco, o que é compensado pelo bronzeado de ontem. Seus longos cabelos ruivos estão presos em um coque elaborado, e ela está brilhando de excitação.

— Essa vai ser uma grande noite para a Quantum, garotos — ela fala. — Posso sentir.

Flynn franze a testa para ela.

— Cale a boca, Mo. Vai nos dar azar.

Ela revira os olhos para ele.

— É tarde demais para mudar o resultado agora, então se acalme.

Flynn olha para ela enquanto bate três vezes na mesa.

Adoro que ele seja supersticioso e não aceite nada como garantido. Essa humildade subjacente é uma das suas qualidades mais atraentes.

O espetáculo começa com grande fanfarra enquanto Tina Fey e Amy Poehler sobem ao palco para dar boas-vindas a todos. Eu me pergunto se Leah já nos viu na TV e meu estômago treme ao pensar em quantos milhões de pessoas estão assistindo em casa. As mulheres ficam histéricas enquanto elas apresentam os indicados.

— E confiram Flynn Godfrey — Tina fala em tom de desdém. — Eles, finalmente, fizeram algo sobre sua feiura crônica. Quero dizer, como alguém tão feio pode ser um astro tão famoso?

Meu coração para com o comentário mesquinho até eu perceber que Flynn está rindo ao meu lado.

— E esse sorriso? — Amy acrescenta. — Horrível, não é?

— Argh — Tina fala. — Como alguém pode beijar esse rosto? É o tipo de rosto que só a mãe poderia amar.

O rosto sorridente de Estelle Flynn aparece na tela e todo o teatro ri enquanto ela sopra um beijo.

Flynn balança a cabeça para as duas mulheres, que estão parabenizando umas às outras pelo sucesso.

Não tenho certeza do que acontece quando me inclino para beijar seu rosto "feio". Percebo que o teatro inteiro viu no telão quando os aplausos quase me ensurdecem. Flynn me presenteia com um enorme sorriso que me diz que fiz a coisa certa.

A noite começa daí, com prêmio após prêmio, entre discursos emocionados e entretenimento musical. Estou deslumbrada com os vestidos, as joias, as mulheres lindas e os homens bonitos.

Posso sentir o corpo de Flynn se endurecendo com tensão à medida que nos aproximamos da sua categoria — melhor ator de filme dramático. Ele me deixa apenas por alguns minutos para apresentar o prêmio de melhor roteiro com Marlowe. Eles são recebidos com aplausos entusiasmados ao subirem ao palco.

Observando-os juntos, fico impressionada com o lindo casal que fariam. A mesma química que demonstraram repetidas vezes nas telonas é bem perceptível à medida que eles brincam durante a apresentação do prêmio.

Ele retorna durante o próximo intervalo comercial, parando ao longo do caminho para apertar as mãos dos amigos. Os assistentes de palco pedem silêncio enquanto voltamos do comercial para o segmento que incluirá sua categoria.

Pego sua mão e a coloco entre as minhas.

Ele me dá um aperto e um sorriso que me diz que aprecia meu apoio. Quero tanto que ele ganhe, que meu estômago está em nós.

Finalmente, está na hora e Dustin Hoffman sobe ao palco para anunciar os indicados para melhor ator de filme dramático. Quando ouço o nome do Flynn, demora um segundo para perceber que ele realmente ganhou. *Ah, meu Deus, ele ganhou*! E então ele se inclina para me beijar antes de ir para o palco.

Estou de pé batendo palmas e abraçando Marlowe, que está chorando, assim como eu.

— Já estava na hora — ela diz, só para os meus ouvidos.

O aplauso se prolonga o suficiente para que Flynn ponha fim a ele, começando a falar.

— Obrigado à Associação de Imprensa Estrangeira de Hollywood por esta incrível honra. — Ele faz uma pausa para olhar o pedestal de mármore fino com o Globo de Ouro no topo e balança a cabeça como se não acreditasse. — Estou muito orgulhoso do trabalho que fizemos em *Camuflagem* e quero agradecer aos soldados feridos e as mulheres no *Walter Reed* que foram tão gentis em compartilhar suas histórias conosco. — De cabeça, Flynn lista cada um deles pelo nome e patente, provocando um retumbante aplauso. — Devo meus sinceros agradecimentos a toda a equipe da Quantum, bem como à minha equipe pessoal. — Os únicos nomes que reconheço na longa lista de pessoas que ele menciona são Addie e Liza, sua relações públicas. — Eu seria negligente se não expressasse meus agradecimentos a Max Godfrey e Estelle Flynn. Eu não seria nada sem eles. Eu os amo, assim como as minhas irritantes irmãs, com todo o meu coração. Ian, India, Ivy, Connor, Mason e Garrett, o tio Flynn ama vocês. Agora, vão para a cama. — Todos riem. — Quero agradecer a Natalie por estar aqui esta noite e por mudar minha vida tão completamente.

Ele me sopra um beijo que traz novas lágrimas aos meus olhos.

— Finalmente, somos todos profundamente gratos aos militares, às esposas e suas famílias que sacrificam tanto para que o resto de nós possa viver em paz e prosperidade. Por favor, nunca percam a oportunidade de agradecer a eles por tudo o que fazem, nem deixem de dar um emprego a um veterano. É o mínimo por tudo que fazem por nós. Obrigado novamente por este prêmio incrível.

Estamos de pé mais uma vez, aplaudindo enquanto ele sai do palco, e Marlowe está me abraçando e gritando de emoção.

— Estou tão feliz por ele. Demorou muito para isso acontecer. Você sabe o que isso significa, não sabe?

— O quê?

— Ele está na frente da corrida do Oscar agora.

— Ah, meu Deus, isso é loucura. — Eu me pergunto se sempre ficarei com o suspense de esperar para saber se ele foi indicado para um Oscar e, em seguida, para saber se ele ganhou.

Ele já havia me dito que ia demorar um tempo se ganhasse, então Marlowe, Hayden e eu nos sentamos em nossos lugares para assistir aos últimos prêmios da noite. Flynn retorna ao palco pouco tempo depois e é acompanhado por Marlowe, Hayden e o elenco de *Camuflagem* para receber o prêmio de melhor filme dramático.

Hayden fala dessa vez, agradecendo a Associação de Imprensa Estrangeira de Hollywood, bem como a equipe da Quantum e todos os envolvidos na produção do filme.

— Flynn, meu amigo mais antigo e mais querido, você foi além de incrível neste filme. Você foi nosso coração e alma, e não posso te agradecer o suficiente por tudo que você fez para me manter são durante as filmagens.

Flynn dá um tapinha nas costas do amigo. Ele está brilhando de prazer ao ver seu trabalho duro recompensado.

O espetáculo chega ao fim, e estou começando a me perguntar o que devo fazer quando Flynn aparece atrás de mim, segurando a minha mão e me levando para os bastidores para estar com ele nas entrevistas à imprensa. Antes de prosseguirmos para a sala de imprensa, ele me leva para um canto escuro do palco e me abraça.

Envolvo os braços ao seu redor, tomada pela emoção do momento: a animação, a excitação e o orgulho.

Ele respira fundo, expirando lentamente, e eu suspeito que essa deve ser sua primeira respiração profunda do dia.

— Estou *tão* feliz por você.

— Obrigado por estar aqui comigo. — Ele pontua suas palavras com um beijo doce que faz minha cabeça girar com o prazer e a conexão que compartilho com ele.

— Vamos terminar com essas entrevistas para podermos comemorar.

— Estou com você.

Ele apoia a minha mão em seu braço.

— Sim, você está.

Todo repórter pergunta a meu respeito, mas ele evita as perguntas com habilidade e mantém o foco no filme.

Uma hora depois, finalmente estamos livres para irmos para as festas, que são épicas e cheias de celebridades. Onde quer que eu olhe, vejo outro rosto famoso. Flynn é um acompanhante atento, me apresentando a todos, incluindo Elton John, se certificando de que meu copo nunca esteja vazio e que eu esteja alimentada. Embora a festa em que estamos atualmente seja incrivelmente lotada, uma mesa é disponibilizada para que possamos nos sentar e comer alguma coisa.

— Que noite — digo para ele quando estamos sozinhos pela primeira vez. Minhas pernas e pés estão doendo de tanto tempo no salto alto.

— Está muito melhor porque você está aqui.

— Estou adorando estar aqui e não poderia estar mais animada se eu mesma tivesse ganhado o prêmio.

— Temos que fazer uma aparição em mais duas festas e depois podemos dar o fora, ok?

— O que você quiser. É a sua noite. Só estou acompanhando.

Ele sorri e me beija bem ali na frente de todos.

Nunca estive mais feliz na vida do que naquele momento.

21

Flynn

Que noite. Só agora que estou com a estátua na mão posso admitir para mim mesmo o quanto eu a queria. E ter Natalie comigo para compartilhar essa noite mágica só torna isso muito mais doce. Liza tem me mandado mensagens sem parar, querendo saber mais sobre Natalie, que se transformou em uma estrela com o beijo após as boas-vindas de Tina e Amy.

Todo mundo quer saber quem ela é e o que significa para mim depois que eu a "expus" durante o meu discurso de agradecimento. Mas estou mantendo o roteiro e me recuso a responder perguntas sobre ela ou nós. Instruo Liza a fazer o mesmo e digo a ela para parar de me mandar mensagens e ir tomar uma bebida.

Ela não está se divertindo.

Finalmente encontramos com meus pais na terceira festa. Eles estão empolgados com a minha grande vitória. Cumprimentam Natalie com abraços e a tratam como se ela já fosse um membro da nossa família. Eu os amo por isso e um milhão de outras coisas. Adoro saber que os deixei orgulhosos, o que sempre foi muito importante para mim.

Nós quatro passamos uma hora juntos comemorando e nos embriagando com champanhe. Nunca vi Natalie tão feliz e animada. Ela está amando cada segundo da sua grande noite em Hollywood e é emocionante ver suas reações a cada nova pessoa que encontra.

Quis arrancar os olhos de Johnny Depp mais cedo, quando ele abraçou a minha garota por um tempo muito longo, uma reação da qual não estou orgulhoso. Ele é um amigo e não fez nada de errado. Mas detesto que Natalie o ache atraente. E sim, sei que isso é totalmente irracional, porque a maioria das mulheres — incluindo minhas três irmãs — acha que ele é irresistível.

Às duas da manhã, minha mãe decide que já teve o bastante.

— Me leve para casa, Max.

— Como quiser, meu amor. — Ele pisca para mim. — E esse, esse mesmo, é o segredo para um casamento longo e feliz.

Eles se oferecem para nos deixar no The Beverly Hilton, onde reservei uma suíte de dois quartos para aquela noite. Tendo em vista meus sonhos excitantes das últimas noites, pretendo fazer uso desse segundo quarto. Não posso dormir ao lado dela e não tocá-la. Não sou de pedra.

Enquanto esperamos que o motorista do meu pai traga o carro, descubro que estou um pouco mais bêbado do que imaginava e que Natalie não está em melhor forma. Ela está se inclinando em minha direção com um tipo de abandono imprudente que acho muito atraente. A quem estou enganando? Tudo o que ela faz é muito atraente para mim.

Meus pais estão sintonizados com a conexão entre nós. Notei que eles nos observam com alegria contida. Eles sabem que isso é diferente tanto quanto eu.

O motorista encosta na porta principal do The Beverly Hilton. Eles saem para se despedir de nós.

— Estou orgulhoso de você, meu filho — meu pai diz com a voz rouca enquanto me abraça.

Suas palavras trazem lágrimas aos meus olhos.

— Obrigado, pai.

— E Natalie, você está lindíssima esta noite — Max diz quando a abraça. — Espero que nos vejamos novamente em breve.

— Também espero, sr. Godfrey.

— Max. Por favor, me chame de Max.

— Obrigada, Max.

Abraçamos e beijamos minha mãe e acenamos quando eles partem. Pego a mão de Natalie e a conduzo ao saguão, que ainda está cheio, mesmo no meio da noite. Sou abordado por pessoas que me parabenizam e me pedem autógrafos, que concedo rapidamente para que eu possa levar Natalie para o andar de cima.

O elevador está vazio, então recosto contra a parede e ela se encosta em mim. Envolvo meus braços ao redor de sua cintura e acaricio seu pescoço.

— Meus pés estão me matando. Nunca usei saltos tão altos.

— Vou te fazer uma massagem.

Ela geme em antecipação e isso rapidamente me deixa muito duro.

— Você era a mulher mais bonita naquele salão.

— Com certeza era — ela fala com uma risada.

— Foi a única que eu notei. — Seguro o prêmio, que não esteve fora das minhas mãos a noite toda. — Segura isso para mim?

— Claro...

Adoro seu ofego de surpresa quando a levanto em meus braços e a carrego pelo longo corredor até a nossa suíte.

— Flynn... o que você está fazendo?

— Seus pés estão doendo. Só estou te dando uma carona. Pode pegar o cartão-chave no bolso do paletó?

Ela enfia a mão por dentro do paletó até encontrar a chave e me entrega com um sorriso bobo.

— Você está bêbada.

— Não estou bêbada. Estou agradavelmente excitada.

Eu a coloco no chão do lado de fora e uso o cartão para entrarmos. Ela vai na minha frente, e eu fico encantado com sua reação diante da suíte elegante.

— Isso é incrível!

— Estou feliz que você gostou. Você encontrará sua bolsa naquele quarto. — Aponto para o maior dos dois, que designei como dela. Addie organizou todos os detalhes, como sempre.

Natalie tira os sapatos e geme novamente com o alívio de estar com os pés livres.

— Pode abrir meu vestido?

Atravesso o quarto até ela, que está diante da janela com vista para Beverly Hills e Hollywood. Encontro o zíper sob o braço direito e abro até a altura do seu quadril, quase babando ao ver a pele sedosa e lisa que aparece à medida que o vestido se abre.

Não consigo resistir à tentação, que faz com que minha mão direita acabe envolvendo suas costelas. Ela apoia a cabeça em meu ombro.

— Flynn...

— O que, linda?

— Me leve para a cama. Por favor?

— Você tem regras, querida. Regras que são importantes para você.

— Elas eram minha proteção. Não preciso delas com você.

— Não quero que você me odeie depois.

— Eu nunca vou te odiar. Te amo demais para isso.

— O que aconteceu ontem à noite...

Ela se vira para mim, me olhando com aqueles olhos expressivos que agem como espelhos para sua alma.

— Eu vou ficar bem, porque é com você e você me ama.

Sua fé me atinge.

— Sim, amo. Te amo demais. — *Estou disposto a mudar quem sou por você*, quero adicionar, mas não falo. Eu já disse o suficiente.

— Me mostre.

Empurro o vestido para fora dos seus ombros e ele cai em seus pés, deixando-a apenas de sutiã preto sem alças e calcinha combinando. Tomando sua mão, a ajudo a sair do vestido e depois a pego novamente no colo para levá-la para o quarto. Ela me parece muito doce, especialmente quando passa os braços ao redor do meu pescoço e coloca a cabeça contra o meu peito.

Eu a coloco ao lado da cama e começo a remover as abotoaduras da camisa.

Natalie afasta minhas mãos e assume o controle. Quando ela tira a última, a coloca na minha mão e, em seguida, empurra a minha camisa para o lado, enfiando o rosto nos pelos do meu peito. Estou morrendo por ela. Em chamas. Mas antes que eu possa ceder ao desejo que nos consome, os aspectos práticos devem ser resolvidos.

— Espere só um segundo, linda.

— O que há de errado?

— Nada. Mas precisamos de proteção. Já volto. — Eu a beijo e corro para o outro quarto. Coloquei uma caixa fechada de preservativos na mala para o caso de precisarmos. No entanto, eu não esperava precisar deles hoje à noite. Levo um segundo — e apenas um segundo, porque ela está esperando por mim — para recuperar o controle que preciso para fazer isso ser bom para ela. Meu maior temor é desencadear seus medos. Não posso deixar que isso aconteça, não quando ela me confiou algo tão precioso.

Tiro o paletó, a camisa e a calça, deixando o smoking em uma pilha no chão, na pressa de voltar para ela. No outro quarto, eu a encontro deitada na cama, com a cabeça apoiada na mão. Ela acendeu as velas da mesa de cabeceira, que estão lançando um caloroso brilho romântico no quarto. Ela dá um tapinha na cama ao seu lado, e me sinto perdido. Qualquer hesitação remanescente desaparece diante de seu convite. Só posso esperar que nenhum de nós se arrependa disso amanhã.

— Tem certeza de que não está bêbada?

— Muita.

— E vai se lembrar disso de manhã?

Sua risada sexy e rouca vai direto para o meu pau.

— Espero que sim.

Ela é incrível, como se todos os sonhos que já tive ganhassem vida em uma mulher perfeita que parece me amar tanto quanto eu a amo. Deixo de lado os pensamentos incômodos sobre do que estou desistindo para estar com ela. Não há lugar para esses pensamentos neste quarto. Não agora. Não essa noite.

Vou para a cama e me deito ao seu lado. Nat estende a mão para mim e nossos lábios se encontram em um beijo ganancioso e faminto, que envia minha necessidade diretamente para a zona vermelha. O calor que tem se construído entre nós desde o minuto em que nos encontramos ameaça incendiar quando nos agarramos um ao outro, nossas línguas duelando com ferocidade.

Ela tem gosto de vinho, mel e doçura que é unicamente dela. Eu poderia me afogar naquela doçura e morrer feliz. Nunca quis nada nem ninguém do jeito que eu a quero. Quero possuí-la, torná-la minha e amá-la tão completamente, que ela nunca irá olhar para outro homem pelo resto da vida.

Alcançando suas costas, libero os ganchos que seguram o sutiã e o afasto do meu caminho, impaciente para tê-la completamente nua para mim. A calcinha sai em seguida, e eu levo um momento para apreciar a visão espetacular do seu corpo nu, estendido sobre o edredom branco.

Não consigo decidir o que quero tocar primeiro. Cada centímetro dela me atrai — dos seios deliciosos com mamilos rosados, a curva da barriga até os ossos do quadril, as pernas longas e sexys e a boceta doce que fica entre elas, me chamando.

Me ajoelhando entre suas pernas, começo com a massagem prometida em seus pés que provoca os gemidos mais sensuais de seus lábios. Quando termino, puxo suas pernas para cima e sobre as minhas, abrindo-a para mim. Quero dizer a ela para colocar as mãos sobre a cabeça, segurar a cabeceira da cama e não soltar, mas esta noite não é de dominação. É de amor e respeito. É tudo para ela.

Eu me inclino sobre ela para tomar seu mamilo em minha boca, mordiscando e sugando até que ele fica eriçado. Em seguida, dou ao outro seio a mesma atenção.

Natalie se contorce debaixo de mim, arqueando as costas, me implorando por mais em silêncio. Prendendo meus braços sob suas pernas, eu as levanto e abro, tomando-a com a língua. Se eu viver até os cem anos, nunca vou me esquecer do som profundo e carente que ela solta na primeira vez que minha língua se conecta com o seu clitóris.

Tudo que ouço é pura satisfação feminina e um grito por mais. Estou feliz em atender ao seu pedido. Com as pernas apoiadas sobre os meus ombros, eu a abro para a minha língua, lambendo-a da frente até atrás antes de me acomodar para sugar seu clitóris. Ela goza imediatamente, se contorcendo e gemendo enquanto eu a seguro no lugar, lambendo-a repetidamente até que suas pernas estão tremendo, e ela está pairando à beira de outro clímax.

Eu a penetro com meus dedos, levando-a ao gozo mais uma vez.

— Ah, caramba, Natalie. Quero sentir essa boceta doce por todo o meu pau. Quero tanto sentir isso. — Sinto um momento de pânico quando me pergunto se a ofendi com minha linguagem crua. — Me desculpe, eu não deveria ter falado assim.

— Eu amo como você me diz o que quer. Você sempre vai fazer isso?

Engulo em seco, tentando me livrar da culpa que vem à tona, lembrando que há muita coisa que não contei a ela.

— Sim, eu prometo. Sempre vou dizer a você. — Minhas mãos estão tremendo enquanto coloco o preservativo. Quero que isso seja perfeito para ela – para nós dois. Já faz muito tempo desde que senti esse tipo de expectativa nervosa sobre sexo. Mas nada nunca importou tanto quanto isso, como ela importa.

Quero a perfeição esta noite. Nada menos servirá. Desço sobre ela, descansando as mãos nas laterais do seu lindo rosto.

— Como você está? — pergunto.

— Nunca estive melhor.

— Tem certeza disso, Nat? Não temos que...

Ela cala meus lábios com os dedos e levanta os quadris, me deixando saber exatamente o que ela quer de mim. Sinto que deveria ter levado mais tempo para prepará-la, mas não posso esperar mais.

Seguro meu pau e deslizo através da umidade entre suas pernas. É tudo o que posso fazer para não gozar quando ele se conecta com sua umidade quente pela primeira vez. Mordo o lábio inferior quando começo a empurrar dentro dela, indo devagar e observando atentamente por quaisquer sinais de angústia.

Mas tudo que vejo é prazer. Seus olhos se arregalam e seus lábios se abrem. Penetro mais fundo, querendo tudo dela. Ela está tão apertada, quente e molhada. Estou no paraíso.

— Fale comigo, linda. Me diga como se sente.

— Tão bom — ela responde sem fôlego. — Não pare.

— Nunca vou parar de te amar. Nunca. — Eu me contenho o máximo que posso, dando a ela tempo para me ajustar e tomá-la da forma mais suave que posso sem perder a cabeça. Entro e saio, lenta e insistentemente, ainda observando em busca de sinais de flashbacks ou qualquer tipo de dor.

Ela desliza as mãos pelas minhas costas até a meu traseiro, e estou perdido. Absolutamente perdido. Começo a suar frio e aumento o ritmo, querendo sentir aquela boceta apertada em torno do meu pau mais do que quero respirar. Me apoiando em um braço, alcanço entre nós e pressiono os dedos em seu clitóris, sendo recompensado com uma contração que quase me faz gozar.

— Natalie... caramba, isso é bom demais. Eu te amo tanto. Goze para mim, linda. — Continuo acariciando seu clitóris até senti-la gozar, o aperto dos seus músculos internos é mais do que posso lidar depois de estar à beira do desejo por tantos dias.

Ela grita quando goza, seus dedos apertando meu traseiro e me puxando mais para dentro de si, me levando com ela em um orgasmo que parece vir da minha alma.

Parece durar para sempre, o prazer é intenso e profundo, diferente de tudo que já senti. Saio dele ofegando por ar, latejando e cercado por sua doce suavidade. Naquele momento, começo a acreditar genuinamente que posso viver sem a outra metade da minha sexualidade. Se isso é tudo que vou ter, é mais do que suficiente. Ou pelo menos, é o que digo a mim mesmo...

Estou quase com receio de levantar a cabeça, de olhar para seu rosto por medo do que eu possa ver. Ela está relembrando dos momentos mais dolorosos de sua vida? Está arrependida? Já gostaria que não tivéssemos feito isso? Quer voltar a quando havia regras que ela estava determinada a seguir? Se eu vir algum sinal disso, acho que vou morrer por dentro. Mas preciso saber.

Lentamente, levanto a cabeça para encontrar seus olhos fechados e os lábios curvados em um sorrisinho. O alívio que me atinge é tão significativo que me deixa tonto. Ela está feliz. Está satisfeita. Sorrindo.

Beijo esse doce sorriso, e seus olhos se abrem para olhar para mim.

— Uau — ela sussurra.

— Descreveu exatamente os meus sentimentos. Como você está?

— Me sinto muito, muito bem. E você?

Beijo seu pescoço e garganta.

— Igualmente. Nunca estive melhor. É a melhor noite da minha vida, com certeza. E, no caso de você estar se perguntando, isso, estar bem aqui é a melhor parte da melhor noite de todas. — Eu a beijo de novo. — De verdade.

Seu sorriso me aquece e me sustenta. Isso me diz que tudo ficará bem. Ela não vai se arrepender de manhã. Caramba, já é quase de manhã e não há sinais de arrependimento.

Seu dedo indicador traça o sulco entre minhas sobrancelhas.

— Com o que você está preocupado?

— Que você se arrependa.

— Nunca. Foi perfeito. Na verdade, mal posso esperar para fazer novamente.

— Só me dê dez minutos para me recuperar que faremos de novo. Faremos quantas vezes você quiser.

— Humm. — Ela boceja. — Dez minutos. — Ela apaga em menos de cinco.

Eu me retiro dela com cuidado, a mão ao redor da base do preservativo para que não haja acidentes. A deixo apenas o tempo suficiente para me livrar do preservativo antes de voltar para a cama. Organizei um voo para Nova York à tarde, assim poderemos dormir, conforme prometi a ela.

Abraçado ao seu corpo quente e nu, revivo cada segundo dessa noite incrível. Ganhar um Globo de Ouro foi fantástico, mas fazer amor com Natalie... isso mudou a minha vida.

22

Natalie

Acordo com o sol brilhante que entra pelas cortinas que deixamos abertas na noite anterior. Uma pontada de dor na cabeça me lembra a grande quantidade de champanhe que consumi na noite passada. E então me viro para encontrar uma posição mais confortável e a dor entre as pernas me lembra o que mais aconteceu.

Fiz amor com Flynn Godfrey e adorei cada segundo.

Ele está dormindo ao meu lado, os ângulos duros dos seu rosto suavizados em repouso. Sua mandíbula é pontilhada com a barba por fazer, o que só aumenta sua sensualidade exagerada. Ele é tão bonito, por dentro e por fora, e estou completamente viciada nele.

Sua mão grande e quente está apoiada na minha barriga, até que ela se move para segurar meu seio e apertar meu mamilo. Isso é tudo o que preciso para me fazer desejá-lo de novo, apesar da dor.

— Você está acordado — sussurro.

— Humm, mais ou menos. Minha cabeça está latejando.

— A minha também.

— Droga de champanhe. — Sua voz é um ruído baixo e rouco. — O sabor é sempre maravilhoso, mas as ressacas são matadoras.

— Deveria vir com um aviso.

— Aguente firme, linda. Eu tenho a cura. — Ele se arrasta para fora da cama, e eu o vejo se mover pelo quarto, fascinada pelo seu corpo nu. Quero memorizar todos os detalhes, assim nunca vou esquecer como ele está esta manhã. Ele sai do quarto por alguns minutos e volta com um copo de suco de laranja e um frasco de comprimidos.

Quando chega, a primeira coisa que noto é a enorme ereção que agora se estende além do umbigo. Não posso desviar o olhar Ainda estou olhando quando ele se senta na cama ao meu lado, me oferecendo o suco e alguns analgésicos.

— Está vendo algo de que gosta? — ele pergunta com uma risada baixa.

— Com certeza.

— Você está dolorida lá embaixo também?

— Aham.

— Sinto muito.

— Eu, não. — Compartilhamos o copo de suco, tomando os comprimidos para nossas dores de cabeça.

Flynn coloca o copo na mesa de cabeceira, onde as velas da noite anterior estão apagadas. Apoiando as mãos em ambos os lados do meu corpo, ele me olha, seu cabelo caindo sobre a testa.

Estendo a mão para afastá-lo do rosto.

Ele segura minha mão e dá um beijo na palma.

— A noite passada foi incrível.

— Para mim também.

— Sem arrependimentos?

— Nem um único arrependimento. Espero que você saiba... — De repente, me sinto tímida por estar confessando meus pensamentos mais profundos para ele. — Não poderia ter feito isso com ninguém além de você.

— É melhor você não fazer isso com ninguém além de mim.

— Flynn... você sabe o que quero dizer.

Ele me abraça quando volta para a cama.

— Sei e estou realmente feliz por ter recebido um presente tão inestimável.

Fortalecida pela minha nova confiança, deslizo a mão pelo peito dele para segurar sua ereção.

— Adormeci antes que pudéssemos fazer de novo.

— Sim, é verdade.

— Você está ocupado agora?

Sua risada traz um sorriso ao meu rosto. Amo fazê-lo rir.

— Você está dolorida, querida. Devemos ir com calma hoje.

— Não quero ir com calma.

— Você precisa confiar em mim quanto a isso. A menos que queira um dia positivamente miserável amanhã, devemos esperar até que você se sinta melhor antes de fazer amor de novo. E você precisa descansar, porque eu planejo te manter ocupada.

— É mesmo?

— Aham. — Isso é dito contra o meu pescoço enquanto ele me beija, lambe e me mordisca. — Odeio dizer que precisamos nos levantar e nos mexer. Preciso te levar pra casa, para você poder ir para a escola amanhã.

Isso me faz gemer. Três dias nunca passaram tão depressa.

— Algo me diz que o inverno em Nova York não parecerá tão mágico para mim depois de passar o inverno no sul da Califórnia.

— Você é a única pessoa que conheço que chamaria o inverno em Nova York de "mágico".

— Se você soubesse o quanto batalhei para chegar lá, acharia mágico também.

Seu telefone toca, e ele continua parado.

— O que houve?

— É a Addie e ela não estaria me ligando hoje a menos que realmente precisasse de mim para alguma coisa.

— Como você pode dizer que é ela?

— Ela programou seu próprio toque, então sempre sei quando é ela.

— Fantástico. Eu a adoro.

— Eu também, mas não gosto dela tanto quanto de costume esta manhã. — Ele pega o telefone. — Sim, madame?

Não posso ouvir o que ela está dizendo, mas posso ver a expressão dele mudar e a pulsação aparecer em sua bochecha. Algo está errado.

— Você falou com o hotel? O que eles disseram? — Ele passa os dedos pelo cabelo até que as mechas ficam em pé. — Sim, isso vai funcionar. Vou ligar para eles quando estivermos prontos. Obrigado, Addie.

— O que há de errado?

— O hotel está cercado pela imprensa e todos querem saber mais sobre você. A Liza está sobrecarregada de ligações. *Merda!*

— Ei. — Espero até que ele me olhe. — Sabíamos que isso aconteceria, então não se estresse. Eles perderão o interesse em um dia ou dois quando não lhes dermos nada.

— Não acho que vão perder o interesse tão rápido. A Addie disse que estão famintos para saber mais sobre a linda "garota do beijo" que mudou minha vida tão completamente. Teremos que sair pelos fundos do hotel para evitá-los.

— Sei que você está chateado e preocupado comigo, mas, por favor, não deixe isso estragar a melhor noite da minha vida. Eu faria tudo de novo em um piscar de olhos. Foi...

— Para mim também, linda. — Ele me beija antes de nos levantarmos para tomar banho e nos prepararmos para ir embora.

Quando estamos prontos para ir, a segurança do hotel trabalha de maneira eficiente para nos tirar do prédio e entramos em um Cadillac Escalade que Addie arranjou.

Flynn não relaxa até estarmos a caminho do LAX. Ele passa grande parte do caminho ao telefone com Addie, garantindo que a equipe de segurança que alguém chamado Gabe contratou para mim esteja pronta para nos encontrar em Nova York. Espero que isso seja uma coisa temporária, até que o interesse em nós termine.

Aproveito o tempo para ler as mensagens de Leah, que diz que eu estava *MA-RA-VI-LHO-SA*, e de Aileen, que adorou eu ter beijado Flynn depois dos comentários de Tina e Amy sobre ele. *Foi maravilhoso*, Aileen disse. *Você estava linda! (E ele também! Haha!)*. As duas me pedem para dar os parabéns a Flynn por sua grande vitória.

Entramos no avião antes de Flynn, finalmente, encerrar a ligação com Addie, satisfeito, por enquanto, que está tudo pronto para nosso retorno a Nova York.

— Desculpe por tudo isso — ele fala, guardando o telefone no bolso.

— Não é culpa sua.

— Bem, meio que é. Eu sabia que se te levasse ontem à noite, isso se tornaria um circo. Mas pelo que a Addie me disse, é um circo ainda maior do que esperávamos.

— Fui avisada, então não se preocupe. Me diverti demais. Valeu a pena qualquer agravamento que tenhamos de lidar agora.

Ele ri da minha escolha de palavras.

— Agravamento é uma boa palavra para descrever isso. Espero que você entenda se estou sendo um pouco superprotetor em relação a você.

Olho de lado para ele.

— Está planejando ser meu guarda-costas pessoal?

— Pode apostar que vou cuidar desse seu corpo maravilhoso.

O rosnado baixo que acompanha suas palavras desperta um arrepio em mim.

— Pode começar agora, se quiser. — Eu me pergunto quem é essa nova Natalie, mas não posso negar que gosto dela.

— Eu adoraria, mas não vou te tocar até que você tenha tempo de se recuperar da noite anterior. Não posso suportar a ideia de te machucar de alguma forma.

— Você nunca poderia me machucar.

— É o que vai acontecer se fizermos amor hoje, então vamos esperar, e isso é inegociável.

— Você não é o meu chefe — falo, com um sorriso provocante.

— Neste caso, sou.

Enquanto o avião taxia em direção à pista para a viagem de volta a Nova York, pego sua mão e seguro firme para a decolagem.

— Obrigada pelo melhor fim de semana da minha vida.

Ele beija minha mão.

— Para mim também foi. Obrigado por vir.

Vamos para o sofá o mais rápido possível e depois de alguns beijos, acabamos dormindo durante a maior parte do voo. É seguro dizer que estou viciada em dormir em seus braços.

Está nevando em Nova York e a aterrisagem em Teterboro é instável. Flynn segura minha mão o tempo todo, e eu suspiro aliviada quando tocamos o solo. O frio e a neve são lembretes duros de que não estamos mais na Califórnia. Sinto uma sensação avassaladora de decepção ao perceber que minha grande aventura terminou e estou de volta à realidade.

Minha classe da terceira série está muito longe da Gucci Couture.

— Deve ter sido assim que a Cinderela se sentiu quando a carruagem virou abóbora — digo a Flynn enquanto atravessamos a neve e o gelo a caminho da cidade.

— Você está chamando meu Bugatti de abóbora?

— Eu nunca insultaria o Bugatti. Foi uma metáfora para o clima e o fim de uma grande aventura.

— A primeira das muitas que teremos juntos, linda. Pode contar com isso.

Chegamos na minha casa pouco tempo depois. Somos recebidos por Fluff, que está tão feliz em me ver, que mal registra que Flynn está comigo. Leah não está em casa, então nos acomodamos para esperar que a equipe de segurança chegue. Uma hora depois, quatro homens enormes chegam e todos parecem conhecer Flynn.

Ele me apresenta a cada um e me informa que pelo menos um deles estará comigo o tempo todo.

— E quando eu estiver na escola?

— Estaremos do lado de fora do prédio para garantir que ninguém tente ter acesso a você.

— Eles podem tentar entrar na escola? — pergunto, incrédula.

— Aprendemos a estar preparados para todas e quaisquer possibilidades.

— Eles também vão te levar e buscar na escola quando eu não puder estar aqui para isso — Flynn acrescenta.

— Bem, isso não vai ser ruim com o clima atual.

— Um de nós estará por perto o tempo todo — Dylan, o responsável, fala. Ele me entrega um objeto preto que tem um grande botão vermelho no centro. — Este é um botão de pânico. Se precisar de nós, não hesite em apertar. Chegaremos até você em segundos.

Engulo em seco com o pensamento de precisar deles dessa forma.

— Pode deixar, obrigada.

— Vamos deixar você descansar um pouco e a veremos de manhã para a ida para a escola. Sua colega de apartamento também é bem-vinda. Pelo que soube, ela trabalha na mesma escola.

— Sim, trabalha. Obrigada. Ela vai gostar disso.

— Boa noite então.

Eles acenam de forma respeitosa ao saírem.

— Você está bem com tudo isso? — Flynn pergunta.

— Acho que tenho que estar. É estranho, mas vou tentar me acostumar.

— Sinto muito que seja necessário, mas não vou correr riscos com sua segurança.

Vou até ele e coloco meus braços ao redor da sua cintura.

Ele me puxa para perto.

— Quer que eu vá para que você possa se preparar para amanhã?

— Não, não quero que você vá.

— Boa resposta.

Levamos Fluff para fazer xixi e depois cozinhamos juntos macarrão com legumes, coisa simples. Ele insiste que deitemos cedo, já que tenho que me levantar "quase ontem", como diz. Adorável. Na cama, ele me abraça, mas se recusa a me beijar para não ficar tentado a fazer amor comigo.

Nada que eu faça — e eu tento quase tudo — o convence a mudar de ideia.

— Pare de tentar me convencer do contrário — ele murmura. — Não posso ser convencido.

Fluff, que estava entre nós, rosna para ele.

— Boa menina, Fluff. — Acaricio suas orelhas. — Diga a ele que se vai dormir na nossa cama, tem que seguir nossas regras.

— Amanhã à noite, você estará na minha cama, seguindo minhas regras, então é melhor você ficar de olho no que fala.

Fluff rosna novamente, nos fazendo rir. Consideramos uma grande vitória que ela tenha permitido que ele se deitasse na cama.

A próxima coisa que sei é que o alarme toca, e Flynn geme em protesto.

Eu me inclino sobre Fluff para beijá-lo.

— Volte a dormir por um tempo. Eu aviso quando for sair.

— Espere, você leva Fluff lá fora primeiro?

— Sim.

— Hoje, não. Vou fazer isso. — Ele se levanta devagar e com relutância. — Cinco horas manhã? Sério, Nat?

— Tenho que facilitar o começo do meu dia. É a minha rotina.

— Sua rotina é uma merda.

— E você fica irritado de manhã.

— Isso não é de manhã! É o meio da noite, porra.

Eu rio enquanto pego minhas roupas e vou para o chuveiro.

— Fluff, seja legal com Flynn. Ele está te levando para fazer xixi. E não é fofo que vocês dois tenham nomes que começam com FL? Combinam bem.

— Você tem que estar tão alegre no meio da noite?

Ainda estou rindo quando entro no chuveiro. Adoro que ele seja irritadiço de manhã, que seu cabelo fique bagunçado e que ele não se pareça em nada com um astro de cinema. Em vez disso, ele parece exatamente como o homem que eu amo com todo meu coração.

Ele está falando com Leah quando saio do banheiro, vestida e pronta para o trabalho.

— Hum, Nat, há um astro de cinema em nosso apartamento — ela fala, sorrindo para mim sobre uma caneca de café.

Pisco para ela.

— Não, esse é só o Flynn e ele é mal-humorado de manhã.

— Não é de manhã. É o meio da porcaria da noite.

— Eu não poderia concordar mais — Leah fala.

Saímos juntos. Flynn vai para sua casa, e os seguranças levam Leah e eu para o trabalho. Ela adora o fato de que agora tenhamos nosso próprio motorista. Flynn me dá tchau na calçada e espera até partirmos para pegar seu carro.

Depois de três dias com ele, já sinto saudades.

23

Flynn

Ver Natalie entrar no grande SUV com sua equipe de segurança me provoca uma sensação de desconforto. Odeio que ela precise de segurança só porque está namorando comigo, mas, como eu disse a ela, não vou arriscar sua vida.

As sete horas até que ela saia da escola se estendem diante de mim como uma provação sem fim, que tenho que suportar para que possa estar com ela novamente. Hoje à noite, vou levá-la para minha casa e vamos continuar de onde paramos na outra manhã. Sinceramente, mal posso esperar para estar dentro dela novamente. Isso é o mais próximo do paraíso que já estive. Mas não consigo pensar nisso agora ou vou andar com uma ereção o dia todo.

Vou para casa tomar banho e me trocar antes de ir para o escritório da Quantum trabalhar um pouco. Deixei tudo de lado nos últimos dez dias e está na hora de colocar as coisas em ordem. Tenho uma reunião às duas e meia com Hayden, para revisar os planos de pós-produção do nosso novo filme, que está nos desafiando para encontrarmos um nome. Essa é uma das muitas decisões que devem ser tomadas em breve. Conduzo rapidamente a reunião, porque está quase na hora de ver Natalie. Ela tem que dar aula particular para seu aluno, Myles, logo depois da aula normal, mas às quatro da tarde ela será toda minha.

Hayden me liga na hora certa.

— Como vai? — ele pergunta.

— Ótimo e você?

— Ainda estou emocionado pelo domingo à noite. Só posso imaginar como você deve estar se sentindo.

Não posso dizer a ele que ganhar o Globo de Ouro é a coisa de menor importância que aconteceu no domingo à noite.

— Foi uma boa noite.

— Natalie pareceu gostar.

— Gostou, sim.

— A Addie disse que a imprensa está ficando louca por ela, tentando descobrir mais a seu respeito.

— A Liza está lidando com eles.

— Você não pode obstruir os repórteres para sempre, você sabe, não é?

— Vou esconder as coisas pelo tempo que puder.

— E aí, é sério entre vocês? O que você disse no seu discurso...

— É sério. Estou apaixonado por ela.

— Flynn... Jesus, você acabou de conhecê-la. Não acha que deveria esperar um tempo antes de começar a falar sobre *amor*?

— Você deve saber bem sobre esperar um tempo.

— O que é que isso significa?

— Quando você vai admitir que está apaixonado pela Addie?

Ele fica em silêncio por tanto tempo que me pergunto se ainda está lá.

— Do que é que você está falando?

— Tenho olhos, Hayden. Olhos em perfeito funcionamento, e sei, há algum tempo, que você está apaixonado por ela.

— Você está maluco! Você se apaixona e, de repente, vê amor em todo lugar?

— Não é repentino. Você gosta dela há anos, mas tem muito medo de fazer algo a respeito. Então não se julgue por mim, só porque escolhi agir de acordo com meus sentimentos por Natalie.

— Nem sei o que te dizer agora. Temos muita merda para lidar e você está jogando isso em mim?

— Só estou apontando que quem tem teto de vidro não deve atirar pedras.

— Poético, Flynn. De verdade.

Meu telefone toca com um SMS de Addie. *911*. Nosso código para ligar imediatamente, não importa o que se esteja fazendo. Sinto um frio no estômago e meu primeiro pensamento é Natalie.

— Tenho que desligar. Te ligo de volta.

— Flynn, espere...

Largo o telefone fixo na base e ligo para Addie no celular.

— Temos um grande problema — ela fala.

— O que foi? Você está me deixando nervoso.

— Nem sei como te dizer isso, mas o *Hollywood Starz* publicou que a Natalie é, na verdade, uma mulher chamada April Genovese, que acusou o governador do Nebraska de estupro quando tinha 15 anos. Ele foi a julgamento, onde foi condenado e sentenciado a 25 anos de prisão.

A bile sobe.

— Já te ligo. — Corro para o banheiro que fica ao lado do meu escritório e passo muito mal. Ah, meu Deus, eu trouxe a ira do inferno para a minha doce Natalie. Tudo o que posso pensar é em chegar até ela. Agora mesmo.

Lavo o rosto, escovo os dentes rapidamente, pego o casaco e o celular no caminho para fora do escritório. No elevador até a garagem, sinto que minha pele está muito tensa para conter a raiva e o medo que sinto. Ela nunca vai me perdoar por isso. Tenho certeza de que qualquer chance que eu tinha com ela se foi, mas isso não significa que não farei tudo ao meu alcance para tentar consertar as coisas.

Dirigindo o Range Rover, me deparo com um enxame de repórteres parados do lado de fora do escritório da Quantum. Eles estão gritando, pedindo um pronunciamento meu a respeito de Natalie. Piso no acelerador sem me importar nem um pouco se os derrubar. Tudo o que importa é chegar até ela.

Liza me liga e eu atendo, mesmo que ela seja a última pessoa com quem quero conversar.

— Flynn, meu Deus! É verdade?

— Não faremos qualquer comentário a esse respeito, entendeu?

— Você tem que dizer *alguma coisa*.

— Não, não tenho. Essa é a vida privada dela e não tem nada a ver comigo ou com a minha carreira. Está fora dos limites.

— Mas...

— Liza, se você quiser continuar trabalhando para mim, quero todos os recursos da sua empresa nisso. Quero que você ameace com ações judiciais e qualquer outra coisa em que possa pensar para que eles parem.

— É tarde demais para parar. Já está em todos os sites da Internet.

— Não posso fazer isso agora. Preciso chegar até ela. Faça o que puder para conter essa bagunça.

— É verdade?

— Nem sei, mas isso não importa. Esse assunto vai magoá-la, e prometi que nunca faria isso.

— A culpa não é sua. Você não teve nada a ver com isso.

— Você sabe muito bem que tenho tudo a ver com isso. — Depois de uma ligação rápida para Dylan para colocar a segurança de Natalie em alerta, jogo o telefone no banco do carona e piso no acelerador. Chegar até ela é a única coisa que importa.

A inexpressiva sra. Heffernan está me esperando quando volto para a sala de aula depois de dispensar meus alunos no final de outro longo dia.

— Temos um problema, srta. Bryant.

— O que houve?

— Temos repórteres à nossa porta te procurando, e soubemos por eles que você não é quem diz ser.

Sinto a mudança da Terra sob meus pés e, por um breve segundo aterrorizante, temo desmaiar com o choque absoluto que atinge meu corpo como um raio elétrico de alta voltagem.

— Não tem nada a dizer? — Ela parece presunçosa e satisfeita, como se sempre tivesse certeza de que não era boa.

— Eu... sou exatamente quem digo que sou.

— E você nunca foi conhecida pelo nome de April Genovese?

Aquele nome vindo da sra. Heffernan é outro choque de alta voltagem que me atinge. Não consigo falar através do enorme nó de medo que prende meu peito. É semelhante ao que senti quando fui derrubada no dia em que conheci Flynn.

— O contrato que você assinou é muito claro, srta. Bryant, srta. Genovese, ou seja lá quem você é. Fraude, de qualquer tipo, não será tolerada. Receio que sua posição aqui esteja encerrada. Você deve recolher seus objetos pessoais e sair daqui até às cinco horas ou será escoltada das nossas dependências pela polícia de Nova York.

Estou sendo demitida e não há nada que eu possa fazer quanto a isso. Como funcionária contratada em um projeto, não me beneficio da proteção de um sindicato. Estou completamente sozinha. Então penso nas crianças que passei a amar durante os meses em que estive ali.

Um soluço irrompe da minha mandíbula apertada.

— Você não pode me demitir. Meu nome legal é Natalie Bryant. Não menti sobre nada.

— Nada disso apareceu na sua verificação de antecedentes, o que nos leva a imaginar o que mais você está escondendo. Não podemos nos arriscar a segurança dos nossos alunos. A decisão foi tomada e seu contrato foi anulado. Por favor, esvazie sua sala de aula imediatamente.

Ela se vira e sai da sala, batendo a porta.

Por um longo tempo depois que ela sai, permaneço completamente imóvel, tentando processar o que ela me disse. E então começo a chorar de novo, os soluços vindo de dentro de mim enquanto oito anos de trabalho duro desaparecem em uma nuvem de fumaça. Depois de tudo o que fiz para me esconder — mudando minha aparência, meu nome e minha vida inteira — nada disso me protegeu. Meu trabalho, minha sala de aula, meus alunos, meu novo lar, minha nova cidade... tudo foi tirado de mim e não há nada que eu possa fazer, porque ela está certa. Menti durante a verificação de antecedentes, mas apenas para me proteger. Nada do que escondi coloca as crianças em risco. Eu nunca faria isso.

Mas o que importa agora?

Sentindo que estou caminhando por areia movediça, encontro uma caixa no armário de casacos e a levo para a minha mesa, preenchendo-a com itens pessoais que trouxe para tornar minha sala de aula mais alegre para as crianças. Mal posso ver através das lágrimas que me cegam. Encontro o cartão de agradecimento que Logan me deu esta manhã, o que me atinge como um soco no estômago.

Obrigado por fazer a minha mãe sorrir, srta. Bryant. Você é a melhor professora do mundo, e eu te amo. Logan

Caio de joelhos, soluçando. Não posso suportar a ideia de nunca mais vê-lo ou a qualquer um dos meus outros alunos. Meu coração está se partindo em um milhão de pedaços.

Leah entra na sala e fecha a porta.

— Ah, meu Deus, Natalie! A *mosca morta* te *demitiu* mesmo?

Assinto, porque não sou capaz de falar.

— Ela não pode fazer isso! Nada disso é culpa sua. Ela é uma filha da puta. — Leah agacha ao meu lado e passa o braço ao meu redor. — Vamos lá, vamos tirar você daqui. Eu pego suas coisas amanhã.

Balanço a cabeça. Preciso de alguns minutos sozinha antes de pensar em sair, de enfrentar os repórteres que apareceram na escola querendo me devorar. Isso me lembra muito do inferno que passei durante o julgamento, quando todos queriam um pedaço de mim até que não restasse quase nada.

— Tudo bem, Leah. — Limpo o rosto, mas é inútil, porque as lágrimas continuam descendo. — Vá para casa. Eu te vejo lá.

— Não posso te deixar assim.

— Por favor... eu vou ficar bem.

— Onde está o Flynn? Ele sabe disso?

Flynn... estou envergonhada por não ter pensado nele nem uma vez desde que a sra. Heffernan saiu em disparada. Ele deve estar louco, caso saiba o que aconteceu. O pobre rapaz vai se culpar, quando é minha culpa, não dele.

A porta se abre e lá está ele, respirando com dificuldade, seu rosto lindo cheio de raiva, medo e amor. O amor é tão aparente, que é a única coisa que vejo.

— Eu assumo daqui, Leah.

Minha amiga se levanta e caminha em direção à porta, apertando seu braço enquanto passa por ele.

— Natalie... — Ele vem até mim, se abaixa e me pega em seus braços fortes. Ele me segura com tanta força, que sei que vou ficar com hematomas, mas estou tão dormente que mal posso sentir qualquer coisa.

Eu me apego a ele, porque não sei mais o que fazer.

— Vamos tirar você daqui.

— Há repórteres.

— Deixe que eu me preocupe com isso. — Ele se levanta e me ajuda. — Vamos vestir seu casaco.

— Ela me demitiu, Flynn. A sra. Heffernan me demitiu. Minhas coisas...

— A Leah vai pegar tudo. — Ele pega minha bolsa e o telefone na mesa e os entrega para mim. Em seguida, me pega pelo braço e me leva para fora como faz todos os dias, me levando por um caminho nos fundos até uma saída que eu nem sabia que existia. A equipe de segurança está esperando por nós com dois SUV's pretos com vidros escuros.

Entro no banco de trás do que Flynn me encaminha. Ele entra comigo. Ele não solta minha mão enquanto nos afastamos da escola, minha casa longe de casa nos últimos cinco meses.

— Preciso saber quem poderia ter feito isso com você, Natalie. — Ouço sua raiva em cada palavra que pronuncia.

— Só tem uma pessoa que poderia ter feito — digo entre soluços quando fica claro para mim que alguém em quem confiei me traiu. — É a única pessoa no mundo que me conhece pelos dois nomes.

— Quem quer que seja, vou fazê-lo pagar e depois vou destruí-lo.

Continua em *Valentia*, livro 2 da série Quantum

VALENTIA

SÉRIE QUANTUM — LIVRO 02

Capítulo 1

Flynn

Ela está em choque. É a única explicação possível para o olhar vidrado em seus lindos olhos castanhos, assim como o silêncio incomum e penetrante entre nós. Natalie está tremendo tão violentamente, que quero chamar um médico para receitar algo para acalmá-la. Estou completamente perdido, sem saber como confortá-la.

Eu a trouxe para a minha casa na esperança de protegê-la do frenesi que está acontecendo do lado de fora. Todos os meus piores pesadelos vieram à tona, mas eles não se comparam aos dela. Com seu passado doloroso se tornando público para ser dissecado pelo mundo, ela perdeu o emprego e o anonimato, o que é culpa minha.

Quero ligar para a minha equipe: advogados, relações públicas, qualquer um que possa me conseguir o sangue do homem que a magoou. Quero trazer Leah para cá, porque Natalie precisa de uma amiga. Mas tenho medo de deixá-la sozinha até pelo breve tempo necessário para fazer ligações que possam ajudá-la. Seu silêncio está me assustando. Eu gostava mais quando ela chorava. Com isso eu sabia lidar. O silêncio estranho... me assusta.

Então me lembro de como ela admirou a grande banheira do apartamento — a que nunca usei nos 10 anos em que sou dono deste lugar. Deixando-a na cama, vou ao banheiro e preparo o banho. Embaixo do balcão, encontro um vidro de espuma. Mantendo um olho nela e outro na banheira, espero até completar três quartos antes de desligar a água e voltar para ela.

Sentado na beira do colchão, beijo sua bochecha, que está fria sob meus lábios.

— Ei, Nat, preparei um banho. Pode ser bom para te aquecer.

Ela não protesta, então eu a ajudo a se levantar e tirar a roupa e depois a levo para o banheiro, onde a banheira cheia de água fumegante e bolhas a espera. Há duas noites, fizemos amor pela primeira vez, mas essa situação não tem nada de sexual. Acabo com as mangas molhadas por colocá-la na água, então tiro a camisa e me sento ao lado da banheira.

— Linda, fala comigo.

— Não tenho nada para falar. — Sua voz é inexpressiva, assim como seus olhos. As lágrimas que deslizam silenciosamente por suas bochechas partem meu coração e ameaçam minha própria compostura. Tenho que fazer alguma coisa — qualquer coisa — para ajudá-la.

— Já volto. — Me levanto para ir até o quarto pegar o telefone e uma camisa seca. Tenho trinta e duas ligações perdidas e quarenta e seis mensagens de texto. Ignoro tudo e ligo para Gabe, na Quantum. Ele gerencia nosso clube de BDSM e atua como chefe de segurança da Quantum em Nova York.

— Flynn — ele me atende —, você está bem?

— Já tive dias melhores. Preciso de um médico para Natalie. Você conhece alguém que possa vir aqui e que seja discreto?

— Minha prima. Vou ligar e arranjar tudo.

— Obrigado, Gabe.

— Me avise se houver algo mais que eu possa fazer. Todos nós queremos ajudar.

— Pode deixar. Mais uma vez, obrigado.

Volto para o banheiro, onde vejo que Natalie não se mexeu. As lágrimas continuam deslizando dos seus olhos, cada uma delas esfaqueando o meu coração.

— Flynn — ela sussurra.

— O que foi, querida? — Eu me ajoelho ao lado da banheira. — Estou bem aqui. O que você precisa?

— Vou vomitar.

Pego a lata de lixo do chão e entrego a ela a tempo de segurar seu cabelo comprido e escuro enquanto ela vomita violentamente.

— Preciso da Fluff — ela fala, ofegante por estar passando mal.

— Vou pedir a Leah para trazê-la aqui. Não se preocupe com nada. — Coloco suas costas contra a toalha que enrolei como um travesseiro na banheira. Molho outra toalha com água fria e me ajoelho ao seu lado para limpar seu rosto e boca. — Vou pegar seu telefone para que possamos enviar uma mensagem para ela.

As lágrimas continuam descendo por suas bochechas pálidas sem controle.

Em meus 33 anos nunca me senti tão desamparado como agora. Não quero deixá-la nem mesmo pelo pouco tempo que levo para buscar seu telefone na sala de estar, onde o deixamos com sua bolsa.

— Já volto, tá?

Ela assente e a resignação que sinto nesse pequeno gesto me esmaga. Isso é culpa minha e vou fazer de tudo para consertar. Levo o telefone até o banheiro.

— Pode digitar a senha de acesso?

— Digite você — ela fala. — É zero, um, um, oito.

Estou estranhamente comovido por ela me confiar a senha. O que posso dizer? Sou um desastre no que se refere a ela. Depois de digitar os números, vejo que o telefone está repleto de notificações de mensagens e correios de voz. Ignorando tudo, digito uma mensagem para Leah.

Oi, é o Flynn. A Natalie está pedindo a Fluff. Você se importaria de trazê-la até a minha casa?

Ela responde imediatamente.

Que bom ter notícias de vocês. Como ela está? Claro que levo a Fluff. Conte comigo para o que precisar.

Obrigado. Não está tão bem... a presença da Fluff deve ajudar.

Envio outra mensagem de texto com informações sobre como entrar na garagem do prédio, o que não é algo que eu costume dar a qualquer um. Mas agora não posso me incomodar com coisas sobre as quais normalmente sou obcecado, como proteger minha privacidade. Tudo o que me interessa é a Natalie e o que posso fazer por ela.

A campainha do elevador toca e fico arrasado de ter que deixá-la sozinha de novo, mesmo que seja por um minuto.

— Leah está a caminho com Fluff. Vou atender a porta. Volto logo.

Ela não responde. As lágrimas continuam a deslizar pelas suas bochechas, mas ela está completamente absorta. O olhar vago me apavora.

Corro para o elevador.

— Sim?

— Sou eu, Addie.

Sem hesitar, aperto o botão para deixar minha fiel assistente entrar. Um minuto depois, ela sai do elevador, deixa a bolsa no *foyer* e me abraça.

— O que posso fazer? — Ela se tornou uma espécie de irmã nos 5 anos em que trabalha para mim. Não há nada que nenhum de nós não faça pelo outro, o que ela acaba de provar mais uma vez.

— Nem sei o que preciso agora.

— Seja o que for, estou aqui para vocês dois.

— Como chegou aqui tão rápido?

— Peguei um avião uma hora depois que a notícia foi publicada na internet. A Liza também está vindo — ela falou, se referindo à minha assessora de imprensa —, mas pedi que ela não viesse para cá hoje à noite. Amanhã será melhor.

— Ótima iniciativa, obrigado. Preciso voltar para Natalie. Ela está na banheira. A prima do Gabe, que é médica, está vindo.

— Vou fazer um chá.

— Ela gosta de chocolate quente.

— Vou fazer isso então. — Ela segura meu braço. — Você não está sozinho nisso. Todo o exército da Quantum está circulando e em busca de sangue.

— Obrigado por vir, Addie.

— Só estou fazendo o meu trabalho.

— Você está fazendo muito mais do que isso e sabe muito bem.

— Vá ficar com ela. Tudo vai ficar bem.

Embora eu me acalme com as garantias de Addie, uma olhada no rosto pálido e manchado de lágrimas de Natalie me diz que vai demorar muito tempo — ou a vida toda — até que as coisas fiquem bem novamente.

— Vamos tirá-la daí, linda.

Como se ela fosse uma criança, eu a ajudo a se levantar e sair da banheira. Enxugo-a e a envolvo em um roupão felpudo. Em seguida, seco e penteio o seu cabelo.

O tempo todo, ela olha fixamente para a parede, sequer piscando direito, mesmo quando as lágrimas continuam caindo. *Onde é que está essa médica?*

— Vamos para a cama. — Ela não pisca quando a carrego para a minha cama. Depois que ela está debaixo do grosso edredom de plumas, me sento ao seu lado, segurando sua mão e desejando saber o que fazer por ela.

Addie chega com uma caneca de chocolate quente e, em silêncio, a coloca na mesa de cabeceira antes de nos deixar sozinhos.

— Addie fez chocolate quente.

— O que ela está fazendo aqui?

Sinto um grande alívio com a pergunta.

— Veio para nos ajudar.

— Não há nada que ela possa fazer.

A desolação absoluta em sua voz é outra flechada no meu coração partido.

— Há muitas coisas que podemos e vamos fazer depois de cuidarmos de você. Você é a única coisa que importa.

— A sua carreira... o que a imprensa deve estar dizendo...

— Que se dane. Não me importo com a minha carreira agora. Me preocupo com você. Eu te amo e odeio que isso esteja acontecendo por minha causa.

— Eu só... não entendo... por quê? Por que ele faria isso?

Enxugo suas lágrimas enquanto seguro as minhas. Não me lembro da última vez que chorei por qualquer coisa, mas temo que se começar agora, não vou parar mais.

— Quem fez isso, Nat?

— Só pode ser o advogado que conheci em Lincoln. Paguei muito dinheiro a ele para me ajudar a trocar de nome depois de tudo o que aconteceu. Por que ele faria isso?

— Dinheiro. — Meu estômago se aperta quando as peças se encaixam. — Depois que você foi vista comigo, ele viu uma chance de ganhar dinheiro.

— Eu era cliente dele — ela fala com um soluço. — Ele não tem permissão para falar a meu respeito.

— Tem razão, ele não pode. Vou fazer com que ele seja expulso da Ordem dos Advogados e acusado criminalmente pelo que fez com você. Sem mencionar que vamos processá-lo.

— É como se aquilo estivesse acontecendo de novo... parece exatamente como antes.

Ela está se referindo ao fato de ter sido violentada aos 15 anos, algo que o mundo inteiro agora sabe, graças a um advogado de Lincoln, Nebraska, que vendeu sua história para ganhar dinheiro — provavelmente muito.

Quase não consigo respirar por causa da raiva. Quero chorar com ela por saber que a fiz ser vitimada novamente. Eu a arrastei para um pesadelo que ela havia deixado para trás há muito tempo. Se tivesse alguma ideia de que algo assim poderia acontecer, nunca teria insistido para ser visto em público com ela.

— A culpa não é sua — ela fala baixinho.

Embora eu esteja aliviado por ver uma centelha de vida em seus olhos, normalmente luminescentes, me recuso a ser liberado da culpa.

— Claro que é. Você foi vista comigo e a imprensa quis saber mais a seu respeito, então buscaram até encontrar alguém disposto a falar por um preço.

— Não te culpo. Culpo a ele.

Eu a adoro por estar preocupada comigo em um momento como este.

— Qual é o nome dele, linda?

— David Rogers. Até hoje, ele é o único que me conhecia pelos dois nomes. Só pode ser ele.

— Você nunca contou a ninguém, nem a sua família?

Ela balança a cabeça.

— Não vejo nem falo com minha da família há 8 anos.

Me sinto triste por lembrar de como ela esteve sozinha por todos esses anos. Bem, não está mais. Quero saber cada detalhe do que aconteceu, mas pedir isso agora não é o que ela precisa. Então me sento ao seu lado segurando sua mão e oferecendo goles de chocolate quente até que uma batida na porta anuncia a chegada da médica.

É um alívio que a prima de Gabe seja mulher. Fico mais aliviado quando ela parece não fazer ideia de quem sou. Em vez disso, a mulher concentra toda a sua atenção em Natalie.

— Olá, sou a dra. Janelle Richmond. — Ela tem os mesmos cabelos, olhos e pele morena, além de uma grande semelhança, da família de Gabe.

Me levanto para apertar sua mão.

— Muito obrigado por ter vindo.

Natalie me olha com apreensão palpável.

— Você chamou uma médica?

— Achei que ela poderia te ajudar a conseguir algo para dormir.

— Posso ter um momento a sós com a Natalie? — Janelle pergunta.

Não quero sair, mas deixo a decisão para ela.

— Tudo bem para você? — pergunto a Natalie.

Ela segura o edredom.

— Acho que sim.

— Estarei ali fora. Me chame se precisar de mim. — Eu me inclino para beijar sua testa antes de sair do quarto, fechando a porta.

Addie me encontra no corredor.

— Como ela está?

— Um pouco melhor do que antes. — Passo os dedos pelo cabelo várias vezes. — Pode ligar para o Emmett para mim?

— Claro. — Ela vai até a sala pegar o telefone e volta para o meu posto, do lado de fora do quarto. — Aqui está.

Pego o telefone da sua mão.

— Emmett.

— O que posso fazer, Flynn? — Como diretor jurídico da Quantum, Emmett Burke é um amigo e também colega de trabalho. Além disso, é membro do Club Quantum, nosso clube secreto de BDSM. — Não posso nem imaginar o quanto você deve estar chateado.

— Mudei de chateado direto para enfurecido. Um advogado chamado David Rogers em Lincoln, Nebraska, cuidou das questões legais da mudança do nome da Natalie. Ela disse que ele é a única pessoa que a conhece pelos dois nomes. Quero acabar com ele.

— Vou resolver isso. — Depois de uma pausa, ele fala — Flynn... sei que você está cuidando da Natalie, mas o que estão publicando sobre o que aconteceu com ela... você... hum... você precisa se preparar antes de ler. É bem p-pesado, cara.

Em 10 anos trabalhando juntos e sendo amigos muito próximos, nunca ouvi o extremamente confiante Emmett Burke gaguejar ou balbuciar. O fato de ele estar fazendo as duas coisas agora só aumenta minha ansiedade.

— Me dê um resumo. — Me preparo para o que estou prestes a ouvir.

Seu suspiro profundo soa alto e claro através do telefone, me deixando saber como é difícil para ele me contar essas coisas.

— O pai dela foi um dos principais assessores do ex-governador de Nebraska, Oren Stone. Foram melhores amigos ao longo da vida. As famílias eram próximas e Natalie – ou April, como era conhecida naquela época – cuidava das crianças do Stone de vez em quando. Ela viajou com eles nas férias em família e passou muitas noites na mansão do governador.

Meu estômago se contorce de tensão enquanto a história se desenrola. Seu nome era April...

— Aparentemente, Stone providenciou para que Natalie fosse chamada para cuidar das crianças em um fim de semana em que a esposa e os filhos ficariam fora da cidade. Ele a manteve lá por todo o fim de semana, a estuprou repetidamente e ameaçou sua família se ela contasse a alguém.

Sinto que levei um soco.

— Filho da puta do caralho.

— Ela foi direto para a polícia.

Fecho os olhos sentindo admiração pela força e valentia da jovem de 15 anos que foi brutalizada e teve coragem de derrubar aquele cretino.

Então Emmett solta a próxima bomba.

— Os pais dela ficaram do lado de Stone.

— Você está *brincando* comigo?

— Gostaria de estar. O caso teve repercussão nacional. Stone fez uma série de inimigos durante a vida. Um grupo de pessoas se preparou para apoiá-la durante o julgamento. Ela pediu e conseguiu a emancipação dos pais. Testemunhou contra Stone e o testemunho muito bem detalhado selou o destino dele. O homem foi condenado a 25 anos de prisão. Cerca de quatro semanas depois que ele foi preso, foi estuprado e assassinado no chuveiro por outro condenado.

Sinto um prazer perverso em saber que ele sofreu uma fração do que infligiu a ela.

— Após o julgamento, ela desapareceu. Não há menção ao seu nome em lugar algum depois do dia em que Stone foi condenado.

— Deve ter sido quando ela mudou de nome.

— Natalie Bryant apareceu alguns anos depois como caloura na Universidade de Nebraska. Não há menção de como ou onde ela passou os anos entre o julgamento e a faculdade. Ela se formou em quatro anos e depois se mudou para Nova York para se tornar professora.

— Me diga que há algo que possamos fazer quanto a esse tal de Rogers.

— Ah, podemos fazer muitas coisas. Vou começar a preparar um processo civil, além de exigir que sejam apresentadas acusações criminais contra ele. Ele vai se arrepender muito de ter mexido com vocês.

— O que quer que façamos, não podemos piorar mais as coisas para ela.

— Odeio dizer, mas é provável que fique pior antes de melhorar.

Pensar nisso me deixa doente. Eu me inclino contra a parede, fechando os olhos quando eles se enchem de lágrimas. Ouvir os detalhes do que aconteceu com Natalie me destrói. Minhas emoções estão descontroladas.

— Quero protegê-la, mas não sei como.

— A coisa mais importante que você pode fazer é mantê-la longe da internet e da TV. Ela sabe o que aconteceu. Não precisa ver isso sendo contado para o mundo. Falei com a Liza e vamos resolver o problema. Cuide dela e tente não se preocupar. Vai acabar em alguns dias.

Pode ser verdade, mas será que Natalie vai ser a mesma pessoa doce e alegre que era antes da sua vida e seu passado doloroso serem expostos ao mundo?

Quando a porta do quarto se abre, aviso a Emmett que tenho que ir.

— Te ligo amanhã.

— Nos falamos depois.

Guardo o celular de Addie no bolso.

— Como ela está?

— Ela me deu permissão para dizer que, definitivamente, está em choque e tendo uma reação física aos acontecimentos, por isso o tremor e o choro. Dei um sedativo muito leve para ajudá-la a descansar um pouco. — Ela me entrega seu cartão de visita. — Se ela ainda estiver ansiosa ou com problemas para dormir, me ligue amanhã e eu prescrevo alguma coisa.

— Ela vai... ficar bem?

— Mais cedo ou mais tarde, mas vai levar um tempo para processar o que aconteceu. Você precisa ser paciente e deixar que ela lide com as coisas de acordo com o seu próprio tempo.

Paciência não é exatamente a minha melhor qualidade, mas vou me tornar o homem mais paciente do mundo se for o que Natalie precisa de mim.

— Por favor, me ligue se eu puder ajudá-los novamente.

— Muito obrigado por ter vindo.

— Claro. Gabe fala com muito carinho de você e dos outros da Quantum. Sei o quanto significam para ele.

— Ele é um dos bons, com certeza.

— Vou sair para que você possa voltar para Natalie.

— Obrigado novamente. — Entro no quarto, onde a única luz acesa é a do banheiro. Os olhos de Natalie estão fechados, mas suas bochechas ainda estão molhadas de lágrimas. Quando me aproximo da cama, ela abre os olhos. Mesmo em meio ao desespero, sinto a conexão que nos uniu desde o dia em que nos conhecemos. E agora essa conexão arruinou a vida dela.

— Posso fazer alguma coisa para você?

Ela assente.

— Você... você pode...

— O que, linda? Qualquer coisa.

— Pode me abraçar? — Sua voz falha com um soluço. — Por favor?

— Não há mais nada neste mundo que eu prefira fazer. — Me sinto grato e ao mesmo tempo arrasado que ela ainda me queira por perto depois da confusão que eu fiz. Tiro a camisa e a calça jeans, deixando as peças em uma pilha no chão, e me deito na cama ao seu lado.

Soltando um gemido angustiado, ela se vira em minha direção e pressiona o rosto no meu peito.

Lágrimas enchem meus olhos e escorrem pelo meu rosto. Não suporto sua dor. É como se alguém estivesse enfiando uma faca no meu coração.

— Está tudo bem, baby. Estou bem aqui e tudo vai ficar bem. Eu prometo.

Passo a mão por suas costas, que está coberta pelo roupão grosso. Seus ombros tremem com o poder dos seus soluços.

— Todo mundo vai saber — ela diz tão baixinho que quase não a ouço. — O mundo inteiro vai saber o que aconteceu comigo.

— E eles saberão que você sobreviveu e prosperou apesar do que aconteceu. Também vão saber disso.

— Não queria que ninguém soubesse. Nem você.

— Baby, nada poderia mudar o que sinto por você. Se possível, te amo ainda mais do que amava de manhã e não teria pensado que isso era possível.

— É humilhante.

— Se lembra do que você me disse uma vez? Que levou anos de terapia para compreender que fizeram isso com você? Que não foi sua culpa? É a mesma coisa agora. Você não fez nada. Alguém fez e o faremos pagar. Te prometo.

— O que importa se ele pagar? Todo mundo ainda vai saber. Você saberá.

— Natalie, querida, isso não muda nada para mim. Ainda escolho você mil vezes. Um milhão de vezes.

Ela enterra o rosto na curva entre o meu pescoço e ombro, e eu a abraço o mais apertado que consigo. Ficamos assim enquanto ela soluça baixinho, até ouvirmos um latido revelador no corredor.

— Fluff!

A animação que ouço em sua voz me enche de esperança.

— Fique bem aqui. Vou pegá-la para você. — Beijo sua testa e me levanto da cama, parando um instante para vestir a calça jeans antes de abrir a porta para Leah e Addie, que estão prestes a bater.

Fluff me vê e me mostra os dez dentes que tem na boca.

— Fluff — Natalie chama. — Vem com a mamãe.

A pequena bola branca de pelos entra no meu quarto e sobe na cama, onde se deita com Natalie.

— Obrigado, Leah. — A companheira de apartamento de Natalie está tentando não olhar para o meu peito nu.

— Hum, claro. Posso falar com a Nat? Só por um minuto?

— Claro. Vá em frente. — Eu me afasto para deixá-la entrar no quarto.

— Tem um cachorro na sua cama — Addie fala, trazendo um pouco de leveza ao momento.

— É o que parece. — Uma manada de elefantes pode invadir meu quarto se isso fizer Natalie feliz. — E não é sorte minha que Fluff seja imune aos meus muitos encantos?

Addie reprime uma risada.

— Então você, finalmente, encontrou a única mulher na Terra que não é afetada por Flynn Godfrey?

— É o que parece. Ela me mordeu no dia em que conheci Natalie.

— Fiquei sabendo.

— Hayden tem feito fofoca novamente, né?

— Nunca vou revelar minhas fontes.

Meu melhor amigo e parceiro de negócios é louco por Addie, não que ele admita isso para si ou para ela. Suspeito que a atração seja mútua, mas Addie não fala sobre isso para mim, e eu não pergunto.

Passo os dedos pelo meu cabelo repetidamente, até ter certeza de que ele deve estar em pé.

— Me diga o que fazer, Addie. Estou totalmente perdido.

— Só fique ao lado dela. Ela precisa saber que nada mudou para você por causa do que aconteceu hoje.

— Já falei isso a ela. Mas não sei se ela acredita em mim.

— Continue dizendo até que não haja dúvidas.

— Nunca imaginei me sentir assim com ninguém.

Addie sorri perante a minha confissão.

— Acontece com os melhores.

— Não posso perdê-la. Simplesmente não posso.

— Você não vai perdê-la. Quando a poeira baixar, ela vai se lembrar que você esteve ao seu lado durante todo o tempo. Isso vai importar.

Embora eu aprecie o voto de confiança de Addie, gostaria de ter mais certeza de que Natalie e eu passaremos por isso intactos. Quanto tempo vai demorar para ela me culpar por arruinar tudo?

Comprar Valentia

OUTROS LIVROS DE MARIE FORCE

Série Quantum

Livro 1: Virtude (Flynn & Natalie, parte 1)
Livro 2: Valentia (Flynn & Natalie, parte 2)
Livro 3: Vitória (Flynn & Natalie, parte 3)
Livro 4: Arrebatador (Hayden & Addie)
Livro 5: Voraz (Jasper & Ellie)
Livro 6: Delirante (Kristian & Aileen)
Livro 7: Escandaloso (Emmett & Leah)
Livro 8: Fama (Marlowe)

SOBRE A AUTORA

Marie Force é a autora de romances contemporâneos best-seller do New York Times, incluindo a Serie Gansett Island e Série Fatal da Harlequin Books. Além disso, ela é autora de Butler, da Série Vermont, da Série Green Mountain e da série de romance erótico Quantum. Duchess By Deception é o seu primeiro novo romance histórico da Gilded Series, que continuará com Deceived By Desire em setembro de 2019.

Seus livros já venderam mais de 9 milhões de cópias em todo o mundo, foram traduzidos para mais de uma dúzia de idiomas e apareceram na lista de best-sellers do New York Times 30 vezes. Ela também é best-seller do USA Today e do Wall Street Journal, best-seller da Speigel, na Alemanha, palestrante freqüente e apresentadora de workshops de publicação, bem como editora na Jack's House Publishing. Ela foi três vezes indicada para o prêmio RITA® - Romance Writers of America na categoria romance de ficção.

Seus objetivos na vida são simples: terminar de criar dois jovens adultos felizes, saudáveis e produtivos, continuar escrevendo livros pelo maior tempo possível e nunca estar em um voo que apareça nos jornais.

Junte-se à lista de discussão de Marie para receber notícias sobre novos livros e eventos futuros em sua região. Siga-a no Facebook e no Instagram. Junte-se a um dos muitos grupos de leitores de Marie. Entre em contato com Marie em marie@marieforce.com.